中俄文学互译出版项目·俄罗斯文库　　少年文学丛书

Трое с площади Карронад
加农广场三兄弟

〔俄〕弗拉基斯拉夫·克拉皮温　著

石娇　译

中国国际广播出版社

《中俄文学互译出版项目·俄罗斯文库》由中国国家新闻出版广电总局和俄罗斯出版与大众传媒署批准，中国文字著作权协会和俄罗斯翻译学院负责组织实施。

弗拉基斯拉夫·克拉皮温（1938—　），俄罗斯儿童文学作家、教育家，屡次荣获文学奖项。《加农广场三兄弟》被公认为是他"最具情怀的作品"，并由维克多·沃尔科夫执导改编成四集电视连续剧，获得了广泛的反响。

序　言

赵振宇

　　"一个人其实永远也走不出他的童年"，著名儿童文学家、国际安徒生奖获得者曹文轩先生曾这样写道。另一位国际安徒生奖获得者詹姆斯·克吕斯则说："孩子们会长大，新的成年人是从幼儿园里长成的。而这些孩子会变成什么样，在某种程度上取决于那些给他们讲故事的人。"儿童文学在个人精神成长中所扮演的角色至关重要，可以说，它为我们每个人涂抹了精神世界的底色，长久影响着我们看待世界的方式。

　　中国本土现代意义上的儿童文学的产生和发展，在很大程度上得益于五四以来对外国儿童文学的大量译介和广泛吸收。无数优秀的外国儿童文学作品，经由翻译家之手，克服语言和文化的重重阻隔漂洋过海而来，对几代国人的精神世界产生了不可磨灭的影响。其中，俄苏儿童文学以其深厚的人文关怀、对儿童心理的准确把握以及充满诗情画意的语言滋养着一代又一代中国读者的心灵。亚历山大·普希金的童话诗、列夫·托尔斯泰的儿童故事、维塔利·比安基的《森林报》等作品，都曾在中国的域外儿童文学翻译史上留下浓墨重彩的一笔。

苏联解体后，俄罗斯社会、经济和文化等方面均发生了天翻地覆的转折与变迁，相应地，俄罗斯的儿童文学也进入了全新的发展时期。在挣脱了苏联时期"指令性创作"的桎梏后，儿童文学走向了商业化，也由此迎来了艺术形式、题材和创作手法上的极大丰富。当代杰出的俄罗斯儿童文学作家不仅立足于读者的期待和出版界的需求进行创作，也不断继承与发扬俄罗斯儿童文学自身的优良传统。因此，一批优秀的儿童文学作家和作品得以涌现。

回顾近年来俄罗斯儿童文学在中国的出版状况，我们可以清楚地看到，对当代优秀作品的译介一直处在零散的、非系统的状态。我们在"中俄文学互译出版项目·俄罗斯文库"的框架下出版这套《少年文学丛书》，就是为了改变这种状况，希望能以一己微薄之力，将当代俄罗斯最优秀的儿童文学作品介绍给广大中国读者，以期填补外国儿童文学译介和出版事业的一项空白，为本土儿童文学的创作和研究拓展崭新的视野，提供横向的参考与借鉴。

本丛书聚焦当代俄罗斯的"少年文学"。少年文学（подростково-юношеская литература）是儿童文学的重要组成部分，一般指写给13—18岁少年阅读的文学作品。这个年龄段的少男少女正处于从少年向成年过渡的关键时期，随着身体的逐渐发育和性意识的逐渐成熟，他们的心理也发生了较大的变化。他们渴望理解和友谊，期待来自成人和同辈的关注、信任和尊重，对爱情怀有朦胧的向往和憧憬，在与成人世界的不断融合与冲撞中开始逐渐形成自己的人生观与价值观。这是个"痛并快乐着"的微妙时期，其中不乏苦闷、痛苦与彷徨。因此相应地，与幼儿文学和童年文学相比，少年文学往往在选材上更为广泛，在人物形象的塑造上更为立体丰满，在反映现实生活方面也更为深刻真实。

需要特别指出的是，少年文学的受众并不仅限于少年读者。真正优秀的少年文学必然是雅俗共赏、老少咸宜的，成年读者也能够从中学习与少年儿童的相处之道，得到许多有益的人生启示与感悟。

当代俄罗斯少年文学有几个新的特点值得我们加以注意：

首先，在创作题材上，创作者力求贴近当代俄罗斯少年的现实生活，反映他们真实的欢乐、困惑与烦恼。许多之前在儿童文学范畴内创作者避而不谈的话题都被纳入了创作领域，如网络、犯罪、流浪、性、吸毒、专制等。在某种程度上，这也是苏联解体后混乱无序的社会现实在儿童文学领域的一种投射。许多创作者致力于描绘少年与残酷的成人世界的"不期而遇"以及由此带来的思考与成长，并为少年提供走出困境的种种出路——通过关心他人，通过书籍、音乐、信仰和爱来摆脱少年时期的孤寂、烦恼和困扰。

其次，在创作方法上，许多当代俄罗斯儿童文学作家勇于突破苏联时期的社会主义现实主义传统，对传统的创作主题进行反思，大胆运用反讽、怪诞、夸张、对外国儿童作品的仿写等多种艺术手法进行创作，产生了一大批风格迥异的作品。在人物塑造方面，众多创作者致力于塑造与众不同、特立独行的少年主人公形象，力求打破以往的创作窠臼，强调每个人物的独特之处。

此外，作家与读者的交流方式也发生了巨大的变化，部分作家借助自己的博客、微博、电子邮件等与读者直接进行交流，能够及时地获知读者的评价与反馈，从而在创作活动中更好地反映现实中的问题，满足读者的需求。

本丛书收入小说十余篇，均为近年来俄罗斯优秀的少年文学作品，其中多部作品曾经在俄罗斯国内外大赛中取得优异成绩，一些脍炙人口的上乘之作（如《加农广场三兄弟》等）还曾被改编为电视连续剧。这套丛书风格多样，内容也颇具代表性，充满丰沛瑰丽的想象、对少年心理的精确洞察和细致入微的描绘，相当一部分作品还深入浅出地介绍了一些专业知识（如《斯芬克斯：校园罗曼史》中的埃及学知识，《无名制琴师的小提琴》中的音乐知识，《第五片海的航海长》中的航海知识等），具有极强的可读性，足以让读者一窥当今俄罗斯少年文学发展的概貌。

本丛书由北京大学外国语学院俄语系 2013、2014 级研究生翻译，力求准确传达原作风貌，以传神和多彩的译笔带领广大读者体会俄罗斯少年的欢笑与泪水，感受成长的快乐与痛苦，以及俄罗斯文学穿越时空的不朽魅力。

·目　录·

第一部 NC!

第二部 季姆帆——你是橙色的海帆

第三部 链子

第 一 部

NC!①

---

① NC，November Charlie 的缩略语，船只遇难的旗语信号。

数学课

这是一座相当古老的建筑。大概百年之前，它是一座贵族中学；而在更早，第一次围城战爆发前夕，则是一所海军士官生学校。据说，曾有许多声名赫赫的帆船舰队元帅造访，现今他们已长眠在鸟瞰蓝色海湾的高山顶处，那白色的教堂中。

这幢楼在英法的炮弹中幸免于难，甚至在第二次围城战期间它都奇迹般得以保全。如今在这长长的二层楼里坐落着普通的第二十学校，开设着一系列用英语授课的通识课程，简言之，是一所较为西化的学校。

学校后方添建了体育场，还建了一座侧楼，用于家长下班后才放学的长日班，老楼内则是教室和办公室。

发灰的石砌墙面上开出高而窄的窗子，窗前生长着高大的合欢树，它们在酷热的午间向教室里投下柔和的浅绿阴影，使人倍感凉爽。

……窗外突然响起一阵铃声。斯拉夫卡感到很惊讶："下课了？"班里却没有一个同学从作业中抬起头。原来只是学校附近驶过的一辆垃圾车，这种车开得很慢，一路上还要零零作响。当地的孩子们早已能把这铃声和学校下课铃区分开来，可斯拉夫卡还没掌握这门技能……

斯拉夫卡笑了笑，把作业推到一边便向窗外望去。窗边丛丛树木郁郁葱葱，绿叶间镶嵌着一小块一小块的湛蓝天空；中间是学校院子和白色石砌栅栏，那形状好似整齐排成一列的操纵杆。

"操纵杆"外映入眼帘的只有近处街道两边民居的屋顶，因为学校是坐落在小山丘上的。屋顶上覆盖着橙黄色的多棱瓦。这样的景象斯拉夫卡只在图片和电影里见过。间或穿插着一棵棵细高的白杨树。虽然白杨总被人们描述成"金字塔形状"，但在斯拉夫卡看来它们并不像金字塔，倒更像绿色的长矛。

更远处只看得见天空。但斯拉夫卡心里知道，在屋顶和白杨之外是大海。

想着大海离自己是这么近在咫尺，斯拉夫卡心中时刻充盈着踏实的快乐。

但他与大海的相逢却全然不是自己预想的那样……飞机上斯拉夫卡颠得昏昏欲睡，落地时他已经困得要命，恨不得头都陷到椅子扶手里去，有几次鼻子还碰到空姐拿来的毯子。在飞机广播里介绍着"此时飞机下方是号称世界最蓝的黑海"时，他甚至无法欠起身朝舷窗外看一眼。

妈妈抱怨他："怎么回事？还信誓旦旦地要当水手呢。"

斯拉夫卡只稍微挪动了下身子作为回应。他其实不晕机；这次的飞机也并不颠，反倒平顺得像公交车行驶在马路上。可不知为何胃里却满满令人恶心的铅重感，心脏也像悬空了一样。

下飞机时斯拉夫卡腿都绵软了，还出了一额头的汗。滑行道上混凝土晒得滚烫，飞机的机身慢慢冷却下来，夜幕下的天边某处传来不知名的青草香。

斯拉夫卡脚下的土地阵阵颤动。他笑了笑，心想："随它吧，没什么。"

这片土地没有什么错，它并没有折磨斯拉夫卡。折磨他的是那飞机，那是属于故时故地的。而故地再糟糕又有什么关系，但求这里不要让人神伤。

两人还有七十公里左右的车程，妈妈担心斯拉夫卡再次晕车，但其实等到他们取完行李打到车时，斯拉夫卡已经完全清醒了。

他们快到的时候已经夜色深沉，所以斯拉夫卡无法欣赏城市的风貌，只有数不清的或明或暗的盏盏灯火，忽高忽低，因为车子驶在坡路上。天空上星星与高处的灯火交相辉映，低处的灯火则连缀成条条金光闪闪的波动曲线。斯拉夫卡知道，黑色的水面上会映着这灿烂的灯火，而在这映像中还亮着白色绿色红色的点点灯光。

"是轮船！"斯拉夫卡认出来了，"妈妈，是大轮船！"

一切仿佛是个梦：长途跋涉让他的脑袋有点儿嗡嗡作响；暖和的风钻进驾驶室，在耳边鼓噪；车轮也沙沙作响；各色光影从四面涌来……

"妈妈，这就是大轮船，对不对？"

妈妈抚了抚他的肩。

"这儿是个大泊地。"司机回答道，"是军舰在那儿停泊。"

他们在灯光昏暗的狭窄街道中穿梭了很久，寻找着叫做"下锚"的巷子。车子呼啸着爬过陡峭的上坡路时，斯拉夫卡又开始感到恶心。妈妈很生气，觉得司机开得太急了。但司机做到了所有他该做的：找到了要去的地方，把车开到小门旁，帮着拿出了行李，最后祝福他们快乐，万事顺利。

薇拉·阿纳托利耶夫娜奶奶很高大，褐色的面孔上布满皱纹。她动作缓慢地紧紧抱住妈妈，两人互相亲吻。随后她朝斯拉夫卡伸出手，仿佛是想摸摸他的头，但没有够到。奶奶凹陷的唇嚅动着轻声说道："瞧瞧，我们的斯拉夫什卡，都这么大了……"

她的皱纹舒展了一些。明亮的灯光下斯拉夫卡发现奶奶的脸上满是白色的小网，因为皱纹深处的皮肤太阳晒不到。

随后薇拉·阿纳托利耶夫娜给两人准备了晚饭，有菜卷、葡萄和西瓜。妈妈表示了感谢，但还是担心斯拉夫卡会拉肚子。之后她俩低声地说起话来。斯拉夫卡并没有听，他在想着自己的事。

"薇拉·阿纳托利耶夫娜，大海离这里远吗？"

奶奶不说话了，似乎对他提出这样的问题感到惊讶。

"大海？大海哪里都有的啊……下坡走到酒店再右拐就是海岸了。"

"妈妈……"斯拉夫卡央求地说。

妈妈很生气，觉得斯拉夫卡简直是疯了！他现在累得站都站不住，自己也一样。大半夜的去个陌生的地方！大海就在那儿，难道还能跑了？！

"喏，妈妈，妈妈……"斯拉夫卡几乎绝望地小声哀求道。

妈妈有些责备地望向奶奶。

一路上都闻得到不知名的野草味，和在机场时一样。不知为什么还有一股热面包香气。稀疏的点点灯光照亮窗子。树影投在白色的栅栏和房子上，形状很像灰色柔顺的翅膀。

不知是蝈蝈还是知了藏在草丛中欢快地吱吱叫着。

"这城市多好啊……"斯拉夫卡呢喃着。突然他心里一动：他自己什么都看得见听得见，而可怜的阿尔焦姆卡却……

斯拉夫卡赶忙跑进院子，飞奔进屋里，这急匆匆的模样让奶奶有些惊讶。他从行李箱里翻出一个皮包，又从皮包里拉着阿尔焦姆卡的耳朵把它拽了出来。这小东西呆呆地歪着亮晶晶的眼睛。斯拉夫卡奔回妈妈身边。阿尔焦姆卡张开的双臂也跟着摇晃着。

"噢天呐，你呀到底还是个小孩子……"妈妈说。

海边确实不远，斯拉夫卡还没回过神来，就已经到了。四周是挂着灯的树，灯光下显得更加绿油油。脚下已经不再是柏油路，变成了湿漉漉的石板，这时斯拉夫卡看到已经到了陆地的尽头。

前方已经空无一物，只有一片黑暗。这黑幕从眼前一直绵延到未知的远方，这是宇宙的延展。他呼吸着这咸咸的新鲜空气，感觉这无边黑幕像是盐水洗过的黑色床单。

就在这黑色和清凉之中，一股灰白色泛着泡沫的暗涌缓缓移动过来。突然，砰的一声——斯拉夫卡面前竖起水花组成的一道墙。这些水花只静止了一瞬便洒向斯拉夫卡和妈妈。

妈妈像小姑娘似的惊叫了一声，吓得往后跳了回去。斯拉夫卡笑她："妈妈，这只是海浪啦！"

"离它远点儿！斯拉夫卡，会湿透的！"

"这可是海浪啊！咸咸的，妈妈！"

"砰——"又升起白色的水墙，这一次，当水花飘洒着落下来时，斯拉夫卡看到远处并不是空无一物的，里面有光。正对着他出现了三束耀眼的红光，但几秒就灭了。显然这是灯塔。而在灯塔的左面，那个淹没在夜幕中的地方，也有白光和红光的明灭，有的亮得频繁些，有的亮得少些。

灯塔右方的夜幕也被一道光划破了。那里可能是个海角，或者是海湾的另一个岸。突然岸的一部分闪着光，朝着灯塔向左移动开去。那可是亮着灯的一整块陆地么！

斯拉夫卡一开始没明白是怎么回事，直到听到远处的音乐才猜到这是客轮起锚出海了。

轮船开得并不迅速，但还是很快就越来越小，越来越暗，直到只看得见模模糊糊的一片蒸汽。

远处探照灯突然放出耀眼的光，蓝色的光束晃了一下，又灭了。

"斯拉夫卡，你全湿透了！"

是啊，袖子都湿漉漉地贴到了肩上和胸膛上，裤子泡涨得又硬又重，仿佛是铁做的。阿尔焦姆卡也基本全湿了，除了斯拉夫卡紧握着的耳朵。

"斯拉夫卡，你听到我说话了吗？咱们该走了。"

"再稍微等一分钟吧……"

直到半小时后，斯拉夫卡在吱吱嘎嘎响的车座上昏昏欲睡的时候，他才缓过神来琢磨着："真希望这不是个梦！"带着这样的担心，他睡着了。

这的确不是梦。早上他领略了海的湛蓝和宽广无垠，还有城市的街景……

斯拉夫卡眯起眼，感觉有些憋得慌。突然他想到什么，笑了起来，然后没告诉妈妈一声便沿着街道和曲折的小路跑下坡去，路上经过了好多总爱钩住裤子的铁丝网……

从海上吹来一阵暖风，桅杆和信号塔上各色旗子迎风飘拂着。

"谢米布拉托夫，亲爱的，这题你为什么没答？"灰白头发的数学老师胖胖的，躬下身问斯拉夫卡。

斯拉夫卡赶忙站起来。

"我答了啊，雅科夫·帕夫雷奇……"

"你什么时候答了？给我看看……亲爱的，你的解答在哪儿？你只是写了个答案而已！"

"难道这样不对么？"斯拉夫卡很惊讶。

"答案是对的，可是没有写理由。为什么 x 等于 5，你来解释一下，怎么不是 7，不是 1000？"

斯拉夫卡不自然地笑笑，耸了耸肩说：

"怎么会是 1000 呢……既然是 5 的话。"

"是啊！那又怎么得出来是 5 呢？难道是你抄来的答案么？"

"他没有抄，雅科夫·帕夫雷奇，他比谁都先做完的，"斯拉夫卡的同桌，小热尼亚·阿韦尔金马上打抱不平道，"其他人那时都还没做完呢。"

"这我当然知道，亲爱的同学们，我只是单单从理论上来说。可是这样一来我该给谢米方拉托夫打多少分呢？是冲他答得快给他五分，还是因为我说他没写过程而给两分？"

五年级一班的人喧哗起来，嚷嚷着应该打五分，连一向刻薄的柳布卡·波塔片科都支持给五分，尽管看得出来她不过是随大流。

"那也要把过程写上，"雅科夫·帕夫雷奇评判道，"那要不这样吧，亲爱的谢米布拉托夫，那就最好再解一道小题，嗬，就是这个……"

他往课桌上放了一张四裁纸，上面是一道方程题。

斯拉夫卡看了这张纸几秒。

"要写过程吗？还是只写出答案就行？"

"嗯……是啊，"雅科夫·帕夫雷奇一副沉思的表情，却又饶有兴趣地接着说，"看来，你确信这个题是小菜一碟喽？"

斯拉夫卡并没确信什么，他一点也不希望自己看起来像个吹牛皮大王。但他确实看出来 x 等于 12 了，既然一下子就看出来了，为什么还要多余的解释呢？

"那就快写吧，"雅科夫·帕夫雷奇说着，"快坐下写吧……还是要尽量按步骤写上解的过程，好吧？"

写过程这事让斯拉夫卡发了十分钟的愁。你总不能写，x 就像一个黄色的小球在淡紫色的台子上滚来滚去，寻找颜色更深的地方，可最终还是无处可去，不知如何是好。斯拉夫卡还是试着按惯常的方式把方程式分解开了。雅科夫·帕夫雷奇看了一眼，摇了摇头。他问：

"你之前的这些年都是这么做数学的么？"

斯拉夫卡马上站起身来："但是总归……没得过两分啊。"

"唔，那么，三分也没得过，是这样对吧？"雅科夫·帕夫雷奇想到了。

斯拉夫卡点了点头。"他们不会以为我在吹牛吧。"这样的念头闪现了一下。

"得四分的时候也只是因为字迹不佳或者马虎是吧，"老师明白了，"我猜得对吗？"

斯拉夫卡叹了口气。老师没有说错。

"你只是不喜欢数学，是吧？"老师接着问，"那你喜欢什么课呢？"

"地理和英语……"斯拉夫卡小声说。

"好吧……坐吧，坐下吧，亲爱的谢米布拉托夫。"

雅科夫·帕夫雷奇不知为什么叹了口气，走向讲台，拿起了记分册。

格尔卡·拉基京娜从前桌看过去，看老师写的几分，然后比了个"5"的手势。斯拉夫卡笑笑，坐了下来。在这儿他拿了第一个五分。

……斯拉夫卡从第一眼就喜欢上了这所学校。

它就坐落在两条郁郁葱葱的马路岔口，棱角仿佛是切割出来的，而那截面就是学校的正门脸——窄窄的，上面修有几个锯齿状的塔楼和花纹图案的铁制阳台，下面是高高的台阶。

台阶前铺设了一个小操场，通过右手边两架梯子与下面的马路连结起来，下课后孩子们可以直接从梯子跑到操场上玩耍，真不错！

梯子上方笼着高高大大的树木……当初斯拉夫卡是和妈妈一起来学校的。一大早妈妈便去校长室给他注了册，然后送他去熟悉校园，再认识一下班主任。

他俩是在后院遇到的斯维特兰娜·瓦列里扬诺夫娜老师，当时她正与年纪轻轻的辅导员和体育老师商量一场接力赛的纪律该怎么定。妈妈用严厉的目光提醒斯拉夫卡应该郑重其事地打招呼：要大声，要点头，像个真正有教养的十一岁半的孩子，而不是小声说句话敷衍了事。斯拉夫卡照做了，虽然他心里一开始并不太喜欢斯维特兰娜·瓦列里扬诺夫娜。只见她高高瘦瘦的，脸上表情倒不算严肃，可是有几分无趣。但当她笑起来时，斯拉夫卡就宽心了——那笑容很暖，完全没有古板的教师气。

妈妈很快就和班主任聊起来了，斯拉夫卡感觉百无聊赖，就不声不响地走到栅栏边，坐到围栏上。妈妈说到他是个不错又听话的孩子，还很乖巧可爱，但孩子们的通病也有。妈妈接着说，她本来是师范生外语系毕业的，只是因为嗓音太小才没能成为教师。不过这也未必是坏事，做与孩子们打交道的工作也是需要特殊的天分的，所以她一直很崇拜将毕生献给孩子们的人。

斯维特兰娜·瓦列里扬诺夫娜不住地点头称是，说教书确实不是一件容易的差事，有时累得想落荒而逃，可又能跑到哪里去呢？她还说，斯拉夫卡妈妈的专业好，可自己的专业是历史，没处可去。况且，说实话也早习惯了孩子们环绕在身边的生活了……

"看，那就是我的小近卫军们！下课啦……"

院子里陆陆续续跑进来将要和斯拉夫卡一班的同学，远远看着时觉得就是一群普通孩子，等离近些了才觉得眼花缭乱——女孩们穿着常见的褐色制服，而男孩们则穿着各种各样的衬衫，白色、天蓝色、矢车菊蓝、深蓝相互混杂；裤子也各式各样，还有穿短裤的。

斯拉夫卡心想："要是你们在乌斯季－卡缅斯克上学的话，可就有的受了……"

之前，斯拉夫卡四年级的生活一开始时，因为九月天很暖和，他就每天穿着夏季的少先队制服和短裤上学，结果大家都用异样的眼神看他，像看怪物一样。尤尔卡·吉良诺夫和他的朋友们笑哈哈地取笑他："水手的裤子被鲨鱼啃喽……"一开始教导主任安格琳娜·萨莫依洛夫娜对吉良诺夫大声训斥，后来她对斯拉夫卡说："你也有错，应该穿得跟大家一样，不要只顾着耍威风……"

但这些都过去了！再也不是在乌斯季－卡缅斯克了，再也不用忍受安格琳娜的大嗓门，再也不用听同学们的嘲笑了。

这时有个腿长长的、穿着淡紫色衬衫和绿色短裤的戴眼镜少年，追赶上一位卷发的姑娘，熟练地打了一下她的皮包。

姑娘马上叫起来："你这四眼儿恶魔！"

"萨文！"斯维特兰娜·瓦列里扬诺夫娜见状生气地喊道，"伊戈尔，你过来！怎么又这样？"

浅色头发的伊戈尔只好走过来，但气势未减。

"伊戈尔，这种行为什么时候是个头？"

萨文礼貌地歪着头说："在九年级毕业晚会吧，到时会是我最后一次打她。"

"怎么你还要……"远处传来姑娘的话音。

"真是管不过来呀，"班主任对妈妈抱怨道，"他们从一年级就开始打架了。"

"我们不是打架，"萨文反对说，"一年级时她欺负过我，现在我欺负她，很公平，这不是打架。"

"你是准备在新同学和他妈妈面前显示你很能耐吗？"

萨文透过眼镜仔细看了一眼斯拉夫卡，又转向妈妈，问候了一句"您好"。妈妈笑了一下，看出来萨文尽管顽皮，本质上应该是个有教养的孩子。

"你和柳芭又闹什么矛盾了？"老师皱着眉头问。

"客观来讲，她就是害群之马，"萨文义正词严地说，"她的挖苦任谁都无法忍受。"

"你个电线杆子！"远处的"害群之马"（尽管看外貌还是很招人喜欢的）怒气冲冲地喊。

"波塔片科！……唉，简直疯了，你俩都收敛点吧……别再发生这种事了，可以答应我吗，伊戈尔？"

伊戈尔只礼貌性地耸耸肩，说了句"再见"。他并不想贸然承诺。

妈妈笑着说："都是不错的孩子。"

斯维特兰娜·瓦列里扬诺夫娜马上赞同地说："是呀，就是偶尔淘气，但都是很棒的孩子。"

"我很荣幸我们是遇到了您，校长一开始不愿意接受斯拉夫卡，因为之前他并不是在'西化'的学校读书。但我解释了，我自己会教他英语的。"

"我们这里确实是不错的，不会有别的地方所谓'难以管教'的孩子，破坏纪律之类的问题也不存在……不过，叶莲娜·尤里耶夫娜，我们有别的苦处……"

斯维特兰娜·瓦列里扬诺夫娜说到这儿有些语塞，稍微压低了身子，才接着说：

"三天前再一次发生了这样的事……您听说安德烈卡·伊柳欣的事了吧？我以前就认识他，他之前在我们学校上过学。"

"天啊……"妈妈惊讶地问，"到底是怎么回事啊？"

"都是战争惹的祸……"斯维特兰娜·瓦列里扬诺夫娜摊摊手，仿佛在辩白，"都过去多少年了，还是发生这样的事。那时地里被埋了炸弹和地雷，时至今日还有没被发现的。我不知多少次对孩子们说过这件事，还安排了专门的讲座，挂了标示，可还是……去年一个六年级的孩子被炸成重伤，今年是孩子在路边捡了东西，往火里丢，结果三个孩子进了医院，而最大的那个，才四年级……还有一个孩子在家里疗养，孩子爸爸在海上漂，根本回不来，孩子妈妈头发全白了……"

斯拉夫卡看到妈妈用几近绝望的眼神看着他。

"我说的这些可能让您有些不安了，"斯维特兰娜·瓦列里扬诺夫娜低声说，"所以我们这次的谈话意义重大。斯拉瓦……你是叫斯拉瓦吧？你是新同学，要千万注意，如果看到可疑的东西，哪怕是小铁片之类……"

"他不会碰的！"妈妈突然大声说道，"他会听我的！知道吗？"

斯拉夫卡郁闷地点了点头，心里想，难道自己会不懂吗？但也不必吓成这样吧，好像他已经拿地雷当球踢了似的。

随后在回家的路上斯拉夫卡一遍遍对妈妈承诺，任何地方、任何时候、任何情况下都不会碰可疑的东西，一根手指头都不会碰，会像躲疯狗一样跑开的。

他不断重复说着这些，脑子里却没想着自己，他觉得自己不会有事的。可为什么这个安德烈卡被炸死了呢？是什么促使他把捡到的东西丢到火里去呢？

一种伤感的遗憾涌上斯拉夫卡的心头，仿佛他早就想认识这个安德烈卡，却没来得及就……

但这城市并没错呀！它并不是一开始就有爆炸物的，它也是受害者……

"斯拉夫卡！你听我说话了吗？！"

"听着呢，听着呢，妈妈！我已经郑重地发了一百遍誓了！"

"可我还是会一直放心不下的。"妈妈疲惫地说。

斯拉夫卡不希望妈妈一直担心。他懂事又乖巧地说："你用不着担心。这儿有几千个孩子，而这样的事只出了……没几起。连被车撞的概率都比这大呢。"

"还嫌不够乱呀，说什么被车撞！"

斯拉夫卡歇一口气接着说："还有，我可能踩西瓜皮滑倒，可能被杏核噎死，被过期的香肠毒死。还有什么？对，还可能从楼梯上掉下来，还可能患伤风而死……"

"还可能被我打脖子。"

"太不文明啦！"斯拉夫卡说。"妈妈，我们去游泳吧！我不会呛水，不会被冲走，不会沉底！去吧去吧，你答应过我的！"

妈妈突然把他拉过来，手肘用力地拍着他的裤子。斯拉夫卡一时惊得说不出话来。

"这算什么？新的教育方式？"

"什么方式！你裤子上全是石灰末，刚刚在围栏丛着时沾上的。话说回来，你也是时候知道，大人们站着说话时孩子坐着是不礼貌的。"

"那你们也可以坐在围栏上呀。"斯拉夫卡顽皮地说。

两人都笑了起来，但并不是完全的开心。随后又都开始想着什么，不出声地走着。而大海一直就在旁边，天气也格外的好。

"为什么你不去认识新同学呢？"妈妈问。

斯拉夫卡眨眨眼："怎么去认识啊？"

"很简单。只要走上前去，说：'你好，我叫斯拉瓦。以后咱们就是同班同学啦。'"

斯拉夫卡只是叹了一口气。

去认识陌生人并不是一件容易的事，也需要一定的时间。上学的第四天斯拉夫卡还没认全班里同学，听名字也想不起是谁……或者，也许已经能对上号了？

他决定试一下，于是他沿着自己这列往前看过去。第一排是格尔卡·拉基京娜和尤拉·科涅夫，第二排是科斯嘉·戈洛温和季马·涅霍多夫，感觉他们人都很好。第三排是奥克桑娜·拜奇克和列娜·斯米尔诺娃。斯拉夫卡还不确定她俩人怎么样。

但是从第四排起就都清楚啦，坐的是自己和头发理成刺猬一样、眼尖嘴快的同桌热尼亚·阿韦尔金。热尼亚就像在静静等着斯拉夫卡想起他是谁一样，还轻轻地用膝盖碰了碰斯拉夫卡的腿。

斯拉夫卡故意惭愧地笑了一下。这时热尼亚神神秘秘地摊开手掌给他看。只见他黝黑的手上写着蓝色的两个字母：NC。

斯拉夫卡甚至战栗了一下——是表示遇险的求救信号"十一月　查理"！

他斜眼看了一下热尼亚的作业本。哎呀，可怜的热尼亚把数字算得一塌糊涂，就像掉进满是浮冰的河中的小鹿。可谁又希望新年第一份作业就拿个两分呢？

他这方程是怎么算的？虽然和自己算的看起来相似，但得数不一样。该怎么帮他呢？雅科夫·巴夫洛维奇虽然可能是个好老师，但他对于监考非常严格，尤其是最后几排。一旦发现他们弄小抄，他肯定眼睛眨都不眨一下就给热尼亚两分，然后顺带着把斯拉夫卡的分也给改低。

斯拉夫卡举手说："雅科夫·巴夫洛维奇，我可以出去一下吗？"

"请吧，哪怕不回来了都行，今天咱们也没什么事了。"

"没有啦，我很快就回来！"斯拉夫卡有些心虚。

他对热尼亚眨眨眼："别怕，看我的吧！"就跑出了教室，到了走廊里。顿时他真想骂自己是个笨蛋——忘了带支笔出来了！他往走廊两头望望——像老天故意作对似的，一个人都没有！

热尼亚焦急地等待着。情况确实很紧迫，马上就下课了，已经能听见楼下孩子们欢快的喧闹声，一年级一般都提前五分钟放学。

斯拉夫卡跑到一楼来。一年级的孩子们在走廊和门口跑来跑去，孩子们穿着褐色的裤子，花花绿绿的衬衫，背着五颜六色的书包，看起来就像菜畦和草地里鲜艳的花花草草。

斯拉夫卡本来是不善于和更小的孩子打交道的，但这一次也没别的办法了。他迅速地扫了一遍，看谁有可能理他。墙边有个小男孩骑着拖把玩，应该是从清洁阿姨丽莎那里借的。小男孩穿着格子衫，背上背着印有小熊维尼图案的绿色书包。

"嗨，小骑士！"

小男孩果然马上转过头，骑着拖把挪过来。他高兴地看着斯拉夫卡，说："我的马是不是棒极了？"

"特别棒，"斯拉夫卡马上说，"嘿，能不能帮我一下？你有笔吗？最好是圆珠笔……"

"我什么样的笔都有呀！"

他很乐意地把书包拿下来，掏出很粗的一捆笔来，里面有彩色水笔、铅笔和自动笔。

"自己挑吧。你拿了还吗？"

"还啊，我只借一小会儿。谢谢你喔，小骑士！"

过了三分钟，斯拉夫卡又乖乖地坐回了教室，瞄了一眼窗外，就把用淡紫色笔写着答案的手故意露给热尼亚，同时还用手肘掩护着。热尼亚满意地一行姿一行抄了起来。抄完后感激地垂下了眼睛。

很快，下课铃就欢快地响了起来。

小骑士

斯拉夫卡和热尼亚走到走廊里。

"你可真是救了我呀，"热尼亚感激地说着，从口袋里掏出一个有些皱却很干净的手帕，试着擦掉手心上的字母。忽然好像又想起什么似的，把手帕递给斯拉夫卡，说："快把手擦擦。"

斯拉夫卡试了试，但根本擦不掉，墨水已经渗进皮肤了。

"这么干擦是擦不掉的。"

"那你就弄湿一下，像这样……"热尼亚边说边比划，滑稽地舔湿手心。这时斯拉夫卡却把手往膝盖上蹭来蹭去，看能不能弄掉。结果膝盖也变得紫紫的。

"看，这里也涂上色了，"斯拉夫卡有些抱怨，"不行，我得赶紧回家，反正整个方程也弄不掉。"

热尼亚若有所思地看着自己手上的"求救信号"。

"为什么你不写 SOS 呢？"斯拉夫卡问。

"写 SOS 的话谁都看得懂呀，如果被雅科夫·巴夫洛维奇发现了，那可就真的要喊救命喽！而这个暗号嘛……"他得意地晃晃还残留字母的手，"可就没谁知道啦！"

"热尼亚，你是怎么猜到我懂的？"

热尼亚笑着说："我在你包里看见一个红色的密码本，翻了一下，然后就想到，你应该懂这方面的东西……"

斯拉夫卡忧心忡忡地看着他，心想：他不会还看了包里别的什么东西吧？更确切地说，看见什么人的照片没有？那就在书的最底下呀。但热尼亚看起来又并不坏。

"你是怎么知道密码本的？学过这个？"斯拉夫卡接着问。

"学过一点儿。我今年打算加入少年舰队的掌舵信号组，但那里不录取得两分的孩子呀，所以我刚刚给你发信号求救。"

"这个舰队在哪儿？"斯拉夫卡有些激动。

"在小港，挺近的。"

"那里有帆船组吗？"

"还不清楚。如果你很想知道的话，我可以去问问。"

"很想知道！你可千万别忘了帮我问啊！"

两人走到台阶上的时候，突然传来"腾腾腾"的声音，抬眼一看，好像有人在操场上用粉笔画线似的！原来是"小骑士"穿着一双白色的凉鞋喜滋滋地朝他俩跑了过来。

"你好！怎么样，我的笔帮到你了吗？"

"帮到了啊，"斯拉夫卡回答着，又给热尼亚解释说，"我就是用他的笔给你写的答案，自己的忘带出来了。"

"原来是一整个队的人救了我呀，真是难为情呀。"热尼亚开玩笑地说。

"小骑士"跑到斯拉夫卡跟前，拉拉他的袖子。

"怎么啦？"斯拉夫卡问。

"带我玩儿呗？"

"怎么个玩法？"

"背我跑，我最喜欢别人背我玩了。"

斯拉夫卡被这天真无礼的要求弄得有些不知所措："你这主意可真行！"

但他转念想到借的笔，觉得不该忘恩负义，虽然细一想，觉得其实应该由热尼亚来背他，但却不好意思再讨价还价。

斯拉夫卡一蹲下，"小骑士"就敏捷地直接从台阶蹦到他身上。小男孩真的好轻，仿佛骨头也跟小鸟一样是空心的。

"你可要扶住喔。"斯拉夫卡提醒他。说罢又紧紧勒住小男孩儿的肋部，嘟囔着"也得把他扶住"。然后又说："把脚拿开一些，不然你的鞋该把我的衬衫蹭脏了。"

男孩儿听话地把裹着高尔夫裤的腿往前伸了伸。

热尼亚饶有兴致地看着他俩。

斯拉夫卡背着他一路小跑横穿过操场，然后又返回来，把这位小"乘客"放在了台阶边的矮墙上。

"谢谢。"小男孩儿正儿八经地说。

"没关系。"

小男孩转身就跑回自己的小伙伴那儿了，大树下孩子们玩得正欢。这时斯拉夫卡看见了几个自己班上的同学，其中一个是柳布卡·波塔片科。

"吃饱的马呀蹄儿嗒嗒嗒……"柳布卡突然唱起来。斯拉夫卡耳朵一下就热了。唉，怎么就这么倒霉？难道到了新学校也还是要面对爱讽刺和爱起外号的讨厌鬼吗？

这时热尼亚马上生气地反驳说："柳布卡，管好你自己就行了！斯拉夫卡背人玩又关你什么事？"他顿了顿，又接着说："马是高贵的动物。人面蛇身、狠毒阴险的厄喀德那就是灭绝的物种了，它只能属于地球上生存着蛇颈龙和其他化石动物的时代。"他故意叹了一口气，又接着说："真遗憾，怎么还是存留下了一只。"

科斯嘉·戈洛温劝气恼的柳布卡："别怕，他就是耍嘴皮子。难道谁让他说了，就能裤子里长出毒刺来吗？"

柳布卡忿忿地说了一句"男生全都是傻瓜"就走了。同学们都已经回家了，只有斯拉夫卡和热尼亚还待在台阶上，看"小骑士"在玩什么。这群孩子都摘下了书包，玩起了跳背游戏。"小骑士"跳得很轻巧敏捷，却总在望着斯拉夫卡，基本上每跳过一次就看他一眼。

"小时候也玩过的。咱们快走吧。"斯拉夫卡开始催热尼亚。

但热尼亚却摇了摇头，仍然坐在台阶上不动，沉甸甸的书包搁在膝盖上。他看着狡黠的"小骑士"，突然对斯拉夫卡说："要不你再背他一下吧，娱己娱人。"

"小骑士"马上停住了玩耍，竖起耳朵听他怎么说。热尼亚笑了起来。

斯拉夫卡有些气恼了："你说什么呢！他会缠上我的！"

"就一下嘛……"热尼亚还是劝他。

"你这样到底是为什么啊？"

"就这样定吧！"热尼亚又一脸认真地说。斯拉夫卡只好对"小骑士"喊道："快过来吧！命运的馈赠！跳到我背上！"

斯拉夫卡背着开心的小男孩儿绕了操场一圈，回来时看见热尼亚在本子上画了素描——是自己背着小男孩儿跑的样子。

这是个极简的速写，连面部线条都模模糊糊的，但还是能一下子就看出画的是谁（至少"小骑士"的样子很明显）。

"小骑士"看了一眼，说："我也会画画儿呢。"

"你这个年龄谁都会呀。"热尼亚回答。

"嗯哈！""小骑士"表示同意，然后就又跑走了。

"热尼亚，把这画送我吧。"斯拉夫卡想要。

热尼亚扯下这张画递过来，仰头注视他。

"嘿！我想到了！你们是兄弟俩吧？"

"哪来的鬼话？"斯拉夫卡吃了一惊，"我今天才第一次见到他。"

"但是你们长得好像啊！"

"我们俩？得了吧你……"斯拉夫卡嘴上这么说，但仔细看看画，还真发现很多相像之处。

"小骑士"头发是浅浅的，直直的，就像地球仪的经线一样延伸出来，而且还看得见有一绺微微鼓出来的头发。斯拉夫卡正巧也是同样的发型（如果这也能被称作发型的话），只是发色更深一些，发质也貌似更硬一些。

斯拉夫卡的头发一直是妈妈动手理：把长出的头发理到前额、太阳穴和后脑勺的位置。妈妈特别喜欢他鼓出来的那绺头发，时不时摸摸它，念叨"我可爱的小头发哟"，在没旁人时连他也觉得蛮舒服的。要不是怕露出头皮来，他是很想干脆把这绺头发给剪掉的。话说回来，这种发型对于像"小骑士"这样年纪的孩子还是很适合的，但他已经十一岁了，这种发型没法增添他的英雄气魄。

不过，斯拉夫卡从来也没有过扮英雄的想法，无论是打扮还是行动上。他只求不比别人差，但这也不是能一直做到的……

斯拉夫卡与热尼亚走完楼梯就分别了。

斯拉夫卡下意识又回头看了一眼。"小骑士"也走下楼梯来，但他不是一个人，有两个同班的女孩子在他两旁。斯拉夫卡甚至看出神了：这小男孩儿啊！肩挺得直直的，手插到口袋里，胳膊慵懒地晃着，迈着轻盈的步子，活似绕着蒲公英舞蹈的仙女；他正用略显傲慢的腔调和女孩子们聊着什么，只见他一会儿转向一个女孩儿，说点儿什么然后笑笑；随即又以同样的方式转向另一个女孩儿。而这两个女孩子都目不转睛地望着他，看起来快活得倒像要绊倒了似的。

难道自己在七岁时也是这样的吗？当然不是。尽管相貌上有些相似，性格却完全相反。

双桅横帆船"水星"号

在斯拉夫卡年幼，母子俩还住在涅维扬斯克①的时候，妈妈上班他是每天都跟着的。妈妈在工厂俱乐部管理图书馆，还操持独立的剧场和英语小组，所以每天忙得不可开交，斯拉夫卡就只能在半地下室的一间有台球案的小屋里打发时光。

每天都有很多人来打球，于是斯拉夫卡便常常爬上高高的窗台，看黄色的台球伴着骨质的敲击声在呢子案布上滚来滚去，一看就是几个小时。

妈妈唠叨着："看你这样子，好像这里比幼儿园好多了呐？"

斯拉夫卡不住点头。他跟一般的孩子不太一样，他很讨厌幼

---

① 涅维扬斯克，苏联斯维尔德洛夫斯克州城市。铁路车站。建于18世纪初，1917年设市。

儿园，觉得那里特别无聊。每天都得勉强熬到吃午饭时才能心情好些，然后再上课时就又陷入百无聊赖之中。而且他一想到要睡在和家里完全不一样的地方，又没有妈妈的身影，他就觉得万分郁闷。

在家里就好太多了，在自己屋里斯拉夫卡哪怕待一天都不会无聊。唯一的不足是邻居家的尤尔卡·吉良诺夫常常会过来捣乱。他比斯拉夫卡年纪大，只读了一年级就辍学了，游手好闲不务正业。他一来，要么拆了斯拉夫卡的玩具，要么自顾自去冰箱里拿果酱吃（斯拉夫卡自己都不敢这样做！），还用妈妈的口红在镜子上画魔鬼、恐龙。要是斯拉夫卡不放他进家里，他就威胁说要揍人。直到某天，斯拉夫卡实在忍不了了，礼貌地找尤尔卡的妈妈——济娜阿姨说明了一下情况，心想也许她能让他收敛些。

济娜阿姨很认真地听了斯拉夫卡的话，因为她知道斯拉夫卡是个有教养、不使坏不撒谎的好孩子。听完后她点点头说：

"竟然有这样的事！你说得……很对。我和他谈谈。"

不一会儿母子谈话果然开始了，斯拉夫卡在自家院子里听得分明，因为济娜阿姨家的窗子是开着的。

"尤里！给我过来，你这废物！过来！怎么，还需要我去逮你吗？"

一阵短暂的喧闹声过后，传来了一声惨叫：

"妈妈！我再不敢了！"

斯拉夫卡被这声音吓得在排水管的木桶旁蜷缩起来。

"再也不敢了！妈妈求你别打了！噢！——呀！——求你了！不敢了！"尤尔卡不停地尖叫……随后是一阵难熬的宁静，就像呼吸都停止了一样……只听得一下一下有节奏的、打人的声响，仿佛时钟滴答滴答的节奏，一下都没有停顿。

"噢！——呀！——求你了别打了！疼死了！！"尤尔卡的惨叫声再一次传来。一阵艰难的悲喘后，哭号变成了微弱的哀叫，沙哑凄厉，就像喉咙里震颤着警察哨子里的小球……

斯拉夫卡蹲在院子里离尤尔卡家最远的角落，恨不得钻到地里去！就这样蹲到了晚上。夜里寂静无声，可他还是觉得听得见那一声一声、毫不留情的啪嗒响。他怎么可能想到会有这样的后果！他只是希望尤尔卡不要再来烦他了，仅此而已！

尤尔卡没有放过斯拉夫卡，之后的某一天，他在操场上逮住斯拉夫卡，对他拳打脚踢，硬往他嘴里塞沙子。斯拉夫卡默默地把沙子吐出来，甚至都没有自卫，只是一直闭着眼睛承受，因为他觉得惭愧至极。

从那天起斯拉夫卡就再也不想留在家里了，从早到晚待在台球室里。妈妈觉得很担忧，因为在那里斯拉夫卡呼吸的都是二手烟，听的都是不体面的谈话。而且在窗台那里停留也很容易感冒，那里窗子一直灌风。

妈妈不知道，斯拉夫卡全神贯注地投入到台球中，连大气都不喘，简直听不到大家说话，也感受不到寒冷，甚至连来来回回的人们都没看进眼里。他的眼里只有这些球，被它们完全吸引住了。慢慢地去体会出这里面蕴含着的游戏规则，这过程让他感到开心。现在他已经能准确无误地看出球在互相碰击中的运动轨迹。

可能也正是在这个过程中，斯拉夫卡也学会了看出别的好多事情，比如抛进院子的石头会落在大概什么位置；风筝在风的助力下会怎样飞行；用自制弓弹打落的树叶会不会落在目的地，等等。所有这些都遵循与台球碰击类似的规律：惯性、滑动、反弹。

而当他在学校接触数学时，题目中的各色数字在他眼里也好似滚动的小球。

但这已经是后话了。在台球室斯拉夫卡基本上都是在窗台上寸步不移，只有在极少数时候，台球室会空下来，那是他最难熬的时刻。他孤零零地蜷缩着，沮丧地呆望着呢子布桌台，旁的东西看都不看一眼，所以，直到很长时间之后的某天，他才偶然地发现灰绿色的墙上竟然挂着一幅画。

平常时候这画都笼罩在阴影里，这次却恰好洒满月光，仿佛要流淌成河。月亮是躲在云彩后的，但它清冷的光却穿透遥远的时空，直照到画中高低起伏的海浪上。浪里行驶着一叶双桅船，尽管海浪这样大，它却行得异常平稳。它的帆都已破旧不堪，甚至透过窟窿看得见蓝天。但它依然行得这样自如。

这小小的、破旧的船竟然蕴藏这样自信的力量，简直是个谜，对斯拉夫卡来说真是太有吸引力了。这月光中有一种不安分的、激动人心的节奏，跟台球碰击时规规矩矩的声响完全不同。

斯拉夫卡把有些纳闷的妈妈领到画前，小声地问她：

"这是什么画？"

"这是双桅船梅尔库里，是画家艾瓦佐夫斯基作品的复制品。你怕什么？"

斯拉夫卡无奈地皱了下眉。他并没有害怕什么，只是觉得在一个谜一样的作品前不应该大声说话。

"为什么这船满是窟窿？"

"好像是经历了战斗。这是咱们俄国的船，与土耳其的舰队发生了激战。土耳其一方兵力很强，咱们俄国只有这一艘，却奇迹般地取得了胜利。"

"是在哪里交战的？"

"应该是在黑海上……我记不准了，我又不是历史学家。"

"双桅船是什么？"

"你看这画的不就是么……"

"到底为什么是'双桅船'呢？"他不断重复着这句话，因为实在找不到其他更好的词来阐明自己的莫名的紧张。妈妈看着他直叹气，索性带他去了图书馆，在最后两排找到两本旧旧的《海洋词典》。

"要是你愿意，就从这里面找答案吧。你也不小啦，再过一个月就要去上小学了。"接着，妈妈教会了斯拉夫卡如何查词。斯拉夫卡很快就找到了词条"双桅船"，上面是这样表述的：

"双桅船（brig）：一种武装双桅式船，且主帆上设斜桁。现已少见，逐渐被双桅纵横帆船和纵帆船取代。"

斯拉夫卡基本一句也看不懂，但陌生的帆船专有名词却在他心里激起一阵莫名的旋律，很像他最爱的电影《格兰特船长的儿女》的开头曲。他接着翻找起字母"x"来，看看"斜桁"到底是什么……

从那天起斯拉夫卡就把台球抛到脑后了。他沉醉于翻阅词典，就像启程了一场远航，旷日持久，又无怨无悔。但没过几天他就必须把词典还回去，因为妈妈调动了工作，不还书就办不成相关的手续。

斯拉夫卡就像与最要好的老友惜别一样不舍。妈妈为了安慰他，给他弄到了一本叫《战舰与堡垒》的书。这本书真绝了，里面什么都有！有双桅船"水星"、海军上将纳希莫夫、锡诺普大战、坚不可摧的要塞和机敏果敢的船长，甚至还写到激战后战列舰、护航舰凯旋的城市。

俄国的水兵们经过最后的激战后走下甲板，来到这个城市驻扎下来。上个世纪和这个世纪，何其相似的情景。这城市里甚至立有"水星"号船长的纪念碑。斯拉夫卡把书的最后几句不知读了多少遍：

战争过去了，堡垒上生出又一季不可战胜的离离青草。

或许，今后永远都会像现在这样宁静了？也许吧……中午，海湾上万里无云。两人沿着翠绿的城墙走着，墙上还耸立着由于长时间不使用而发黑的加农炮；两人走过古老的纪念碑，走在弯弯曲曲的石灰岩砌成的楼梯上。城市依山而建，两人爱这里如爱生命……

这两个人是已年迈的每军军官和他十岁的孙子。

斯拉夫卡多么想去这书中的城市，为此，他愿意拿除妈妈之外的一切东西去换！

这本书比他知道的所有书都好看，但也代替不了《海洋词典》。这书只是讲述了战舰的故事，而那词典仿佛已经是战舰的一部分，那个遥远城市的一部分……

后来的某一天，妈妈带着斯拉夫卡来本地的图书馆找之前工厂的旧友，瓦西里萨·格奥尔吉耶夫娜，一个戴着像飞机舷窗一样巨大的眼镜的老婆婆。这时斯拉夫卡已经上二年级了。妈妈和她聊天，而斯拉夫卡就在一排一排的书架里四处看看。突然他瞥到一个书架的题名是"绐想成为军人的人"。架子上的各色教材和章程中有一本红色的小册子，封面绘有星星和锚的图案，书名是《海事参考》。

在离海几千英里的此地，却意外地发现了这本书！

斯拉夫卡迫不及待地翻看起来。一开始都是难懂又枯燥的草图、示意图和规则。但随后渐渐变得有趣起来——航海结、航线、帆索，信号灯……而最让斯拉夫卡喜出望外的是国际旗语汇总表！斯拉夫卡梦想找到这样的表已经一年多了！

他一开始打算向瓦西里萨·格奥尔吉耶夫娜要这本书，但是最后却没有这样做，因为他想到：万一阿姨说"不行，你没在这里登记"，或者她觉得斯拉夫卡年纪太小，不可能看懂这本书。万一她不同意，那可真是永远都拿不到了。然后，就要又一次和它永别，就像与之前的词典一样？

他到底是怎么了？也许是"航海梦"已经冲昏了他的头脑吧！他四下看了看，确认了没有人，就悄悄打开了背包……

随后斯拉夫卡的生活变得不寻常，每天总是在开心与担忧的交织中度过。

在他学习旗语、研究索结的时候，似乎把一切都忘在脑后了；而书一合上，他又能把刚看的东西全都清晰地回忆起来，这是多么令人惊奇啊！

他有时把册子藏在枕头底下，有时是围巾下面，有时是沙发下面。他这么不停地变换地方，总有疏忽的时候。妈妈看到了就会问：

"这是哪儿来的小册子？"

斯拉夫卡脸"刷"地就红了，比册子封皮还红哩。他编谎话答道：

"一个同学借我看看的。"

妈妈觉得很惊讶，她知道，斯拉夫卡在学校并没有什么好朋友。

"奇怪了……"妈妈说。

她翻了翻小册子，看到上面有图书馆的盖章。

"为什么这里有个章？"

斯拉夫卡含糊地回答说，是他同学从图书馆借来的。

"你怎么吞吞吐吐的，你说的是实话吗？"

斯拉夫卡小声说，是实话。

"那你发誓没有说谎。"妈妈试探着。

这招太切中要害了。斯拉夫卡能发誓吗？发这样的假誓？要不然还是承认了吧……说实话还轻松些。

斯拉夫卡忍不住大哭起来。事情一下子就很明显了。

等着受惩罚吧！妈妈当然不会像尤尔卡妈妈那样痛揍他，但是会怒气冲冲地骂他，气得头发都竖起来，气得直冒烟……斯拉夫卡哭得快说不出话来，央求妈妈尽快把册子还回图书馆。

但妈妈没有帮他还回去，而是带着他去图书馆，并且警告他，除非他自己向瓦西里萨·格奥尔吉耶夫娜说明一切、亲手归还册子，否则她永远也不会原谅他。

还能怎么办呢？斯拉夫卡艰难地挪到了图书馆，徘徊在门前哽咽了差不多半个小时，终于瓦西里萨·格奥尔吉耶夫娜不知是要办什么事走出门来，看见了斯拉夫卡。

强忍着羞愧，斯拉夫卡流着泪把自己做的错事坦白了。

瓦西里萨·格奥尔吉耶夫娜身材不高，头发灰白，看上去面容慈祥。她并没有可怜他，而是严厉地对他说："如果一个人在八岁时就偷偷地把国家的书拿回家，那他不会善终的！如果你爸爸，瓦列里克·谢米布拉托夫还在的话，他会怎么说？瓦列里克·谢米布拉托夫生前九年来一直在图书馆看书，别说偷了，连一页书都没损坏过。而他的儿子呢？真是令人羞耻！你妈妈真可怜啊……"说完她让斯拉夫卡把书放回原处就走，说和他没什么好说的……还说，如果他今后再生偷书的念头，就一定让他想起噩梦般的这一天。

但是当斯拉夫卡小声说了"再见"准备离开的时候，瓦西里萨·格奥尔吉耶夫娜突然语气缓和了些，问他：

"我倒想请问，为什么你要这本大人看的书？"

斯拉夫卡停下了脚步，却还是默不作声。

"我在问你，维亚切斯拉夫·谢米布拉托夫，为什么？"

"因为这本书有意思……"斯拉夫卡声音小得几乎听不见。

"什么有意思？"

"关于战舰的……"

"好吧……既然你对这本书这么感兴趣，而且又主动承认了错误，我们可以这样：我就送给你这本册子，你给我另外一本书作为交换。同意吗？"

斯拉夫卡虽然觉得无地自容，却也无法拒绝。他信守承诺，给图书馆拿来了《毛克利》，这是一本相当受欢迎的书，很厚，里面有很多彩页。

"妈妈同意了吗？"瓦西里萨·格奥尔吉耶夫娜严肃地问，尽管斯拉夫卡点了头，她还是接着问："会不会舍不得？"

事实上斯拉夫卡心疼得直喘粗气，但还是坚持说：

"我家里还有一个小一点的，英文版的。"

"你能看懂英文版的？"

"只能看懂一点……主要是妈妈看。"

隔天瓦西里萨·格奥尔吉耶夫娜就把书还给妈妈了，因为小册子其实对她来说没什么用，本来是准备当废纸用的，不过这事斯拉夫卡是半年后才知道的。在那之前，每当斯拉夫卡再想起林中少年的冒险奇遇，他就和妈妈一起看英文版的，他也完全看得懂，想必是因为他真的已经对这本书的情节太熟悉了。

他总和妈妈一起看书。无论他做什么事情都是妈妈陪着他：一起看电影，一起去野外；一起削土豆，一起洗碗；搬家的时候一起收拾箱子。这就是相依为命吧。但其实斯拉夫卡在新切尔卡斯克①，一个遥远的南方城市，还有一位表亲的奶奶，是爸爸的姨妈，至今素未谋面。但逢年过节的时候，这位薇拉·阿纳托利耶夫娜时不时还会来信问候。妈妈每信必回，有一次还寄了斯拉夫卡和自己的照片过去。

在那之后通信变得频繁起来，奶奶经常问起斯拉夫卡，还邀请两人去做客。但妈妈只是说，这应该只是客套而已。

那之后发生的事，斯拉夫卡简直不敢相信！奶奶写信说，她和熟人换了住处，搬到了战争打响之前生她养她的海滨城市，那里有战舰和堡垒，船桅上挂着五颜六色的信号旗——那可是斯拉夫卡烂熟于心的东西啊！

她搬到了书里的那座城市！

斯拉夫卡暗暗下定了决心。他言辞恳切地写了封信，没告诉妈妈，自己寄了出去。这是个从未有过的尝试。

> 薇拉·阿纳托利耶夫娜奶奶：您好！我从来没有见过大海和战舰，实在太遗憾了。我请求您再一次语气更殷切一些邀请妈妈和我去您那里做客吧。那样妈妈才有可能同意。拜托您了！

于是薇拉·阿纳托利耶夫娜真的照做了：

① 新切尔卡斯克，苏联罗斯托夫州城市，位于图兹洛夫河与阿克塞河畔。

不管是搬过来还是短暂停留，都来一趟吧！家里很大，手续我来办，因为我是老兵，他们会比较照顾的。在这里住很不错，大家在一起热热闹闹的多好……

"我们去吧！"斯拉夫卡迫不及待地喊出自己的意愿。

但妈妈只是笑着说："你这小傻瓜呀！干吗要去一个陌生的地方，去找一个不熟的人……"

"但是她都再三邀请了啊！"

"斯拉夫卡，你看，她年纪大了，也许还带着病。她有房子，也许她叫我去只是希望我帮她料理家务。但你看我像个家庭主妇吗？穿着围裙的婆娘？"

妈妈年轻漂亮，确实不像个主妇。许多人都曾对斯拉夫卡说过："你看你妈妈多漂亮呀！"也许只是他自己没意识到！

但为什么就不能去呢？如果妈妈去不了，那我自己去帮奶奶也是可以的，虽然可能没什么能帮得上的。也许很有可能，薇拉·阿纳托利耶夫娜只是一个人住太孤单了。

"但她都这样邀请了啊！"

"邀请一下别人倒是很轻松，可是到了那儿，谁给我安排对口的工作？万一我和奶奶性格不合呢？她是房主，我可不习惯当房客……而且总搬来搬去的话实在太累了。"

斯拉夫卡小声地哀求：

"哪怕是做个客也好啊……"

"那倒可以考虑。如果手上有余钱，又有假期的话，咱们可以去。"

这时正是三月，还得等三个月才行。一开始斯拉夫卡每天都很期待，但后来兴趣慢慢就淡下来了。因为这本来就有些不可思议，也许根本做不成。

结果他是对的。妈妈与领导的相处出了问题，被解雇了，家里根本没有远行的旅费。斯拉夫卡读完二年级时，他们搬到了波克罗夫卡。

安纽达

波克罗夫卡不是农村，是个周边有座大型工厂的小城市。妈妈好不容易在这里找到了一份不错的工作：在技术图书馆做顾问和翻译。斯拉夫卡也安顿下来了，暑假去城里组织的夏令营（在那里他觉得很无聊），然后去一所八年校龄的小学读三年级。

斯拉夫卡的三年级过得很平顺，基本没有被打、被欺负过。合得来的朋友却也没有交到，不过这一点斯拉夫卡在那个时候毫不担心。对他来说什么才是最重要的呢？那就是——听完课、尽快做完作业，然后就迫不及待扑到沙发床上看喜欢的书。或者是去图书馆找妈妈，那里总是有各国的杂志，杂志里时不时刊有轮船的照片，有时还有帆船、遥远的滨海城市的景象……

薇拉·阿纳托利耶夫娜奶奶依旧会来信，询问斯拉夫卡的近况，询问能否去做客。妈妈回信说，明年夏天一定去。

四月份的时候斯拉夫卡入了少先队，还被选为了小组长，因为他成绩从来没下过三分。五月末厂工会给妈妈分了个一居室，这样一来母子俩就从之前拥挤老旧、走廊里总能闻到发霉的葱和变酸的白菜味道的出租屋里搬了出来。

暑假伊始，斯拉夫卡一天之内就得到了三个好消息。

首先是妈妈终于给他买了一套牛仔服。妈妈原本很不喜欢这种款式的衣服，她觉得有文化的孩子穿学校的短裤才是最合适的。斯拉夫卡恳求了很久，最后妈妈妥协了，因为校服他已经穿坏了，而且天也不热，适合穿牛仔。

这身牛仔上装饰有轮船图案，扣子也是海军风的铜纽扣。虽然与真正海员的扣子并不完全一样，但也亮亮的，刻着锚的形状。斯拉夫卡高兴得快站不住了。

他就是穿着这身和妈妈去她老朋友康斯坦丁·康斯坦丁诺维奇家做客的。这是第二件喜事。

康斯坦丁·康斯坦丁诺维奇家非常有趣，活像个博物馆。门上挂着一只巨大的驼鹿角，墙角摆着老鹰的标本，墙上挂着一张鹿皮，鹿皮上是一架双筒望远镜、一把很沉的猎刀和一杆双筒枪。

康斯坦丁·康斯坦丁诺维奇说，这把枪虽然有年头了，但还是非常好用，而且非常贵重：因为这是独一无二的。尽管这么贵重，他还是给装上了两个空弹壳，让斯拉夫卡扣动扳机过过瘾。他也把望远镜拿给斯拉夫卡玩了（只可惜望远镜是陆军用的，不是海军用的那种）。甚至连猎刀也给他玩了，虽然妈妈生怕他不小心割了手指。

这还不算！他甚至还带着斯拉夫卡在厨房引爆了一个打猎用的雷管。这让妈妈吓得半死，黑下脸来，说："别把孩子带坏了！"

"好好好，"康斯坦丁·康斯坦丁诺维奇应承着，"这是最后一次实验啦。不过，斯拉瓦，妈妈说得对，这可不是开玩笑的事，这里面有雷汞，是非常不稳定的物质。也许一百年都好好地平安无事，也可能只因为一个喷嚏就瞬间爆炸。"

斯拉夫卡严肃地点了点头。康斯坦丁·康斯坦丁诺维奇说的话他是相信的。这位叔叔经验丰富又勇敢异常，是猎人、旅行家，同时又是个运动员，在射击飞盘比赛中屡屡获奖。

斯拉夫卡觉得他很像英国作家康拉德笔下的海军大校：高大、精瘦，中分的头发，一口白牙，笑起来眼睛亮晶晶的。但笑得又与书里的大校有些不同，是断断续续、不够果敢的那种，同时手指紧紧扣着，仿佛要把它们折断似的。不过，也许这只是因为他在妈妈面前太紧张了。斯拉夫卡早就发现，许多男人在妈妈面前都会变得不自在，变得有些愚笨。

喝过茶后康斯坦丁·康斯坦丁诺维奇提出一起出去走走，于是三人就去了公园。

斯拉夫卡之前没来过波克罗夫卡城的这一片地区。去年一整年他基本一直待在自己房间里，没去过什么地方。其实他之前也听说过这城边有一个湖，但他以为是像彼得罗扎沃茨克[①]的小水塘一样。见了才知道，这湖原来这么大。

斯拉夫卡兴奋地奔到岸边。

湖水几乎延伸到天际！木制码头边摇荡着白色的大汽艇，上面竖着真正的桅杆！

这还不是全部：几百米之外，灰色的湖水之上，可以看见马刀般白色的帆！

斯拉夫卡怎么也不肯离开这里，任凭妈妈和康斯坦丁·康斯坦丁诺维奇说带他去旋转木马、去靶场、去照哈哈镜，他都只是倔强地摇头，可怜巴巴地哀求道：

"妈妈，你们去玩吧，你们去看吧，然后再回来找我就行。我保证不下水，不会摔倒，不会被淹到！我哪里都不会去的！求求你了！"

妈妈还想反对，但康斯坦丁·康斯坦丁诺维奇拉了一下她的手，对斯拉夫卡眨了眨眼睛。他真是个特别好的人。

两人一走，斯拉夫卡就往栈桥上跑。但是他不敢走上去，也

---

① 彼得罗扎沃茨克，俄罗斯卡累利阿自治共和国首府，在奥涅加湖西岸。

许那儿是只有坐船的幸运儿才可以去的吧。

这时，一只小艇快速地拐了个弯从码头边驶过。是两个穿橙色救生衣的男孩子在驾驶，大概十三岁的样子。斯拉夫卡颤抖着，呼吸都慢了下来。小艇已经走远了，可还听得见两人欢乐的笑声……

旁边好像站着个人，斯拉夫卡看了一眼。这是个敦实的大叔，一脸浅色的大胡子。他问道：

"你是哪里来的呀，帅小伙？"

斯拉夫卡嘶哑地回答说：

"我……我只是看看。这里可以站吧？"

"可以。"大胡子回答。

小艇拐弯回来了。

"这里……"斯拉夫卡声音小得几乎听不见，"这里都是什么样的人才能加入啊？"

大胡子叔叔若有所思地低头打量斯拉夫卡。他用粗壮的手指摸了摸斯拉夫卡衣服的扣子，好像在数有多少个似的。然后他抬起了头。

"安纽达！"大胡子突然向着远方喊了一句。

斯拉夫卡被他这大嗓门吓得一激灵。此时此刻他当然不知道，今天的第三件好事马上就要发生了。

"安纽达！"大胡子又喊了一声。

这时从小棚子里走出一个高大的姑娘，长相有些奇怪：方形的日本人似的眼睛，嘴巴大大的，蒜头鼻，留着男孩子似的刘海。

"什么事？"姑娘奇怪地问道。

"这不，来人了，"大胡子略带迟疑地说，"也许，就他了？教教他，说不定就真能成个水手……"

安纽达看了看斯拉夫卡，再看看大胡子，又看向斯拉夫卡，然后站到他们中间，对大胡子说：

"你尽做老好人。"

"唉，安纽达呀，"大胡子低声说，"看他人瘦的，还有他那受折磨的眼神！像黏这儿了似的，站在栈桥上一个多小时了。"

"他坚持不到一个星期就会跑的。"安纽达说着，不抱希望地望向了远方。

"我不会跑的，我保证。"斯拉夫卡嘶哑地发誓。

"那咱们走吧！"安纽达说着，把斯拉夫卡抱到肩头就往栈桥上走。

栈桥边停靠着许多胶合板制的圆头小艇，都竖着异常高的桅杆。其中一个随波摇晃着的白色小艇，看上去是刚刷过不久，尽管前面仍有蹭掉漆的斑驳，扬着的帆闪耀白光，主帆上绣着黑色的字母"C2021"。

"这是我的船，"安红达略带忧郁地说，"船级属于稳向板船，是个单型帆艇，它叫'特伦普'，英文意思是'流浪者'。"

"我知道。"斯拉夫卡马上告诉她。

安纽达歪过身接着说：

"它有两个帆，大的叫主帆，小的叫……"

"支索帆！我知道。"

"我看出来了，你什么都懂。"安纽达确实发现了这一点。

斯拉夫卡耳朵一下子烧起来。

安纽达说："现在我们开始吧……你先把外套和裤子脱了吧，不然一下水就会像网兜里的猫——咕噜咕噜的。"

斯拉夫卡听话地赶忙脱衣服，脱完就哆嗦起来——不知是因为冷还是因为激动。安纽达看见他干瘦的身体上冷得起了鸡皮疙瘩，哼哼地说：

"不禁冻的小子哟……你应该会游泳吧？"

"在泳池游过。"

"在泳池的那种我是知道的……这样，你等我一下。"

不一会儿，她找来一个救生圈给斯拉夫卡套了上去。斯拉夫卡知道泳圈是孩子们在浅水区游泳用的，但也没委屈没争辩。现在对他来说最重要的是马上就能上船了！千真万确，不是做梦！

"你先看支索帆，"安纽达告诉他，"那些绳子叫做后角索。"

"我知……"说到一半斯拉夫卡突然闭口不言了，脸又红起来，就像那救生圈的颜色。他紧张地伸出手在泳圈上挪动着，乖乖地说："好……"

天阴阴的，大风从天边阵阵吹动着海面。小船驶离栈桥，在浪中起起伏伏。

斯拉夫卡跳上船。

"拉着后角索！"安纽达喊道。

又一次浪打在船边，溅了斯拉夫卡一身水。湖水竟然暖暖的，斯拉夫卡永远记得这与浪花的初次相遇……

两人沿着湖游荡了一个多小时，有时"特伦普"会倾斜到好像要把帆都浸到水里去，所以安纽达就一直站在甲板上，时不时用力地把船往后拉。此时的安纽达再不像初见时那般粗笨，而是灵活至极。

时不时她会狡黠地看看斯拉夫卡，问他："你怕吗？"

"一点都不怕。"斯拉夫卡回答。

"万一船翻了呢？"

"不会翻的。"

"你怎么知道？"

斯拉夫卡耸了耸被水打湿的肩膀。他不知道怎么解释，只是心里仿佛有一盏灯塔，指示着危险何时会出现。突然，不知为何，他脑中又浮现出那些黄色的台球……

"要是真的翻了呢，小子？"

"那又能怎么样呢？"斯拉夫卡的语气突然严肃起来，但并不是因为害怕，而是因为感到激动和幸福。

"现在转弯！"

斯拉夫卡一上手就很快领会了该怎样操作："转弯嘞！"

大风的助力下小船飞驰回栈桥。全身湿漉漉却兴奋至极的斯拉夫卡握着系缆一下跳到栈板上，大胡子叔叔迎过来了。他问安纽达：

"怎么样？"

"还不错。"安纽达回答。

而此时，斯拉夫卡看到了急匆匆跑来的妈妈。她吓坏了。

他绝望地想，妈妈一定会反对他在帆船组学船的，她总是过分为他担心。没想到妈妈竟然同意了，也许是怕他为不能去奶奶那里的事而失望。两人再次动身的尝试又失败了，因为钱都花在了置办新房子上。

"学吧，"妈妈叹了口气说，"总比你整个夏天都闲着没事做好。"

斯拉夫卡果然没闲着，基本每天都起早去湖边基地学船。基地是有活动日程表的，可他根本不关心。从安纽达出现、自己随"特伦普"下水的那天起，真正的幸福开始了。安纽达不在时他也没闲着，帮着放船，用炉子做午餐，缝补破损的信号旗。节日和比赛时就会把这些旗子分挂在船基地各处。

帆船组其实很小，只有五艘稳向板船，七艘"芬兰"级帆艇，都是单型竞速帆艇。这里的学员包括十五个成年人和十个孩子，斯拉夫卡是最小的，而小孩子在一群大人里总是会得到照顾的。

斯拉夫卡总是很晚才能回家，一开始妈妈很担心他的安全，后来慢慢就适应了。有时他回家会撞见妈妈和康斯坦丁·康斯坦丁诺维奇在一起，这种时候妈妈会不知为何变得有些严厉，而康斯坦丁会显得格外健谈。斯拉夫卡总是随和地笑笑，他很清楚，成年的男女会互相喜欢甚至相恋再正常不过，对这件事他也并不忧心，因为他知道妈妈对自己的爱永远不会变少。

三个人喝一会儿茶，斯拉夫卡就拿本书去床上看。折腾了一天，双腿隐隐作痛，肩膀被太阳晒得火辣辣的，手也被缆绳勒痛了，可心里却满是甜蜜的感觉。不一会儿，书上的字就像蚂蚁一样爬来爬去了……

半睡半醒之间，斯拉夫卡模模糊糊听到康斯坦丁·康斯坦丁诺维奇给妈妈讲打猎时的奇遇，讲在国外旅游的见闻和与明星的交往。他自己也曾是演员，后来还做过大城市音乐剧场的主管，是种种"机缘巧合"才来到波克罗夫卡……

一天斯拉夫卡看见家里来了一群陌生人，很热闹，碰杯声音此起彼伏。妈妈跑过来亲吻了他一下，他却闻到了妈妈身上的酒气，一时有些不知所措。

妈妈在厨房给他找了一些吃的，对他草草地解释说，康斯坦丁过生日，但他家在维修……

斯拉夫卡没说话。他不喜欢被骗的感觉。

当然，谎言有很多种。比如安纽达和他搞小恶作剧时，他就从来不会生气。

有一次，他俩从拉祖里特岛回基地，安纽达突然蜷缩成一团，眼睛瞪得圆圆的，对他说：

"小子，快，把系缆套到索栓上，你来掌主缭和舵。我不行了……"

"你怎么了？"

"好像犯病了。早就该把阑尾割了的……"

斯拉夫卡接过船舵。左面来风特别猛，一边的波浪不断冲击着，必须要压住船边才能够保持平衡。但斯拉夫卡却奋力让船往栈桥驶去，娴熟地泊停，大声喊：

"维克多·谢苗诺维奇！快叫救护车，安纽达阑尾炎犯了！"

这时安纽达却喊道：

"别喊啦笨蛋！我是跟你开玩笑的！"

"为什么？"斯拉夫卡蒙了。

"我就是想看看，没有我你会处理得怎么样。"

斯拉夫卡不说话了，直接哭了出来。

安纽达惊讶不已，赶紧用自己海魂衫的下摆为他擦眼泪。

"你怎么啦，小子？是生我气了吗？"

"我生哪门子气！你这样多吓人啊……"

"有什么吓人的？你使得很好。"

"你真傻，我难道是因为这个吗？！我是怕来不及……如果很严重，说不定是腹膜炎·……这个厉害起来可是能要命的！"

看他这样急得直喘，安纽达感到愧疚，而他还是在小声地哭泣。

"别哭了啊……"安纽达求他。

"要哭够了我才停！"他生气地回答。

在安纽达面前斯拉夫卡是从来不加掩饰的，因为她太了解自己是什么样的了，优缺点在她那儿一览无余，试图掩饰什么根本没用。所以每当安纽达给他伤口擦药他都肆意地叫疼；也不掩饰自己对三米台跳水的害怕（最后还是跳了！），甚至还告诉她很多小秘密。比如，他说起了阿尔焦姆卡。

"把它拿过来吧。"安纽达提议。

从那以后阿尔焦姆卡就挂在了"特伦普"上。

八月一到，这一切都要画上句号了。安纽达一周之内就要动身去彼尔姆，她报了一个训练班，培训船上无线电报员，到时候就可以随船去大江大海了。

"家人都惊呆啦！'中学没读完就辍学出去闯荡了！'不过

我还是会考过夜校的资格考试的！"

"那我呢？"斯拉夫卡小声问。

"小子，你怎么啦？我会给你写信的……你到时候可就成了舵手啦！"

安纽达走后没几天，体育基地就关门了。也不是完全意义的关闭，是和一家大船厂合并了，但这家船厂在二十公里之外，在另一个湖的岸边。斯拉夫卡知道，自己每天跑那么远是不现实的。

大胡子维克多·谢苗诺维奇忧伤地对他说，这里要建沿岸街，他们的木屋和栈桥就要被拆了，因为人们觉得影响景观。

"干吗要建什么沿岸街！"

"没人会问咱们意见的，斯拉夫卡，这事咱们没辙，是不可抗力……"

"什么是不可抗力？"

"换句话说，就是人力不能抵挡的事，也是海事术语，指天灾太强大，人奈何不得的情况。"

"但这也不是天灾啊！"

"同样是不可抗的，斯拉夫卡。人在江湖身不由己。"

"那今后谁来开'特伦普'呢？"斯拉夫卡很想问，可是问不出口。他咬紧牙关，从栈房取来两面旗子，插到了"特伦普"的桅杆上。

一面是蓝白方格子的，这种图案代表字母"N"，叫做"诺韦姆贝尔"。另一面旗子是五式条纹的，上下两条是蓝色，然后是白色，中间是红色。这代表字母"C"，叫做"查理"。当这两面旗子放在一起，就组成了信号"NC"，意思是发信号的人已经筋疲力尽无力回天，如果再没人来帮忙船就会沉没。

维克多·谢苗诺维奇看见他插的旗子，伸出大手抚了抚斯拉夫卡的头发：

"没用的，我的小船长。乖，事情也没有那么糟糕，咱们只是有些倒霉，你不能再下水了，我从领导变成普通教练了……"

斯拉夫卡自己也清楚，这是无法挽回的。就让这旗子这么插着吧，权当是一种无声的抗议吧。

"好啦，咱们挺得住的。"维克多安慰他。

但这种感受很折磨人。斯拉夫卡惋惜了好久。几天之后，妈妈对他说：

"既然已经这样了，要不咱们搬去乌斯季–卡缅斯克吧？"

"为什么？"

"那儿毕竟是个大城市嘛……有很多剧院、博物馆什么的。等你一毕业，就可以直接升大学，离家近。"

难道斯拉夫卡对这些东西感兴趣吗？而且在内陆城市乌斯季–卡缅斯克根本不会有任何航海学校。但妈妈仍在试图劝说他。斯拉夫卡有些心烦地说：

"到那儿了谁会理我们呢？"

妈妈有些局促：

"是这样的……是康斯坦丁·康斯坦丁诺维奇要搬到那里，他谋到了一份乐团的工作……所以……其实我早就想和你说了，嗯，也就是说……"

"也就是说，他求婚了。"斯拉夫卡平静地说。

薇拉·阿纳托利耶夫娜奶奶

到乌斯季－卡缅斯克之后，妈妈在斯拉夫卡开学前给他买了一只新书包，替换了早已磨破的旧包。这是一只褐色的大背包，上面挂有两把亮晶晶的小锁，中间还带皮扣。

"看，就像一张脸：这两把小锁是眼睛，这皮扣是鼻子。是不是很像？"妈妈笑着问他。

斯拉夫卡也微笑起来："很像。"

"这脸可是有表情的呢，"妈妈接着说，"我想，它一定是在告诉我们什么。要是一切都好，它就是微笑着的；要是你闯了祸，或者得了个不及格，它就变脸。所以你最好不要隐瞒什么哦。"

斯拉夫卡耸了耸肩。自"偷书"风波之后，他就再没对妈妈隐瞒过什么。几乎吧。确实也有极少时候他会选择沉默。比如他和安纽达曾在狂风中困在湖中心十多分钟，在满身大汗的维克多开着摩托艇来救援前，艇身剧烈歪斜、摇晃……斯拉夫卡不想说这些，否则妈妈一定会觉得他是在生死边缘徘徊。

至于在校成绩之类他事无巨细都会和妈妈说，本来就没什么可隐瞒的。

但妈妈这番话还是印在了他心里，有时他觉得，这张脸仿佛在用讥讽和蔑视的眼光看着自己，连妈妈也有同样感觉。所以斯拉夫卡总是把它背对自己放着。

他一点都不珍惜这书包，坐着它滑冰，心情不好时踢它发泄，几次和伙伴扯着它玩。他还在包底钻了洞，是为了让包里的阿尔焦姆卡不至于处在完全的黑暗里，能一只眼睛看到外面的世界。

一年后，书包已经旧得跟从古墓里挖出来的一样。

这年斯拉夫卡为进入新学校做准备时，薇拉·阿纳托利耶夫娜奶奶小心翼翼地对他说：

"看这书包都旧成什么样子了……要不我给你买个新的吧？"

"谢谢奶奶，我已经对这包习惯了。"

尽管一开始是那么不喜欢，但还是已经对它产生依赖了。

薇拉·阿纳托利耶夫娜奶奶叹气说了句："好吧，习惯了就算了……"就走开了。

她总是这样：唠叨点什么，然后叹口气就走开了。又或者似乎想摸摸他的头，却又怯生生地缩回手。老实说，斯拉夫卡对此有些厌烦，更烦的是，每当她想说些什么，总要先蠕动着嘴唇。还有，时不时就在小柜子里慢腾腾地翻来翻去不知道找什么，弄的一堆药瓶叮当作响，而你只能在旁边等着……

但斯拉夫卡一次都没表现出来自己的不耐烦，因为他感觉到，奶奶是爱他的。只不过这份爱很有距离感，很小心翼翼。似乎奶奶很害怕自己的关爱会换来斯拉夫卡的责怪。

奶奶家有两间墙壁花白的大屋子和几间小储物间。为数不多的家具很老旧，还主要是寝具。一到夏天，奶奶就把大房子租给来度假的人。

"列娜奇卡，我可不是为了钱，"奶奶对妈妈说，"实在是我一个人住太孤单了……现在你们来了就好啦，对我来说简直是过节。"

妈妈礼貌地亲吻了一下奶奶褐色的面颊。奶奶犹豫地笑笑，接着说：

"等我死了，就都留给你们啦……"

斯拉夫卡知道，妈妈很不喜欢奶奶这样说，他自己也是。难道他俩是为了遗产来的不成？虽然奶奶会赶紧补上一句：

"你可千万别多想，咱们都是自己人……"

斯拉夫卡从妈妈那里知道，薇拉奶奶的丈夫从前是新切尔卡斯克小学的校长，十五年前就去世了。很久前她还有过一个女儿，但是在战争一开始的时候就在轰炸中不幸遇难。

一个人生活这么多年，确实不容易。

有一天，斯拉夫卡数学考了五分，回家时心情好极了。妈妈不在家，出去谈工作的事了。斯拉夫卡决定，趁妈妈不在，把自己的小屋装饰一下。小屋带小窗子，他想装饰成船舱的模样。

他刚搬到这儿时，奶奶曾问：

"这里会不会太挤了？拐角那间更宽敞些啊。"

"不用了，谢谢奶奶。这里很好。"

"你觉得好就行吧……"奶奶叹口气，从小棚子里搬过来一个略显破旧却很结实的置物架。

类似船里挂的窄帆布吊床、沙发、小桌、置物架、衣架……现在自己的小屋还缺什么呢？

今天放学回家路上，斯拉夫卡在书店买了张大大的世界地图，几乎能把沙发上方的整面墙覆盖住。

"薇拉·阿纳托利耶夫娜，我可以把它挂这里吗？"

"何必问我呐，这是你的房间，你想怎么弄都行的。斯拉夫什卡，叫我'薇拉奶奶'吧，又不是外人……"

"好的，薇拉奶奶。你有锤子吗？钉子呢？"

斯拉夫卡钉好地图之后，又把热尼亚给他的画像钉到了小桌子上方。这时奶奶喊他吃饭了。斯拉夫卡啃着肉饼，吞着糖水果子时，奶奶远远看着，说道：

"老是搞不明白，你长得到底像不像你爸爸……有时觉得是一个模子刻出来的，有时又觉得完全不像……"

斯拉夫卡直接端起杯子来把糖水果子往嘴里倒（当然，有教养的孩子一般不该这样做），嚼着果子说：

"妈妈说我谁都不像。咱家人都是黑头发，只有我是褐色的。"

"你爸爸也曾经是褐色头发……"

"怎么可能呢，薇拉·阿纳托……噢，薇拉奶奶，我看见过照片，他是黑头发啊！妈妈也这么说……"

"你妈妈没见过他小时候的样子。我这里有照片，想看吗？"

"当然想看，谢谢奶奶。"

两人走到大屋去，奶奶又开始了翻箱倒柜，又响起熟悉的各种药瓶碰击声，又闻到熟悉的药味……最后终于找到了一个硬纸盒，里面混杂地躺着许多相片。

"看，就是这个，瓦列里克——你爸爸。都已经多久了？大概二十五年了吧……再看这张，那时他还和我住一起。"

斯拉夫卡仿佛被晃得眯了下眼睛：阳光洒遍满是蒲公英的林间空地，一个八岁左右的浅发男孩骑在"小学生"自行车上，穿着一件格子衬衫，看上去是那么欢欣无畏，眼中满是星星点点。

"小骑士……"斯拉夫卡小声说。

"是啊！多像个小骑士，"奶奶赞同，"这一辈子也都在开车……你看，怎么能说你俩长得不像呢。"

真不敢相信，竟然这么多年过去了！可照片似乎是昨天照的：硬挺、发亮，一点都没有变黄，无比清晰。蒲公英的每片种子、自行车轮的每道花纹、爸爸的每根发丝、额头上的疤痕、左腿上与自己相同的胎记，甚至望向斯拉夫卡的目光里透过眼皮隐约的青筋……全都是那么清晰可见。

"这……是爸爸……爸……"斯拉夫卡仿佛在感受这两个字的重量，毕竟他说这个词的次数少之又少。

能对谁说呢？

也不能对着这个照片里的小男孩说吧，他只是瓦列里克·谢米布拉托夫，像个骑士的小孩子，根本不会知道，将来会有自己这个儿子。

又或许……他是知道的？

"你是谁？"

"我……我是斯拉夫卡，你的儿子……"

"真的吗！你没骗我？"

"你可以随便去问谁……"

"有意思……那么，你是怎样的人呢，我的儿子？"

"我……我也不知道……"

"那谁知道呢？普希金吗？哈哈。你怎么不说话了？"

"不知道该说什么？"

"你怎么样，勇敢吗？"

"这……"

"犹豫什么？说实话就好。"

"如果说实话，那么一切都是有可能的。"

"哎哟你，还说一切……"

"好吧，反正这时候的你也不可能是英雄……就像你在受伤涂碘酒时也会疼得直叫，一个人待在伸手不见五指的房间里也会感到害怕，跟我在八岁的时候一样……不要太傲啦，不然明天再想去骑车，可不让你去啦！"

"斯拉夫卡，可别搞混啦，时间不对……"

难道真的已经过去了整整二十五年？再也没有了这灵动地望着自己的眼睛，甚至连这孩子长成的大人也完全消失了……

"斯拉夫什卡，你在嘀咕什么？"

"我？没什么。薇拉奶奶，可以不把这照片收起来吗？我还想看……那这一张是谁呀？"

"这是我。"

真是令人惊奇！一段残垣旁站着一个穿水手短呢衣的姑娘，戴着装饰五角星的黑色贝雷帽，肩上背着帆布包。旁边是两名背着老式冲锋枪的水兵。

"薇拉奶奶，您在海军陆战队服过役？"

"没有，斯拉夫什卡，我怎么可能打过仗呢？而且你也千万别再称我'您'了……另外两个才是兵，"奶奶指给他看，"我那时是医士，在军队的医疗卫生营工作。"

"那也是亲身经历过战争啊。您……遇到过危险吗？"

"当然遇到过啊。多少次在枪林弹雨下抬回受伤的士兵……"

"薇拉奶奶，你当时……害怕吗？"

"不害怕，我的斯拉夫什卡……自尼娜奇卡遇难之后，我什么都不怕了。我只是想，就听从命运的安排吧……我只是怕疼。说来也怪得很，不管是谁受伤了，我在处理伤口、包扎的时候，总是自己也感受到同样的痛。那之后的很多年我在医院工作，却还是适应不了……"

"奶奶，这是在哪儿照的呢？战时你就是在这个城市吗？"

"不是的，这照片里的地方我在战争结束前就离开了。这是44年在多瑙河边照的。"

"那……你应该得过奖章吧？"

"得过，还得过勋章哩，红色五星勋章……正是照完这张不久后得的。那时还受伤了……"

她笑起来，脸上的皱纹再度聚成网……

"斯拉夫什卡，你可别以为我是因为年纪大了才一瘸一拐，总是要吃药的，我还没真变成老太婆……是因为我身体里还有弹片……就是最小的那种。"

斯拉夫卡走近她，把她的衣袖在脸颊上蹭了蹭。

"薇拉奶奶……你可千万不要生我的气。"

"我的斯拉夫什卡，你怎么啦，我为什么要生你气呢？"

斯拉夫卡叹口气："我惹你生气的事还少吗……"

她把斯拉夫卡拉到了自己怀里。斯拉夫卡嗅得到药味、油烟味，还有这家里每个房间都散发着的干草的苦味……

妈妈一回家，惊喜得不敢相信自己的眼睛：斯拉夫卡穿着旧运动衣，全神贯注地擦着地板。薇拉奶奶不停地劝他别擦了，哪怕休息一下也好。

到了晚上，奶奶准备去商店买盐，斯拉夫卡马上说：

"总是你在操劳，让我去吧！难道我还是小孩子吗？"

"你干了一天活儿了，擦地板多累啊，还要做那么多作业……"

"我不累，而且我也喜欢出去走走啊。"

他没有说谎，对斯拉夫卡来说沿街走走是件乐事。

痛

从商店出来，斯拉夫卡没有走熟悉的路线，他觉得每次都走新路才有趣呢。他决定碰碰运气，拐进了一条矗立着白房子和高大树木的小巷。

树上的叶子特别大，一根树枝好似只能承受五片的重量。叶子边缘已经染上九月的金黄，叶丛中隐现绿色的刺球儿。

这是栗子树，它的果实也叫"栗子"。如果把这绿球的刺皮剥去，就能看到里面的核，硬硬的，像小木块儿一样，这就是栗子。据说做熟了之后可以吃，但具体怎么做还要问一下薇拉奶奶……

刺球儿像明白斯拉夫卡的想法似的，竟然就在他眼前裂开了，露出了深棕色发亮的果仁，沿着石板滚落在不远处，好像在说："来追我呀！"

斯拉夫卡惊讶地叫了一声，然后马上笑起来，去追那顽皮的果仁。

就这样，他绊倒了，绊在石板边沿上。

老话说得没错，绊在左脚上，就是倒霉啊。斯拉夫卡重重地摔在地上，声音大得街上都听得见。不仅摔了，还滑蹭了一段距离。书包甩飞了，刚买的那包盐也掉了出来。

斯拉夫卡不得不躺了一会儿才哼哼着站起来。疼痛感一阵阵袭来，像沉重的刺球在身上滚来滚去，只不过不是栗子壳的绿色，而是深红色的……他用袖子揩揩眼睛，把盐捡起来放回书包里。然后又坐到公路边上，感受自己到底是哪里在疼，为什么会这么疼。

最疼的就是左腿。但更令他郁闷的是，裤子蹭破了，划了一道从膝盖处到脚踝那么长的口子！应该是刮到了石板锐利的边缘。他的腿上也留下了一道长长的血痕⋯⋯

伤痕会愈合，这没什么。但裤子怎么办？⋯⋯

"哎，妈妈⋯⋯"斯拉夫卡很伤心。

这时，街上仿佛传来回音似的：

"哎！妈妈，别！我再也不了！求你松开吧！"

斯拉夫卡一动没动，这声音难道来自遥远的另一个时空？

"哎！妈妈，不要⋯⋯疼！"

这算什么？难道真是⋯⋯

斯拉夫卡马上站起来了。

马路的对面有个壮实的粉裙子女人，正扭着一个约莫十岁胖小孩的耳朵。小孩儿反抗不得，疼得扭动着，尖叫着。斯拉夫卡腿上的疼痛反倒给了他勇气，他立刻跑了过去，破碎的裤脚拍动着。

"您干什么！"斯拉夫卡大喊，"不要这样！"

女人一愣，松开了小孩。孩子马上捂着耳朵跑到一边的栅栏去了。女人直直地看着斯拉夫卡，说道：

"为什么不要？你是哪儿来的庇护者？"

斯拉夫卡瞬间感觉自己的勇气都蒸发了，不过还是回应道：

"他很疼呀⋯⋯"

"疼？！这还不够呢！还要把他裤子脱了用柳条打！"

听到这话，斯拉夫卡再次义愤填膺，他想起当初的尤尔卡。于是声音嘶哑却又勇敢地说：

"任谁也没有权力这样做，哪怕是父母。这种行为，是要进警察局的……"

他突然看到，女人的眼中竟噙满泪水。

"是吗？"她用尖细的声音反问，"进警察局么？"说完竟然大哭起来，不住抽噎着。"就算他缺胳膊断腿了，送到什么警察局？送给谁去？"

斯拉夫卡完全蒙了，他本以为女人会骂他，甚至拳脚相向，可现在却是这个样子。

"威胁别人倒是容易！"女人接着哭号，"谁都来做保护人，谁都乐于当勇敢的捍卫者，你们把这当儿戏，可父母却要一辈子泡在眼泪里了！"

她甩着染过的蓬松头发准备走了，却突然又回过身用哭丧的嗓音说：

"安德柳什卡·伊柳欣留下什么了？！他妈妈连他最后一眼都看不到！坟倒是挖了，谁知道里面埋的是什么，你们拜的都是什么？！……等着吧，我会告诉你妈妈的！让她用皮带教训教训你，看你再敢挖炸弹玩！"

后面这些话已经不是对斯拉夫卡说的了，而是对胖小孩说的。

喊完这几句，女人又响亮地抽动着鼻子，沿着栅栏走远了，消失在第一个小门里。

斯拉夫卡目送她离去，又望向胖小孩，他还在捂着耳朵。脸上表情有些灰暗，但看向斯拉夫卡的眼神是愧疚又难为情的。这个小胖子行动不是很灵活，眼睛却很灵动，大大的，灰褐色，尽管夜幕已经降临，斯拉夫卡仍然看得清楚，他眼里还闪着泪光。

斯拉夫卡沮丧地问他：

"你为什么要挖炸弹呢？长脑子没有……"

"炸弹里面是空的，"男孩辩解，"是高射炮炮弹已经生锈的弹壳而已，我在干沟里发现的。而且我没挖，只是把它弄干净一下，想拿它做个枪玩……"

"你知道吗？有的弹壳虽然看起来是空的，但雷管还在，雷管里有雷汞，这东西不稳定，指不定什么时候，哪怕一个喷嚏就能被引爆！关于这个……我是在书里看到的。"

"我找到的这个，雷管已经被打出去了，"男孩反驳，"只剩个窟窿了。我刚开始弄，这疯女人就不知从哪里跳出来了，直接揪住我的耳朵不放……"

"她肯定没有恶意的，应该是受到了惊吓，你看，她都哭了……"

"她就是那样，一会儿骂人，一会儿又号啕大哭。我早就认识她了，她是我家邻居。"

"我一开始还以为她是你妈妈……"

"怎么可能！"男孩生气地说，"我妈妈从不打人。你怎么会以为她是我妈妈呢？"

"呃，不是你自己刚刚喊的'妈妈'吗？"

男孩像大人一样叹了口气说："疼的时候，谁管喊的什么……"

两人陷入了一阵沉默。

"你裤子坏了。"男孩有些犹豫地说。大概是以为斯拉夫卡自己没意识到。

男孩突然提议："要不然你来我家吧？让我妈妈帮你缝。"

"不用啊，我也有自己的妈妈。"

于是，他一瘸一拐地朝家里走去，尽管他知道妈妈不会给他好脸色。

斯拉夫卡到家时，薇拉奶奶不在，应该是去邻居那里了，妈妈在家。不出意料，妈妈很生气地质问他，去哪里疯玩了这么长时间。斯拉夫卡哭丧着脸走到灯下，好让妈妈看见自己不幸的裤子。

妈妈不满地说：

"还真是惊喜连连呐。"

"我不是故意的……"斯拉夫卡嘟囔道。

"如果一个人好好地在路上走着，裤子难道会坏么？"

"我摔倒了。"

"你现在的样子不像是摔的，倒像是打了场群架。身上还有种打架之后的味道。"

"那是因为……我跟一个男孩在一起待了一会儿……"

妈妈狐疑地看着他："然后为了保护他挺身而出了？"

"算是吧……"斯拉夫卡马上意识到，裤子的问题似乎并没自己想得那么严重。

"欺负他的有几个人？"

斯拉夫卡觉得有些窘：

"其实只有一个女人……是小男孩的邻居，一个壮实的阿姨，跟他纠缠来着。她的大嗓门整条街都听得见……她还扯男孩的耳朵。"

妈妈有些担忧：

"尽管是这样，你，没有对这阿姨很粗鲁吧？"

斯拉夫卡大人似的耸耸肩：

"她松开了小男孩，然后就走了。"

妈妈摇了摇头。

"没有想到，你竟有一天会去管街上的纠纷。你的性格变了……可惜。"

"可惜什么？难道就眼睁睁看着孩子耳朵被扯掉么？"

"我不是说这个可惜。我是指，刚才不知道会出这么个事，

不然就再买条裤子了，这下只买了上衣。不过，钱应该还勉强
够……"

"难道不能缝好了吗？"

妈妈弯下身来。

"让我看看是哪里破了……唉，假如是沿着裤缝破的，就好
办了。而且薇拉奶奶的缝纫机还坏了……咦，这里怎么回事？噢，
这……"妈妈看到了他的伤。

"没事的，这不算什么的……"斯拉夫卡马上说。

"去床头柜里把碘酒拿来。"

"啊，妈妈……"

"羞不羞！都五年级了，还像幼儿园小孩一样胆小。"

"不然擦绿药水吧，现在已经没那么刺痛了……"

"碘酒擦完就挥发了，绿药水黏黏的不容易擦干净。难道你
是想把自己涂得五颜六色逗大家开心？"

斯拉夫卡非常不情愿。忧愁地叹口气后，直接钻到了衣柜里
头。妈妈一下子明白了。

之前妈妈就总是不解地问，为什么他总不嫌热，一直穿毛线
裤，而不愿意穿短裤？轻便的衣服美观又舒适啊。

"我就是不明白你怎么这么犟呢？像同班同学一样穿短裤
多好。"

"一共也就三个人穿了……"

"我觉得这三个同学很明智。你为什么就是不愿意当第四个呢？"

作为回应，斯拉夫卡含混地嘟囔着。自从尤尔卡和教导主任安格琳娜的闹心事后，他就再也不情愿穿短裤了，假期倒是无所谓，但是去上学的话……这里的同学都很好，对穿短裤很习以为常，可斯拉夫卡还是担心会有像尤尔卡那样的人来嘲弄他。但如果和盘托出这个真实原因，他还是觉得有些难为情，所以一直以来都在找借口推托。

但这次真推不过去了，总不能穿后面带皮补丁的牛仔裤和膝盖处磨破的运动裤去上学吧。

斯拉夫卡沮丧地感叹着命运的不可反转，无奈地拿着棕色药瓶回到妈妈这里。

"坐在这儿，把腿伸过来。答应我，别乱动，别大声叫好吗？"

"我不会叫的。"想起胖小孩的惨叫，他心里有些堵。对于这种声音，斯拉夫卡真是够了。

妈妈手中的棉球蘸满了黑色的碘酒。妈妈给他从膝盖擦到脚踝，在伤口上留下一道褐色的痕迹。斯拉夫卡呼吸急促起来，但眼睛眯都没眯一下。

"疼吗？"

"疼，但是没关系的。"

"这么有气概呀？既然这样，为了保险，还是再擦一次吧，微生物细菌什么的可不少呢……”

　　妈妈准备再弄一次的时候，走廊的门铃响了，简直是救了斯拉夫卡。

　　“我去开！”斯拉夫卡马上跳起来，跑到门前。他以为是薇拉奶奶回来了，结果并不是这样。

　　一位年迈的邮递员送来了电报，让他签字。借着街上的暗淡的灯光斯拉夫卡看清了一排字“乌斯季－卡缅斯克”，他不由得再次感到阴郁……

　　电报是拍给妈妈的，并不是给斯拉夫卡的，所以他并没有权利干涉该如何处理，但心里的憋闷还是驱使他悄悄打开看了。

　　他并不能看懂所有句子，但他看清了署名。

　　斯拉夫卡没作声，把电报递给了妈妈后就径直进了自己的小屋，钻进被子里。

　　时间尚早，还没有睡意，但他关掉了灯，用被子蒙住了头。在无声的黑暗中，乱麻般恼人的思绪不断盘旋起来。

雷　汞

　　飞离乌斯季－卡缅斯克的时候，斯拉夫卡以为，一切都画上句号了。结果才过一星期，就来了电报。好似一只罪恶黑手伸向母子俩……

斯拉夫卡蜷缩在被子里。尽管他是那么不情愿，但关于那里的回忆还是倾巢而出。

静好的日子只是在最初。而当斯拉夫卡开始去上学，他很快明白：再也不会有好日子过了。尤尔卡竟然与他成了同班——他搬来这里早些，在不知是二年级或三年级时留级了两次，就也成了四年级一班的学生。

尤尔卡很快就认出了斯拉夫卡：

"这不是七兄弟－七朵花先生嘛！啧啧，遇到你真开心呐！"他满意地用红红的舌头舔着嘴唇，"快瞧瞧你这身儿，是封了将军吗？哈哈！您好啊，阁下！"

尤尔卡这样说，是因为斯拉夫卡校服上的扣子是从牛仔服上拆下来的，看起来和别的同学不大一样。尤尔卡和一群狐朋狗友最爱拿扣子的事取笑他，不知起了多少难听的外号。但他们欺负斯拉夫卡的方式岂止是起外号呢！下脚绊、撕烂他的东西、在黑板上涂画，还有无处不在的阴笑声……

应该马上还击！斯拉夫卡一开始还胆怯，虽然在帆船队，他从来是那样无畏。但后来有天课间，他实在是气炸了，像雷汞一样！气得直哆嗦的他，径直冲到还在和狐朋狗友们闲扯的尤尔卡面前：

"禽兽，有胆跟我单挑吗？"

尤尔卡脸上挂着讥讽的笑容：

"在学校打不太好，让老师看见很麻烦。还是放学以后吧。车库后面。"

斯拉夫卡虽然害怕，但还是来了，也没有回旋的余地。可没想到，他刚和死对头尤尔卡碰面，那群狐朋狗友就从四面窜了出来。斯拉夫卡寡不敌众，被他们推到乱草丛中，不让出声，头发里塞满了带刺的甘草，一番拳打脚踢之后他们满意地叫着笑着跑开了。

整整一昼夜，斯拉夫卡仿佛被仇恨石化了。翌日，第一节课刚开始，斯拉夫卡就将装着颜料的硬纸盒直接扔到尤尔卡的脸上。但两人没有打起来，因为老师马上就开了班会，狠狠地批评了斯拉夫卡。班主任建议没收他红领巾一个月，但最终没有这样做（谁敢这样做试试！）。辅导员也参与进来说，这种行为是绝对不容许的，不过，尤尔卡也有错，斯拉夫卡是新来的，尤尔卡理应团结新同学，帮助他融入班集体。

尤尔卡满脸谄媚地点头称是。他太无耻了。看来济娜阿姨的教育方式只是让他变得更加狡猾。他对大家说，自己已经原谅了斯拉夫卡早上的行为（这个恶棍！）。而开过会后，他和他的流氓朋友仍不放过他……

妈妈终于还是知道这事了。

"为什么你走到哪里都惹事？"

"不是所有……"

"要不你就把这扣子摘了算了，免得因为它搞出这么多事！"

斯拉夫卡没有这样做，因为这些扣子满满是关于"特伦普"号的回忆。又因为，如果真的摘了，就真的说明他是懦夫；而且，尤尔卡一定更开心，因为这样就能找到其他嘲弄他的由头了。

"难道真是因为扣子么……"斯拉夫卡不同意妈妈。

"问题在于，你总是和同学搞不好关系。老师说，你太清高了，不愿意和其他同学交流，也没有共同语言。"

"是他们不想交流。我也没惹谁……"

"你可以试着与大家做朋友啊。"

"怎么做？"

"比如，叫尤尔卡和其他同学过来做客啊。给他们看看你的书，你的相册……"

"噢，天呐……"

一切跟从前还是一样。每天早晨斯拉夫卡走进庞大如火车站似的学校，期间不是在抗争就是在哭泣。放学了就沿着他厌恶的城市街道回家。

街上主要是两种色彩：灰白和黑。灰白色是楼房，是化雪结成的冰，是笼罩着雾气的冬日天空。而黑色是光秃秃的树桠，是窗子，是栅栏，是电报柱，是电线和有轨电车的线缆。还有一团团空地的冻土，在建楼房的架子，锅炉房旁的煤堆……活像布满灰尘的画纸上枯燥的墨水涂鸦。

对于其他人来说这可能是个美好甚至多姿多彩的城市。可对斯拉夫卡来说，这里没有丝毫的快乐可言，无论是在学校还是在家里——那个摆着阔气家具的大房子。

妈妈和康斯坦丁·康斯坦丁诺维奇总是吵架。一开始还不是很频繁，也克制着、尽量避着斯拉夫卡。之后越来越频繁，也公开化了。康斯坦丁·康斯坦丁诺维奇不再理会斯拉夫卡，经常很晚回家，充满怨气地脱掉外衣就钻进自己房里。而且还常常一副醉醺醺的样子。

妈妈用冰冷而不满的语气质问他，去了哪儿，和谁在一起这么久。康斯坦丁·康斯坦丁诺维奇总是说，工作太忙了。妈妈冷笑着回应，真是份好工作呢，每天都有那么多酒喝。

有时斯拉夫卡会撞见妈妈哭后红肿的双眼。

有一次，斯拉夫卡刚回到家就听见康斯坦丁·康斯坦丁诺维奇在大喊大叫。喊的那些话，让他觉得像是被当面打脸般难受。他像穿着淋透的鞋一样，大踏步地冲过去喊道：

"你怎么敢这么跟妈妈说话！"

康斯坦丁·康斯坦丁诺维奇愤怒地瞪着斯拉夫卡，手紧紧攥着，像是要撕碎他一般。他对妈妈说：

"你看到了吧。你怎么教育你儿子，我不会干涉。他也甭掺和我的事。"

"那你就别对我们吼。"妈妈说完这句就把斯拉夫卡拉走了。

妈妈安慰斯拉夫卡说，康斯坦丁·康斯坦丁诺维奇最近工作很累，压力很大，健康也受损了。一切很快会得到改善的，他们的关系也会重归于好。

可日子一天天过去，糟糕的状况并没有改变。有一天他们又吵架了，康斯坦丁·康斯坦丁诺维奇令人憎恶地大喊大叫着，突然朝妈妈抡起手来。这时他撞上了斯拉夫卡的眼神。他的手悬在半空，狗崽似的大叫一声便冲到了自己房里。斯拉夫卡看到他扎进床里，用拳头打着鼓鼓囊囊的枕头，身体不停地颤抖。

这太让人难以忍受了。难道他真的是曾让斯拉夫卡觉得像船长一样的人吗？

斯拉夫卡开始记恨他了，不再叫他的名字，连想起这个人时也只是用"他"来代替。

"他"也不再待见斯拉夫卡，还禁止斯拉夫卡到他那放着标本、猎枪、奖章和射击比赛获得的水晶奖杯的房间。

每天晚上屋子里都是令人窒息的悄无声息。"他"把自己锁在房间里。妈妈时不时叹着气，坐在灯下翻译英语文章。斯拉夫卡在自己的小角落翻着书页，只能偶尔和阿尔焦姆卡小声交流几句。

　　第一学年就这样过去了，薇拉奶奶那里仍是没去成，因为妈妈身体抱恙，医生禁止她出远门。斯拉夫卡六月去了夏令营，因为妈妈说那里有船。

　　斯拉夫卡却笑不出来。他只是耸耸肩，心里倒数着回家的日子。许多孩子的家长都过来看望，但妈妈只是写了信过来。直到斯拉夫卡回到家才知道，妈妈在医院住了整整两周。

　　接下来是阴郁又阴雨绵绵的日子。妈妈和"他"吵架是家常便饭。每到晚上，巨大的苦恼袭来，斯拉夫卡只能握紧拳头，幻想着有一天"他"被卷到电车底下……

　　八月末的一天，两人吵得尤其凶。妈妈哭起来，披上大衣抓起提包就摔门而去。斯拉夫卡以为，她要彻底消失了。他马上去追，在街上淋着雨四处寻找妈妈的踪影。为什么她独自离去？应该和自己一起啊！永远离开。她现在到底在哪儿？

　　斯拉夫卡找了三个多小时，一无所获地回来了。他在房间看到了"他"。

　　"混蛋，你跑哪儿去了？你妈急得到处找你……什么都不懂的狗崽子！"

　　斯拉夫卡甚至没有理会那句"狗崽子"，却高兴至极，因为他这下知道了——妈妈已经回来了！

　　"她在哪儿？"

　　"在哪儿？为了找你谁知道跑哪儿去了！"

"他"试图抓着斯拉夫卡的肩膀。而斯拉夫卡马上退后说：

"让我安静会儿。"

"让你安静?!""他"尖叫起来，喘着粗气，像被热土豆烫了嘴一般，"让你安静，谁给我安静? ……你彻底毁了我的生活，真是一条毒蛇!"

斯拉夫卡有些震惊，他带着些好奇和蔑视问：

"我怎么就毁了你的生活?"

"你在这世上，就是在毁我，""他"以令人意外的疲惫和忧伤语气说着，"你是什么魔鬼带来的? 我需要自己的孩子，而不是你这样的吸血虫……"

斯拉夫卡回答："我可从没想要成为你儿子。我有自己的妈妈……"

"你妈妈……"一说起妈妈，"他"似乎有些咬牙切齿。

"怎么?"斯拉夫卡眯了一下眼睛。不过他马上想到：干吗要站在这里听些个下流活? 还不如快去见妈妈。

斯拉夫卡向门走去。

"他"马上大吼：

"你要去哪儿?!"直接抓住斯拉夫卡就拉到自己的房门口，"又想跑吗? 不许走!"

"他"又抡起了手。

"难道这次要打我了?"斯拉夫卡在心里做好了跟他决一死

战的准备。

但"他"并没下手，而是把斯拉夫卡推到屋子里，对他大叫：

"这就把你锁屋里，只要你妈不来就甭想出来！然后……"

话没说完他就走了，狠狠地摔上了门。

斯拉夫卡马上爬起来。手肘被拉扯得很疼，耳朵里嗡嗡的，简直像站在大风里，眼睛也阵阵刺痛。连妈妈都从没对自己动过手，现在竟然被这个……这个……

斯拉夫卡奋力助跑，希望能把门撞开，结果只是"咚"的一声，肩膀重重地撞在坚硬的门上。

"马上开门！"他大声喊。

门后悄无声息。

"开门！"他接着喊，还用力跺脚。

门太结实了，多么可恶啊！这屋子里的一切都那么惹人厌恶！

"开门！开门！！"

仍是没有任何回音。只听得熏得发黑的电车在漆黑的轨道上令人难以忍受的轰隆声。

这些日子斯拉夫卡心里积累的一切怨气与委屈，终于在这一刻爆发，就像突袭的猛烈寒流，就像爆炸的雷汞。他抓过那个水晶奖杯，高高举起……

狠狠撞向门把手的水晶奖杯瞬间碎了一地。

门"嘭"地就开了。"他"呆立在门口，看着一地碎片，张大了嘴。

"杂碎……"带着哭腔，"他"终于开口，"我杀了你……你……"

斯拉夫卡看着他的眼睛，心里突然觉得，难道他真是病了？

"他"反常地跳起来，跑进屋里，靠着墙望着斯拉夫卡，用半疑问的语气重复着：

"杀了你……"

"他"从钉子上取下双管枪，跑到桌子的抽屉里翻找起来。

最开始斯拉夫卡也怕了，但很快就超脱了。也不害怕，也不痛恨，也不委屈。只是觉得特别疲惫。这种疲惫让他想躺下，忘掉一切。躺下，忘掉一切。"随他吧，无所谓了。"斯拉夫卡心想。

所以他没有逃出门去，而是走到墙边，背靠在挂着的鹿皮上。那里是曾挂着枪的地方。

他淡然地看着"他"用颤抖着的瘦削的手把子弹推进枪膛，嘴角抽动着，举起了枪。斯拉夫卡甚至有些好奇，他会不会真的开枪呢？却没有丝毫的恐惧。

黑洞洞的枪口像只黑色的瞳仁望着斯拉夫卡。

而斯拉夫卡却只是想睡觉。

但他毕竟是斯拉夫卡·谢米布拉托夫，是好小伙瓦列里克·谢米布拉托夫的儿子，所以在关键时刻及时作了重要的决定：迅速夺回主动权。这是因为，斯拉夫卡突然想通："怎么可以这样？怎么可以束手就擒？"

事实上他没想过反抗，可在最后一刻人性总会爆发出来。所以斯拉夫卡迅速把手伸向旁边挂着的那把猎刀。

凸纹的刀柄很好掌控。而当他将刀锋直指敌人，心里已经确信，自己决不会失手。

但"他"毕竟是经验丰富的猎手，很擅长应对移动着的目标。"他"抬起枪筒，利落地撞掉了斯拉夫卡的猎刀。斯拉夫卡看到，刀被弹到一边，插到了窗户框上。

几秒钟（或许是几分钟、几小时）的时间里，再没一点声音。然后，"他"把枪丢到沙发床上，捂着脸蹒跚地走出屋子。

斯拉夫卡闭上眼站了一会儿，随后走到沙发床边，不慌不忙地把弹药卸了下来。

妈妈赶回来的时候，只见斯拉夫卡像国际象棋里的国王一样静静坐在桌子旁，神色飘忽地摆弄着粗大的弹药盒。而"他"躺在卧室的床上，不知是在哼哼还是在带着哭腔说着些什么。

这时妈妈看到了那上膛的枪和插在窗框上的刀。

"怎么回事？发生了什么？"

斯拉夫卡没有回答。妈妈把他搂到怀里，枪滑到了地上。斯拉夫卡马上从妈妈怀抱中挣脱出来。

"妈妈小心，"斯拉夫卡镇定地说，"这不是玩具枪。"

"到底发生了什么？！"

斯拉夫卡捡起了枪。

"妈妈，我们离开这里吧。求你了……走吧。"

"走！一刻也不停留！马上走！天啊，我多愚蠢啊……"

他俩给薇拉奶奶拍了电报，告诉她已经收拾了行李，买完了票。动身前花了整整两天的时间准备。这段时间里"他"一次也没有露面，甚至没回来过夜。斯拉夫卡只觉得战战兢兢，既高兴又担心。难道大海和期待已久的城市真的在望了？只求千万别毁于一旦！

有时斯拉夫卡会在白天突然睡得很沉，像刚从劳累无眠的旅途回来一样。一到了晚上，斯拉夫卡就偷偷把装着车票的信封塞到枕头下面，以防万一……

他们把钥匙交给了邻居就直接去了机场，八个小时之后，斯拉夫卡面前已经是夜色下的大海和闪烁的灯塔了。斯拉夫卡觉得，从前的日子彻底结束了。

一开始什么都好好的，现在却再次感到痛苦和不安。斯拉夫卡躺在床上想，这是为什么？从什么时候开始的？并不是今天的电报。而是从操场的对话开始，那个关于素不相识的安德柳什卡·伊柳欣的对话。

从那时起一切就变得像是艳阳突然被云彩遮蔽一般。

那天，斯拉夫卡安慰自己：暂且忘记这事，放下不安。他也确实做到了，每天沿着城市走走看看，在海里游泳，听课，背"小骑士"玩……好像真的一切如常了，阳光灿烂又让人愉快了。

然而在今天，恐慌再次来袭。一开始是街上男孩的尖叫，然后是电报……就像风中再次飘荡起了"NC"……

斯拉夫卡坐立不安。床单粗糙的针脚也让腿上的伤更加疼痛。真的好疼……

但更让他难受的是那危险的气息，它从两个方向逼近，像个老虎钳。关于电报的绝望情绪与对伊柳欣事件的错综思绪混杂在一起。这两件事纠缠勾连，把斯拉夫卡团团围住。但到底是为什么呢？关于电报，再显然不过；可伊柳欣——他和斯拉夫卡又有什么关联呢？

似乎他对斯拉夫卡来说本该是个关键人物，但一切都没有来得及……

安德柳什卡没能与他发生哪怕一秒的交集。

然而斯拉夫卡备受折磨。他在不停地思索：他会不会有所感觉呢？他是否明白了"死亡"意味着什么？他生前最后一秒是如何度过的？炸裂、冲击？……据说，人的感觉是神经传输到大脑的，就像电流通过导线一样。所以想要看到或感觉到什么，这过程是需要时间的。即便非常短，那也是有间隔的啊。有没有可能，安德柳什卡还没来得及接收到关于爆炸的信号，生命就消失了？

　　想到安德柳什卡也许是没感受到任何苦痛离去的，斯拉夫卡心里稍微好受了些。没有震荡，没有烈火——瞬间一片黑暗。或许连黑暗都没有？什么……什么都没有……

　　如果这事是发生在自己身上呢？如果那禽兽真的扣动了扳机呢？妈妈后来安慰说"他"只是吓吓他，不可能真的开枪的。但斯拉夫卡心里明白，当时完全是可能的。就算是意外地，"他"的手像精神病人一样抖了一下呢？那样的话……将会是怎样的？也许，胸中一阵炙热的冲击……

　　然后呢？

　　斯拉夫卡像个旁观者一样想象着。他脸朝下倒下，身后鹿皮的毛粘落在他血染的衣服上。刀还是那样插在窗框上……然后妈妈跑过来……

　　妈妈会怎么样？！

　　斯拉夫卡一阵震颤，坐了下来。

　　怎么可以这样呢？他像个木头一样杵在那里，却完全没有想到妈妈。

　　这就是安德柳什卡的事让他难受的原因。

　　"你们把这当儿戏，可父母却要一辈子泡在眼泪里了！"不，这不是儿戏，可最后……为什么他就是没想到呢？

　　"夫妻俩只有这一个孩子……孩子妈头发全白了……"

只留下妈妈可怎么办？斯拉夫卡就只能从照片里望着妈妈了，像年轻的瓦列里克·谢米布拉托夫今天看着自己一样……也许，安德柳什卡也是这样从照片里望着自己妈妈的吧……又大又清晰的照片，眼睛仿佛是活生生的……

斯拉夫卡马上紧皱着眉摇了摇头。不！妈妈是不会白头发的。自己再也不会搞出这样的事了，永远不会。

其他都没什么，只求不再回到乌斯季－卡缅斯克的生活。那将是最可怕的事。但这真的可能吗？想想都觉得恐怖！

那份电报在脑海中挥之不去。但是妈妈经历的事还少吗？看来斯拉夫卡撞在马路上的那一下是太狠了，把脑袋也撞迷糊了。还有胖小孩和邻居的事，还有屋子里的闷热的空气。自己也有过错，这么早就上床睡觉，连窗户都没打开透透气。

应该马上起来，去外面走走。跑一跑，让新鲜空气把脑袋里愚蠢的想法都驱散。要知道，现在还什么都没发生。什么危险、恐怖，都是自己的胡思乱想啊！

斯拉夫卡尽量使自己脚步声最轻……

妈妈正在大屋灯下给蓝衬衫缝白领子，还是听到了他的脚步声。

"你怎么不吃晚饭就早早睡下了？薇拉奶奶可白折腾了，她还不习惯你的任性。"

"我不想吃……"他向门口走去。

"你去哪儿？"

"嗯……'去哪儿'……"斯拉夫卡只得在柜头抓起一张报纸，还故意撕掉了一块……

"你怎么了，肚子疼吗？"

"有点。"

"我早告诉过你，不要吃太多西瓜和葡萄。"

"其实也没什么啦……"斯拉夫卡小声应着，顺势溜出了门。

他从楼梯奔下来。浸入夜色中，他觉得自己仿佛是泡在舒服的水里。空气十分温暖，时不时传来蟋蟀的叫声。斯拉夫卡尽量不让铃铛响，小心地打开了小门。树叶中掩映路灯点点。走在石头铺的路上，地面上投下合欢树丝柔的阴影。他朝四周看看，时间已经很晚了，一片黑暗，没有一个人。完全可以尽情地脱下鞋跑一跑了！

斯拉夫卡回家时，妈妈果然在楼梯上张望着。

"你跑哪里去了？为什么光着脚？"

"就是随便跑了跑……屋子里太热了，想到外面走走。"

"你快把我逼疯了。"

"我没事的。只是出去跑跑。"

"你今天很反常，到底发生什么了？"

"什么都没发生，"斯拉夫卡很想这样回答，可是强烈的恐惧感重新涌上心头，他没忍住说了实话：

"因为……妈妈，电报里说什么了？"

她马上变了表情，温柔又带愧疚的神色。

"哎，你呀……原来你是因为这个吗？"

"到底写的什么？"

"无关紧要的东西。一些愚蠢的请求原谅的话。大概就是这样。"

"我们不会离开这儿吧？"

"去哪儿？我连工作都谈差不多了……"

"真的吗？真的不走吗？"

"难道妈妈什么时候骗过你吗？"

"什么都有可能，"斯拉夫卡这么想并非出于委屈，但确实挺郁闷，可自己已经没有力气去怀疑或是害怕了。恐惧感终于散去。他深深地叹了口气，像是要把全城的空气都吸进来似的。妈妈扶着他的肩膀说：

"这么热还出去跑！快去睡觉吧，安心地好好睡一觉。"

"我再溜达一会儿，妈妈……不出去，就在院子里！两分钟就好。"

妈妈回屋了。他向栅栏走去，路上的葡萄枝轻轻碰着他的肩和脸颊。斯拉夫卡站上鸡笼，爬到栅栏上坐下，腿伸到外面。坐在这儿很舒服，因为栅栏上面铺着瓦片。

海滨城市独有的暖风包围着斯拉夫卡，他徜徉其中。蓝色缥缈的星星从高空望着他。在这漆黑的南方夜晚，他总觉得，在看不见的大海上空，一定燃烧着晚霞。他就是这么肯定。

夜的寂静只被夏虫的叫声打破，再无他响。

不一会儿，远方船部的自鸣钟敲响了。应该是到半夜了。

自鸣钟敲响帆船的华尔兹：

　　疲惫的一天后，轰鸣终于静止

　　夜色降落在晶莹的港湾

　　在降下的晚霞中

　　守护着堡垒与甲板

　　那珍贵的宁静……

清　晨

斯拉夫卡穿上了崭新的蓝色衬衫，又带着一百个不情愿穿上了深蓝短裤。短裤也几乎是全新的，在乌斯季－卡缅斯克的时候只穿了两三次而已，因为那边的天气阴冷多雨。

妈妈亲自给他系上红领巾，正了正缝上的白领子；梳了梳他的头发，还细心地尽量不碰到头顶。当她的眼神变得柔和起来，斯拉夫卡知道，在妈妈眼里，自己终于像个"正经有教养的十一岁半的学生"了。

"我看看整体效果怎么样，快背上书包从远处让我瞧瞧。"妈妈说道。

方形的书包看上去有些怪，而且他也习惯了穿之前的长裤子，现在，透过眼镜他看到自己瘦削而陌生的双腿。

"现在这样子……"斯拉夫卡不满地小声说着，不知是对书包还是对自己。

他勉强地给妈妈转了一圈，然后抖抖自己受伤的腿说：

"看这挂彩……"

"从什么时候起，男孩子竟然觉得有伤是羞耻的了？这可是只有勇敢的孩子才能得到的标志。"

"照你这么说，我倒成了炫耀呢。"斯拉夫卡嘟囔。

妈妈叹气：

"小祖宗真难伺候呀……好吧，你要是真这么难受，今天咱们就去买条新裤子吧，不过你得和我一起去，好试尺寸。你今天几节课？"

"五节。然后还有班会。"

"班会前天不是开了么？"

"又要开。星期四的班会是告诉我们千万别把外面的东西往学校带，今天是来了一个二兵，也是讲这件事。都是为了让我们别乱动任何东西。"

妈妈马上什么心情都没了。斯拉夫卡看到妈妈担忧的眼神，又心疼起来。

"妈妈，你别这么害怕，好像哪里都埋了地雷似的。干吗担心我啊？我可是什么阴沟什么偏僻小巷都走过的啊！"

斯拉夫卡耍了点滑头。他倒是真的走过很多"偏僻小巷"，因为他喜欢沿着旧街道游荡，但很多却通往意料不到的地方。有时是杂草丛生的死胡同，满是没了屋顶的破旧房子；有时是多孔砂岩砌成的断垣间的空地；有时又是古老的墓地，只有松柏掩映下空荡无人、玻璃残破的小教堂。

废弃房屋的石墙上可以看到一长串圆形的坑窝，应该是受到连续射击后留下的。在草木稀疏的空地里斯拉夫卡发现了黄色花丛和房瓦碎片间生锈的舢板桨叉，还有带学员座圈的小锚。墓地边带刺灌木丛中隐藏着有真正巨锚和装炮弹用的格子架的纪念碑……

斯拉夫卡跟着妈妈去过英雄墓，去过阳光下舰船沉寂的堡垒，去看过纪念全景画和海军博物馆。他对层层白色街道、海滨花园的绿色密林和矗立着海军上将纪念铜像的广场的爱既强烈又审慎。他喜爱高高摇摆着信号旗的码头，那里取代普通系船墩子的是焊接的古老炮筒。但这些地方是众所周知且游人众多的。

而在这古老的僻巷里，斯拉夫卡与城市才真正得以一对一，面对面。

斯拉夫卡充满了探索的兴趣——石墙缝隙中生长的蓝色小花，楼梯里压得瓷实的发亮小贝壳，橙色房瓦碎片上的拉丁字母，体型硕大的雪青色锹甲……

有一天在小操场的后面，他就"跟踪"观察了这种虫子好长时间。这只锹甲把他领到了一个满是黄色石头的陡坡，那里凌乱地堆着许多混凝土块，土块里还夹杂生锈的铁器，缝隙间都是黑的。也许这里是个废弃的永备火力点。斯拉夫卡想仔细看看缝隙里面，却感受到阵阵类似墓地里特有的潮湿气息，这让他有些退却，心里想：以后再说吧，和别人一起来的时候……

每次他晚归，妈妈都很担心，必定仔细盘问他去了哪里。

"就是走了走啊，四处看看。"斯拉夫卡这样解释。他也不算撒谎，只是为免妈妈担忧，不提及细节而已。

这天斯拉夫卡又耍了些聪明。前一天他已经得知这次第一节课不上了，但他还是早早出了门，打算走那条远路去上学，因为要经过一座山，山坡台阶地上有一座绿色"T–34"——为牺牲的坦克兵立的纪念碑。这里斯拉夫卡途经过，但并没爬上去过。那上面会是什么呢？

清晨很凉快，湛蓝的天空上只有些许小片黄色云朵。斯拉夫卡沿着石头较多的一条路开始爬山了，虽然坡度蛮大，但走起来并不困难。到顶的时候，他一点也没气喘。

鸟瞰下来，左面是停着塔式起重机的大型在建房屋，已经有了方形框架；再往远处是寻常的白色街道绿色门户。眼前最近的是一片干草茂密的荒地，草是灰色的，有斯拉夫卡腰那么高。有些像野蒿，但叶片上是带刺的。

　　用书包挡着膝盖，斯拉夫卡开始穿越草丛。直到这时他才惊讶地发现，柔弱的草茎上竟然挂着许多蜗牛壳，是空的所以很轻。这些壳密集得一个挨一个，看着竟像个小响板了。

　　斯拉夫卡拔了几株最大的塞进口袋。

　　走着走着草就没那么高了。现在眼前是开着小花的嫩草。许多蚂蚱活泼地蹦来蹦去。斯拉夫卡看得入迷，差点没撞到一截矮石墙。

　　墙比他的膝盖高不了多少，但长度却是很多步的样子。墙边树立着几个方形小塔楼，是齐腰的高度，顶部砌有黑色心墙。细看矮墙，它的凸出部位固定着一块铁牌，牌上凸起几个字符和数字：

　　　　布茨卡戈炮兵团

　　　　1854—1855

　　斯拉夫卡一边用膝盖碰了碰石墙，一边抚摸着那铁牌。多孔的墙体冰凉而潮湿，给人一种入夜的凉感，而铁牌已经被太阳晒暖了。

斯拉夫卡太喜欢这纪念牌了。它深藏在草丛中，损于晚期激烈战事的流弹之下，却依然坚挺。的确也该是如此：那时这里驻有炮兵团，抵御着敌人的入侵，并且坚持到了最后的胜利。这里所有堡垒、多面堡和三角堡都是顽强地坚守到最后。

斯拉夫卡敬畏地四下望望，从地上摘下一朵似小雏菊的花朵，献到了铁牌之上。

随后他坐在冰凉的石头上。

忽然他看见一只蜗牛，是活的！伸着触角和亮晶晶的小眼睛，驼着螺旋型的小房子正慢慢沿着墙往上爬。斯拉夫卡之前只在书里和动画片里见过蜗牛。他赶紧蹲下来观察这神奇的小生物。突然他想到，阿尔焦姆卡什么都看不见！小可怜在黑暗里能撑多久呢……反正周围也没有人，不会有谁来嘲笑他一个五年级的学生了还和布兔子玩呀。

斯拉夫卡赶紧拉着课本下阿尔焦姆卡的长耳朵把它解救出来。

"快好好看看这里！"

他自己也直起身，环顾了一周。这时他才看到此处的全貌，惊喜得倒吸了口气！清晨的城市像一份礼物躺在他面前，又像世上最美好的海的童话。两道狭长的蓝色海湾直插街道中，好似给城市一个大大的拥抱。

巨人般的双臂拥抱了斯拉夫卡站立的小山，也拥抱了斯拉夫卡。

这是整座城市在向他伸出双手，在召唤他。

阳光下闪耀的白色房屋就像海上的巨轮，在召唤；高层楼房则似码头旁的白色邮轮，在召唤；静默在海湾的威严的蓝色巡航舰和驱逐舰，在召唤；绿色高大的纪念墓、海湾出口矗立的黄色三角堡、错综的大街小巷，在召唤……

斯拉夫卡很想迎上去，却又感到羞怯：

"这是真的吗？"他问这座城市，"可我才来一周左右而已……我真的已经属于你了吗？"

城市兴高采烈地闪耀着，笑着回答：

"斯拉夫卡·谢米布拉托夫，别害怕！我有成千上万的子孙，你也将成为一份子！"

"可我……也许我还没……还没能达到……"

城市伸着双臂。它接受了原原本本的斯拉夫卡，面对黑暗仍保留天真的斯拉夫卡，腿上还带着伤的斯拉夫卡，与布兔娃娃阿尔焦姆卡交朋友的斯拉夫卡，没完成作业会害怕的小书虫斯拉夫卡，心怀委屈和希望的斯拉夫卡。

"所以，我已经属于你了？好，我，我来了！"

荒地的另一头，石围墙的拐角外，斯拉夫卡看到一架从未见过的楼梯，与另一座墙平行延伸着，同样沿山坡而下。楼梯没有什么特别，但那墙看起来却相当古老，是同三角堡类似的灰黄石头砌成的。墙内凿有射孔，带一圈相当重量的檐。所有这些完全可以与纪念墓看到的防御工事相媲美。

墙后面是什么呢？可能是仓库或者店铺吧。但这里从前很可能是个要塞……

楼梯通向一个小型火炮港，现在停靠在栈桥边的却已经都是招徕生意的客艇。客人很少，小艇只能委屈地鸣笛发泄。

斯拉夫卡绕着小港看了一圈，又沿着岸边走了一会儿，经过装饰高大廊柱的剧院，经过关了门的售货亭和扶疏柳枝缠绕的喷泉，经过正门上方雕着白衣号手的少先队文化宫……在一个叫"岸边"的小电影院旁他下到了海水边。

这里一个人都没有。

在一个石牌上静静躺着巨大的海军锚，这是为纪念1905年牺牲的起义水手而建的。

斯拉夫卡又一次拿出阿尔焦姆卡，把它的爪和长耳朵蘸了蘸海水，让它也感受一下咸咸的海水是什么样的；还对它说：

"快看看这阳光下的大海。"

此时真正大有可观。停泊地里汽艇欢快地偏航，拖船急匆匆地跑来跑去；挂着辅助船标志的灰色小艇和挂着蓝色三角旗的警备巡逻船不疾不徐地沿海岸游荡；"绍塔·鲁斯塔韦利"号轮船晃着尖尖的黑色船身和雪白的舱盖托架慢慢爬出港口。只有灰蓝的战舰是一动不动的。这些钢铁庞然大物的命运是神秘的，旁人无从得知。它们就像树立水上的要塞，难怪挂的旗子也是岸上要塞常见的那种大星旗。

轮船的上空，海鸥不知疲倦地疾飞着。

远方的海面一片蔚蓝，近岸却是暗绿浮动，水草悠然。水下的巨石隐约可见，横七竖八，与花岗堤岸相距并不远。

然而在最远的一块巨石旁，斯拉夫卡发现了一个白点。原来是一只玩具小帆船在随波一下一下地撞着石头。

小船桅杆并没有"NC"旗，但看见的人都会懂得，小船遇到了危险。

遇险的船必须救，不管看起来有多么不起眼。

斯拉夫卡距离小船有二十米的样子。要是游过去简直是轻而易举，可是他答应过妈妈，不会一个人下水。当然他也可以用"这是营救，而不是简单的游泳"来说服自己，不过最后还是先试试有没有别的办法。

斯拉夫卡把阿尔焦姆卡放回书包后就开始脱鞋。石头上长满了滑溜溜的水草，而且波浪时不时打来，水就变成灰白色，成堆的泡沫也让水不再透明，所以他很艰难地保持着平衡，有时还不得不四肢并用。

"要……要是扑通一下掉进水了，需要救的说不定就是我了呢……"斯拉夫卡心里想着，却没一点恐惧。

有些石块十足隐蔽，他只得用膝盖探着前进。腿上的伤口在海盐的刺激下带来一阵阵刺痛。有时还必须从太滑的石头赶紧跳到另一块上去，真是惊险又刺激。

最后斯拉夫卡终于抵达了，他用膝盖抵住一块石头的斜面，伸手抓住了小船的桅杆。

细看之下，真是麻雀虽小五脏俱全：大大的龙骨，牢牢固定住的舵，紧紧缠绕的金属支索。小帆是塑料泡沫裁成的。

斯拉夫卡有些犹豫了。要把这小船带走吗？书包里是放不下的。而且没必要啊，如果他想要，完全可以自己做一个一样的。这船并不是为他做的，是为在海上遨游而生的啊。

"游吧。"斯拉夫卡对它说。

三角帆单桅小船就这样一跃入水了，顺流出了港口，漂向了碧海蓝天。

斯拉夫卡叹了一口气，转身准备回岸上。

可是——他的书包旁边竟然蹲着柳芭·波塔片科！而且她不是老实待在那儿，而是打开了自己的书包！

"哎！哎！别碰!!!"斯拉夫卡大喊。

柳芭看了他一眼，似乎有些惊讶。她大声回答：

"你喊什么？我忘了历史课留的什么作业了。我就看看你笔记！"

"蠢货，别碰我书包！"斯拉夫卡又赶紧对她喊。

有什么办法呢？等到他顺着湿滑的石头赶回岸上，估计她已经全看到了!

她确实看到了。只见她说着"哎哟",把阿尔焦姆卡拉了出来,像斯拉夫卡一样地捏着兔耳朵。

"别碰它!"斯拉夫卡又喊。

他跟跟跄跄地往回奔,跳着打着滑,膝盖还磕到石头上,激起一阵水花,终于好不容易跳回了岸上。

"给我!"他凶巴巴地说。

但柳芭跳到一边,仍是观察着阿尔焦姆卡。

"这也太可笑了吧!你的?"

"你凭什么翻别人的书包?"

"有什么舍不得的么?我不过是看看作业而已⋯⋯"

多无耻,她就是这么看作业的么!

"把兔子还我!"斯拉夫卡试着用更具恐吓性的语气说。

"如果我偏不给呢?"

斯拉夫卡马上朝她迈了一大步,柳芭见状收起了笑容,终于把阿尔焦姆卡递给他:

"喏,给你,不然要气哭了呢。拿走你的布娃娃。"

"你才是布娃娃,卷发棉花脑袋的蠢货!"

"小子,干吗这么生气?你从幼儿园跑出来的么?"

斯拉夫卡气得扬起了湿漉漉的腿踢她,可她马上跳起来躲开了。随后她把自己的书包摘下来放好,眯着眼睛攥起拳头:

"那就好好打一架……"

斯拉夫卡知道，她是认真的。她一点也不比自己弱，最关键是，一点也不胆怯。要是真打，却也太丢脸了。

"你真该好好感谢自己的性别。"他嘀咕着，把阿尔焦姆卡塞回书包，四下看了看。

柳芭有些疑惑地看着他脸上并无挖苦反而是沉思状的表情。

"你到底从什么鬼地方冒出来的？！"斯拉夫卡从心底里问。

"不是什么鬼地方，我从奶奶那儿过来，就在那边，"她指着港口的另一个堤岸，"我一过来就看见你站在石头上。"

"那你就……就回奶奶那里吧。"斯拉夫卡沮丧地提议。

她眨眨眼，有些迷茫，然后还是眯起眼吐出几个字：

"这样么？……就记下这笔账。"

她终于走远了，甩着满头的黑卷发。斯拉夫卡郁闷地想，柳芭是多么可恶啊——总在不该出现的地方出现，插手不该她管的闲事。

这时他胃部突然非常不适。斯拉夫卡觉得，人身体里一定有一种科学未搞清的腺体，会对担忧和害怕之类的情绪产生强烈的反应。现在就是这样——他甚至开始感到恶心了。

要知道新学校的生活是多么让他满意啊！刚来五年级一班时，大家对他热烈又温暖的欢迎，在之前从未有过。

热尼亚·阿韦尔金马上对他说：

"坐我旁边吧，我这儿没人。"

科斯嘉·戈洛温给他建议：

"要是有人劝你参加长日制班，千万别去。简直是幼儿园啊。还不如去参加篮球队呢。"

斯拉夫卡有些惊讶：

"可是那里对身高有要求啊！"

"嗯，说到身高，确实该考虑。"他等于承认斯拉夫卡是个脑袋灵光的孩子了。

在这里，没有人会嘲笑他招惹他，就连偶尔找他掰腕子都没有过。只有柳芭会些许破坏他的心情。有几天，她总是笑得狡黠。终于她问：

"你之前在乌斯季－卡缅斯克，那里是不是有很多漂亮女生？"

斯拉夫卡一开始有点蒙。难道要说，那里漂亮女孩子很多，各种类型都有？肯定会有人挖苦说："哎哟，你那么喜欢观察女孩子们呀？"……要是说自己根本没关注，女孩子们肯定揶揄："看看有什么呀，怎么这么清高呢？"到时候真是连辩解都懒得。

所以斯拉夫卡想了想，说：

"那里的女孩子都和你蛮像的。"

柳芭一听这话，马上一副很开心的模样：

"啊，真是不错！"

这时伊戈尔·萨文马上说：

"真惨。怪不得你逃到这儿来了呢。"

顿时哄堂大笑。柳芭气呼呼地走了……

今天，很明显，她绞尽脑汁想扳回一局。

现在该怎么办呢？离上课只剩十五分钟，已经来不及把阿尔焦姆卡拿回家了。海军自鸣钟敲响了八点十五分的钟声。

斯拉夫卡赶忙把鞋袜穿上，心情坏透了。本来是美好的一天，全被那个见鬼的柳芭毁了！

也许……也没有想象的那么糟糕？如果柳芭真的开始喋喋不休，他就闪烁其词好了。比如，编造说是邻居小孩儿淘气，往自己包里乱塞东西。

好吧！会不会因为阿尔焦姆卡而遭遇不快，毕竟还未可知。如果英语课迟到，那倒霉是一定的了！

斯拉夫卡飞速跑到了学校，路上还想着，原来短裤也有好处——要是穿从前的毛线裤，可跑不了这么快呢！

跑到通向操场的楼梯上时，他往下一看就放下心了——没有迟到。操场上到处是嬉戏的同学，正是课间最热闹的时候。

楼梯上方有一棵粗壮的大树，灰色的树干很光滑，长着宽阔的锯齿形叶子。稍低的树枝上"小骑士"像猴子一样挂着，胳膊和腿钩住树枝，后背朝下。他正扭着脑袋，看同学们在下面玩得开怀。

这时他瞟到了斯拉夫卡，马上喜笑颜开：

"你好啊！等我一下，我要到你背上去！"

"真是关门养虎了……"斯拉夫卡感叹，"怎么，你真把我当马了？"

"是呀，你是我的坐骑。"小男孩兴高采烈地承认。

"但是，你可要知道，马儿是需要照料的，"斯拉夫卡有些郁闷，"而且，还得给它们吃的……"

"燕麦行吗？"

"你还是自己吃燕麦吧。我是很特殊的那种……"

"好吧，我想想……""小骑士"表情很认真，从树上下来，开始在兜里翻找。

这过程中他分别掏出了蓝色的玻璃球、三个口香糖纸、衣服夹子、两个五戈比硬币、闹钟卸下的齿轮……难以想象他那小裤兜里竟然能装下这么多东西。最后他终于掏到了一个包装纸上有油污、压扁了的"小松鼠"糖。

"喏！既然燕麦不行。"

斯拉夫卡知道，说实话会让小男孩难堪，于是一本正经地说：

"别搞这没用的啦！你自己吃吧，我只是开个玩笑的。"

"那，咱们一人一半吧。"

"要是一半，倒是可以考虑，不过，你先上来吧。"

他在心里默默猜想，如果背小男孩玩得顺利，就预示今天会安然无事。结果他们玩得好不开心！虽然一开始斯拉夫卡左脚在楼梯稍微绊了一下，但随后就直接冲到了教室走廊，直到遇见略带不满的丽莎阿姨之后才把小男孩儿放下。

"谢谢你，我的坐骑。""小骑士"一边喊着，一边就准备玩别的去了。

"等一下……小骑士……你至少该把名字告诉我了吧？"

小男孩儿笑起来：

"我吗？杰尼斯。"

是个略显成熟的名字。

"杰尼斯……就没了吗？"

"还可以叫我……季尼卡。"

似乎钟声又敲响了。像是呼应，学校的上课铃也响了。

英语课上斯拉夫卡并没看到柳芭，因为他们这节课是分组练习，柳芭被分到另一个教室。阿韦尔金还是一如既往地坐在他旁边。

"你去海里玩了？"热尼亚小声问。

"嗯。"

"抓螃蟹去了？"

"救了一条小船。可能是谁放的船，在石头旁卡住了。"

"你知道吗，我也懂船，在船队有这样的小组。"

"好棒……谢谢你，热尼亚。"

"今天'小骑士'还找你来着……"

"是啊，我后来碰到这小东西了……"

"谢米布拉托夫和阿韦尔金同学，要说话该等到课间再说，"英语老师安娜·伊万诺夫娜打断两人，"如果谢米布拉托夫同学这么想发言的话，那就请上黑板吧。这样，你背一首英语诗歌。自己选。背过吗？"

最终斯拉夫卡背出了一首优美的叙事长诗。斯拉夫卡其实没背过，但能想起一些从前看过的。背诵诗歌前，他赶紧把腿上最后一根水草摘掉，叹了口气就走上去了。他选的是他最喜欢的诗。背的时候，甚至没有感到紧张。

最终大家都很满意。安娜老师满意斯拉夫卡的发音，斯拉夫卡满意得的分数，而同组同学最满意之处在于——这首诗特别长，拯救了至少三名同学呢。

阿尔焦姆卡

柳芭终究是个卑鄙的家伙。阴险、狡诈、笑里藏刀、不顾信义……明明半天都没看斯拉夫卡一眼，就在他几乎以为这事算过去的时候，第五节课刚打完铃，她竟然举起手，用谄媚的语气对老师说：

"斯维特兰娜·瓦列里扬诺夫娜，班会上要求我们不可以把外面的东西带到学校吧？可是谢米布拉托夫的书包里却放着个奇怪的东西呢。"

班里顿时炸开了锅。

"难道是地雷？"科圻嘉·戈洛温问。

"难不成是烧炉？"季马·涅霍多夫猜测。

"是剪长舌妇舌头的剪子！"热尼亚义愤非常，晃动着身子，仿佛要护着斯拉夫卡。

"这不算太出格的东西吧。"奥克桑娜·拜奇克反对说。

"安静！安静，同学门！"斯维特兰娜·瓦列里扬诺夫娜有些惊恐地望着柳芭，又看看斯拉夫卡。她非常害怕出现什么突发事件。又有谁喜欢呢？"谢米布拉托夫，你快说说，到底是怎么回事？"

在这短短过程中斯拉夫卡想了很多。

其实他是可以抵赖的。这里不是在乌斯季－卡缅斯克，不会有人像安格琳娜那样无耻地翻同学的包来检查（那时，斯拉夫卡都是把书包锁起来的）。

或者，气愤地起身离开教室？虽然可能受到些惩罚，但也不会很严重。这样可以藏起阿尔焦姆卡。

但这样要小心机、编故事，实在不是斯拉夫卡的风格。他决定走出果敢的一步，主动出击。所以他站起身。

"我可以拿出来！斯维特兰娜·瓦列里扬诺夫娜，我可以给全班同学看吗？"

他拿出书包，迈着坚定的步伐走向了黑板，把阿尔焦姆卡拉着耳朵拿了出来，将它举过了头。

果不其然，除了柳芭，所有人都没想到竟然看到一只突眼睛，穿着斜纹布西装上衣、略旧绿色连体裤，长耳朵中间还戴着顶格子软帽的兔子娃娃。

同学们霎时呆住了。突然有人小声唱起学数数的儿歌：

"一、二、三、四、五，小兔子蹦跳出门去！"

马上有人接茬儿：

"森林里枞树已萌生……"

"淘气鬼灵精呀小灰兔……"

"来这动物园我不想，谁让它野兽不入笼！"

"维季卡，这小兔子长得很像你呢！"

"而你和猴子最像了！"

"哎哟，小兔子，你给我等着！"

"同学们，同学们，安静！咱们可在上课呢！"

很快，班里静了下来，不过并非因为老师，而是大家很好奇这只兔子到底是怎么回事。

斯维特兰娜·瓦列里扬诺夫娜有些不解地问：

"这就是柳芭说的东西？"

"没错，"斯拉夫卡收下阿尔焦姆卡，"这根本不是什么危险的东西。兔子只有在动画片里才会爆炸吧，而且还得是橡胶的那种。可我这只，一直静静躺在包里，不会妨碍到任何人。如果不是波塔片科，没人会知道它的存在。乱翻别人书包算怎么回事？"

"我只是想看看你笔记！"

全班哄堂大笑。

萨文说：

"柳芭是怕斯拉夫卡的妈妈忘了检查他作业呢！"

"伊戈尔，你别捣乱……好吧，斯拉夫卡，回到你的座位吧……最好还是不要把无关的东西带到学校。为什么你要带着它呢？"

斯拉夫卡环视全班，坚定地说：

"我随身携带它。谁愿意说这种行为像幼儿园小孩儿，正如波塔片科同学的所作所为，我无所谓。只是，我并没拿它玩，只是带着。就这么简单。"

"那到底是因为什么呢？"有人问。

"没有什么特殊原因……其实我也可以随便编个什么理由搪塞过去，比如无意中发现的它，或是谁送给我的之类。大家也就信了。但我不想撒谎。它是我的小动物，叫阿尔焦姆卡。谁想笑就笑吧。"

但并没有人发笑。也许是斯拉夫卡说话的嗓音清澈又诚恳。

大家再次沉默。斯维特兰娜·瓦列里扬诺夫娜小心地问：

"这个到底是什么，你的吉祥物吗？"

斯拉夫卡摇头：

"不是。其实我自己也不知道……只是它一直陪着我。我在船队时，它也陪我下水……"

"海兔吗？"季马认真地说。

"我们去的不是海，而是个大湖，"斯拉夫卡解释，"阿尔焦姆卡受到了大家的欢迎……每次都淋得湿透，它的耳朵系在桅杆上，所以在风的吹拂下就自然干了……我离开的时候，大家都说，一定要带阿尔焦姆卡看看真正的大海。今天我带着它在海边走，结果波塔片科……不知从哪儿冒出来，然后就翻了我的书包！"

奥克桑娜·拜奇克举手说：

"波塔片科有个特点，"她一本正经地说，"要是谁引起了她的注意，就会偷偷跟踪人家，然后假装偶然碰到……"

柳芭马上尖声回应：

"他谢米布拉托夫有什么吸引我注意的？"

"那我怎么知道呢。"

"不知道就别瞎说！"

"姑娘们，姑娘们！都静静……"

"那阿尔焦姆卡怎么陪你？"科斯嘉·戈洛温问，"只是在桅杆上摇晃？"

"不是，放在眼前，我们把它固定在了支索上。"

斯维特兰娜·瓦列里扬诺夫娜看看钟。

"好了，同学们，阿尔焦姆卡很有趣，但课还是要接着上……热尼亚，你要说什么？"

热尼亚站了起来。

"斯维特兰娜·瓦列里扬诺夫娜！我奶奶有一些旧杂志，其中 1912 年的一期上登着一张空军大将安德烈亚季的照片，他从咱们这儿飞到了莫斯科。飞机完全是齿标和帆布做的，就在机翼下面还系着一只毛绒小熊……"

"当时要是柳芭在，"萨文马上接话，"肯定就对海军部告密说他带了外来的东西啦！"

"我不是告密，我是为了大家！咱们不是规定了要保持班级纪律嘛！"

"安静！柳芭，同学们！纪律当然是必须得保持的。但至于说阿尔焦姆卡，我觉得它并没有扰乱纪律，只是好好在斯拉夫卡书包里待着而已……"说到这儿，斯维特兰娜·瓦列里扬诺夫娜突然笑了一下，"这有什么呢？我自己，实话说，在还上大学时，每天都在包里带着象棋的马。因为那是一个大三的学长在第一堂实践课上送我的。我并不迷信，可我就是觉得，这棋子会带给我幸福。因为我爱上了他。"

"幸亏那时没有波塔卡科……"热尼亚说。

"不应该对柳芭同学过分苛责，毕竟她也是为班级好，只不过有些过度了……"

"嗯哼。"奥克桑娜·拜奇克似乎不置可否。

斯维特兰娜·瓦列里扬诺夫娜提议:"咱们现在还是回到历史课。先把阿尔焦姆卡放在窗台那儿吧,相信它会是最守课堂纪律的学生。"

"等一下,"萨文突然说,"谢米布拉托夫,你把它再举起来一次,给我们看看。"

于是斯拉夫卡照做了,还欠了一欠身子。

萨文马上从课桌里掏出一部相机,"咔嚓"一声按下快门。斯拉夫卡先是一惊,然后笑了一下,有些不解地问:

"你这是?"

"这也是历史嘛。"

"不过应该照不清,这里很暗。"

"照得清啦。我胶卷的感光度是二百五十。"

课间时,阿尔焦姆卡被同学们纷纷传看。大家都非常喜欢它,每个人都忍不住拿着玩一会儿、摸一摸,拉拉它的长耳朵。阿尔焦姆卡很快有些变皱了。

斯拉夫卡靠边站着,不希望同学们觉得他舍不得,但是当维季卡·谢缅丘克准备在阿尔焦姆卡的肚子上画头和骨头时,斯拉夫卡马上进行了干预。他把自己可怜的兔子抢回来,还一并抢了对方手上的粉笔,对维季卡说:

"还不如我先往你身上画画!"

"你来啊。"维季卡倒爽快，直接把肚子拱向他。

这时有人通知，今天的班会不开了。大家都开心地叫着闹着抓起书包跑开了。

斯拉夫卡正要回家，却在走廊里被辅导员柳达叫住了。

"谢米布拉托夫！你真的有一只走四方的大兔子吗？"

斯拉夫卡一听这话有些恍惚，他还以为这件事都翻页了呢。

"您是怎么知道的呢？"

"同学们说的啊。你怎么看着这么不开心呢？这是好事啊！能不能写篇关于这个的短文啊？现在我要出墙报，可是完全没有好素材啊，都是一些无聊的东西……"

"这个要彻底传开了。"斯拉夫卡郁闷地想。他回答：

"最好不要吧……"

"哎哟，可千万别拒绝啊！伊戈尔还承诺了提供照片呢。"

还真不好拒绝了！

"可是我不会写东西啊！"

"我一开始还不懂怎么做辅导员呐，"柳达抖擞地游说，"但还是硬着头皮做了，现在已经第四年了呢。大家都说不错。你也是一样的道理。还是得出墙报。"

已经无法推辞了。而且推辞有什么意义呢？这事反正大家都已经知道了，没什么顾虑了。

柳达在少先队活动室的墙上给斯拉夫卡留了版面，还给了他稿纸。

斯拉夫卡略加思考后，写下了题目《阿尔焦姆卡》。写完之后，看看觉得这行空格太多，又改成了《我的阿尔焦姆卡》。

拟标题并不难。妈妈说过，最难的就是第一句话（妈妈时不时也得写一些文章和报告）。

斯拉夫卡写下第一句：

我有一只玩具兔，叫阿尔焦姆卡。

他挠挠笔杆，写第二句：

但是我并不拿它当玩具。

之后变得流畅起来：

阿尔焦姆卡是可以陪我去天涯海角的。我和妈妈经常东奔西跑，在路上它就坐在火车窗口，望着外面的森林和田野。我们住在波克罗夫卡时，阿尔焦姆卡和我、安纽达一起开船。安纽达·拉古诺娃是我的舵手。

斯拉夫卡想到安纽达，思忖着："她现在在哪儿呢？她说过会给我写信啊……可能就算写了也是寄到了旧地址波克罗夫卡。毕竟她不知道我早就搬走了……

阿尔焦姆卡一直在船上，每次都溅得湿透。之前我们还参加了比赛，得了二等奖。大家都说是阿尔焦姆卡帮助了我们。我们得了奖状，还给了它巧克力作为奖励。最后是我和安纽达把这巧克力吃了，因为布兔子并不能吃巧克力……

写到这里斯拉夫卡有些犹豫："也许，写比赛和奖励不太合适？好像显得吹牛皮了……"但还是决定不勾掉，因为那样文章就太短了。而且写他们吃了奖励还挺幽默的嘛。

斯拉夫卡构思的时候，旁边聚集了一群同学，貌似是要开个小组会。热尼亚也在其中。斯拉夫卡并不知道有他。

热尼亚对斯拉夫卡使了个眼色，意思是"写吧，别那么犯愁"，然后就去了教室另一边的窗台。

斯拉夫卡就又埋头写起来：

如今我和阿尔焦姆卡已经搬到了海滨城市。我沾湿它，让它感受了咸咸的海水，让它成为真正的"海兔"，因为同学曾经让我这样做……

还能写些什么呢？他又读了一遍。也是有真话的，不过，并没人曾让他沾湿阿尔焦姆卡，谁会想到一年后他真的来到了海边呢？但斯拉夫卡宽慰自己，如果安纽达知道，一定会那样做的。

确实，并非全文都是真话。全部的真话他只会对最好的朋友坦白……

热闹的同学们各自坐到了墙边。萨文旁边来了胖胖的卷发英语老师，也坐下了。不是安娜·伊万诺夫娜，而是二班的班主任。她好像是叫伊丽莎白·德米特里耶夫娜。

一个红棕头发、比斯拉夫卡略大的男孩嬉笑着问：

"要把咱们中的谁叫走吗？"

"就是你。"一个表情认真的黄辫子女孩说。

"我没什么由头啊……当然也不一定，但你也不会知道。"

"谢尔盖，你先好好坐着吧。"柳达说完转向老师："伊丽莎白·德米特里耶夫娜，您知道塞尔在哪儿吗？"

英语老师抬起头，不知为何用一种略带委屈的语气说：

"我嘱咐过他，在我找他之前待在教室里别走。怎么了，难道又冒出什么事吗？"

"确实是有事，不过，还是先把您的学生解放了吧。"

"他又干了什么事了？"火红头发的谢尔盖追问。

"马上就会知道了，你会开心的。这样，你去把他叫过来吧。"

谢尔盖马上兴冲冲地去了，不一会儿就回来了。他身后跟着个满脸雀斑的男孩子，走进了少先队活动室。

看来这就是那个有着奇怪姓氏——"塞尔"的五年级学生。

第二部
季姆帆——你是橙色的海帆

劫船者

他的雀斑是这样密集无序，看上去简直不像真的。从颜色来说，也不是寻常的浅黄或红褐，而是深棕色，就像晒黑的颜色，却还要更深。就像男孩仰着快瘦成三角形的脸在一场浓咖啡雨下跑过。脸颊、鼻子、额头，连下巴上也淋到几小滴，大概是一戈比硬币的大小，还三五聚集。这简直是雀斑组成的小银河系了。而且不只是脸部，脖子、手和腿上都不少。膝盖上的斑点形状，让人联想到长满饱含巧克力浆的果子的草地。

"大家好。"男孩不卑不亢地说。

斯拉夫卡瞬间明白：这就是妈妈会第一眼就判定为"有教养有学识"的孩子，尽管有那么突兀的雀斑。

他的衣着谨慎，礼貌，稳重。各方面都很让人满意：从整齐梳到一边的深褐色头发到雪白的童袜、光洁如新的凉鞋。

这样的男孩能闯什么祸呢？

"到教室中央来。"伊丽莎白·德米特里耶夫娜干巴巴地说。

塞尔把书包放到门边，走了进来。

"好好站着。"伊丽莎白·德米特里耶夫娜命令。语气似乎完全同往常一样。

他就那样笔直地站着，笔一样直。就像有一根琴弦从锁骨拉到足下。手也是谦恭地贴着裤缝，脚跟并到一起，双肩水平。白色衣领尖精准地落在胸口的口袋上方；领带熨得平平整整；衬衫也是那样的平整，没有一丝褶皱；少先队皮带上的环扣扣得不差一分一毫，带钩也在浅蓝色的皮带上直尺一般。只有脑袋不太和谐地微垂着，就好像模范生偶然犯错的模样。

然而伊丽莎白·德米特里耶夫娜却是被这副模样气到了的样子。

"现在倒是学得一副乖乖模样了。你倒是说说，晚上你做了什么？"

塞尔微微晃动了下脑袋。别人难以觉察。可奇怪的是，斯拉夫卡竟同时也做了同样的动作！斯拉夫卡彻底明白了，塞尔是绝不会请求原谅的，这个男孩身上没有顺从，没有悔意；身上笔直的弦依然是钢铁般硬挺。

"我已经说了很多遍啦。"塞尔审慎地回应。

"你在警察局说了，在班上说了，可是这里的孩子还完全不知情。现在就对他们说说。怎么，怕了吗？"

塞尔迅速抬起灰绿色安静的眼睛看向老师，但很快又垂下了。

"季马，请说说吧，"柳达有些心急了，"同学们真是完全不知情。"

"详细地说？"

"尽量详细！"谢尔盖充满了好奇，"细节别落了。"

塞尔弯着手指刮了刮下巴，想要把雀斑去掉一般，又迅速放下了。然后开口了：

"那是晚上十点，南面吹来的风极好，大概有六级吧，我觉得，已经时机到了……"

斯拉夫卡推开写了一半的文章，开始留神听起来。

"我觉得，可以了，万事俱备，我早做好了准备……"

"也就是说，早就计划好的！"伊丽莎白·德米特里耶夫娜打断他，"早就预谋好的恶劣行为！"

塞尔脸上并没有表情变化。

但斯拉夫卡隐约觉得，塞尔身上的弦拉得更紧了。

"这确实是早就计划了的，"塞尔确认，看向辅导员，"柳达，要是老有人打断，我还怎么说？"

"季马，别任性……伊丽莎白·德米特里耶夫娜，先听他说完吧。"

"他这是在故意要宝！那就让他别东扯西扯了，直接说为什么会跑到船里。"

"那艘多桅船吗？"塞尔反问。斯拉夫卡仿佛听见了他话里难以察觉的嘲笑。

斯拉夫卡目不转睛地望着他。也许还不清楚这个雀斑男孩到底做了什么，可已经能完全确定，他是什么样的人。

"是，是，就是那艘'土星'号！"伊丽莎白·德米特里耶夫娜大声说，"又有什么分别呢！"

"当然有分别，但这不是最主要的……我当时是想把'土星'号开出港口，泊到旧码头的船桩上。"

红头发的谢廖沙小声打了个口哨，柳达抛过去一个严厉的眼神。

有人大声说：

"简直是拉斐尔·萨巴蒂尼的《铁血船长》啊！"

一个扎辫子的文静女孩张大了嘴巴。

热尼亚坐在窗台沿上，这会儿缩了缩膝盖，又把腿放下了，像是准备下到地上。

斯拉夫卡心里则是一阵轰鸣，与去年夏天，在波克罗夫卡看到飞驰着帆船的湖面时是那么相似。

一名戴着共青团肩章、表情严肃的黑皮肤少年——看上去应该是纠察队队长——问道：

"那里怎么会有船桩？具体是在哪儿？"

"正对着'黑溪'栈桥，在加工厂的左边。"

"那里都是完好在用的船桩。"

"还要再往左……"

"再往左什么都没有。"

"是有的，我不会盲目过去的。我还画了草图的。"

"那现在画一下。"

"拿什么画？"

斯拉夫卡马上站了起来。他想尽力为这个男孩做点事。斯拉夫卡身后有一个装草纸的硬盒，他赶紧抽出一张纸递了过去，又拿来一支粉笔，正是从维季卡·谢缅丘克那儿抢来的那支。

"谢谢。"塞尔说完匆匆看了斯拉夫卡一眼，两人目光相遇了。斯拉夫卡在他灰绿色的眼中看到的不只是"谢谢"，他仿佛还在示意："你看，我多不容易……"

"加油。"斯拉夫卡赶紧说了一句。

"我会的……"

纸盒就贴着椅背放着。塞尔"刷刷"几笔画了个类似长厅的东西。

"这是大港。这里是黑溪站。而这里就是码头和'土星'号。这儿就是加工厂和船桩。如果'土星'号由于风力的助推漂进来，船身必定会卡在这些桩里，磕出窟窿。然后搁浅在这儿，结果就是被海浪渐渐摧毁。"

"好啊！很——好——么！"伊丽莎白·德米特里耶夫娜突然插进一句。

这时一个略显无精打采的圆脸的七年级学生突然站了起来。

"我认为塞尔说的这些全是编造的，都是天方夜谭，而我们却在这里用心听着。没有帆哪里来的助推力？那船上根本没有帆了，我们去年就上过这条船。船上的东西全都腐朽掉了。"

"我自带了帆布。是从旧巡航艇队主帆上拆下来的，"塞尔解释，"我用它替代前桅的支索帆。"

"在六级大风里举帆，一个人？"斯拉夫卡怀疑。塞尔仿佛听到了他的想法似的，又拂了拂下巴的雀斑，有些遗憾地说：

"光用蛮力是做不到的。于是我把帆索缠到绞盘上……那滚筒因为没上油，一直发出刺耳的声响，可能就这样吵醒了看守。正当我捆好缭索，准备锯船首缆绳时，看守出现在了船舷上……"

"那你快跑啊！"谢廖沙叫着。

大家很快反驳他：

"看守都在船舷了，往哪儿跑？往水里跳么？"

塞尔平静地说：

"本倒是可以跳水，当时我身上套着救生圈。就算只有桩子我也是敢跳的……但还是不行，因为我崴脚了。"

"等一下！现在算是怎么回事？"伊丽莎白·德米特里耶夫娜怒气冲冲地扫视着参会的大家，"你们……简直把他的做法当作英勇之举了！难道你们忘了，季莫费·塞尔干下了怎样丑恶的事？他……罪无可恕！竟然要劫船！这完全是可以定罪的！据说，按法律讲，这可是海盗行为！"

大家沉默了几秒。随后有人半开玩笑地说：

"可怕的独腿海盗……"

"海盗侠塞尔·维尔……"

"爬在桅杆上……"

而热尼亚低声说：

"只有出于抢劫、获利的目的才能称作海盗行为。"

"难道他不是么？"伊丽莎白·德米特里耶夫娜用胖胖的手指着盗船贼，"不信你们问他，他到底为了什么！"

"事实很明显。他只是想拯救'土星'号。"热尼亚仍是低声说。他的表情有些怪异，似乎略带愧疚，而他一直回避不去看塞尔。塞尔也一眼没看他。

"为什么是拯救？"扎辫子的女孩很惊讶。

塞尔环视了一下大家，又看了一眼斯拉夫卡，然后他问：

"你们是否知道，咱们只剩几艘多桅船了？"他的音量并没提高，声音却更清晰、开阔了。

"现在只剩12艘了，"塞尔说着，没有低头，"是'回归线'、'子午线'、'天狼星'、'绍卡利斯基'、'卡贝拉'、'维加'、'克鲁泡特金'、'阿尔法'……"他说的这些词激荡在斯拉夫卡心里。

"我甚至记不全所有的名字了，可是……终归是太不像话了！你随便去哪个城市看看，瞄到桅杆，真好啊，还有支索、横桅……走进去一看，原来都是什么'海王星'饭店、'冠堡'饭店、'帆船'咖啡馆……就连小型的双桅船在雅尔塔也被改成'伊斯帕尼奥拉'酒吧了！'土星'号是最后幸存的了，可现在也……"

"那又有什么不好，改造一下继续为人民服务难道不对吗？"

伊丽莎白·德米特里耶夫娜冷冰冰地问。

斯拉夫卡一听这话，拳头都攥起来了，真想狠狠回她一句……

不过塞尔回得也毫不逊色：

"很难跟你说清楚。有些人永远搞不明白帆船和酒馆的区别。"

"季马！"柳达马上噤住他。

伊丽莎白·德米特里耶夫娜脸上红一块白一块，像贴了补丁似的。但她决定不再大动肝火。

"好，就当我是粗鄙的陆地小市民，你是英勇的海上骑士。那么奇了怪了，为什么只有你一个人站出来反对把'土星'号改造成咖啡馆呢？真正正牌的水手们还都没动静呢。"

"有反对的啊，"一个表情严肃的八年级学生说，"我爸爸还给报社写信了呢。"

"给报纸写信就是另外一回事了！可你父亲，或是其他反对者，没人尝试着去摧毁船只吧。"

"他们会被领导训的，他们不敢。"谢廖沙解释说。

伊丽莎白·德米特里耶夫娜"腾"地站了起来：

"你看看！勇敢的塞尔同学可是天不怕地不怕呢。他认为大家是支持他的。我看出来了。你们好像倒把他当英雄了！可是这位英雄，在警察局和班会上可是受到了严厉的批评呢！就是这样！"

"可能，也会有夸奖他的吧？"扎辫子的女孩小声问。

"你觉得会有夸他的？也就是说，觉得他并没触犯少先队的纪律？可是今天在班会上，甚至有人提议把他开除出少先队呢！"

柳达惊讶地看着她，转头问坐在热尼亚旁边的黑头发的姑娘：

"加利亚！真有人这么提议吗？"

黑发姑娘窘迫地回答：

"确实有，就是伊丽莎白·德米特里耶夫娜提的……"

顿时传来一片哄笑。柳达皱着眉考虑了一下，略带犹豫地说：

"伊丽莎白·德米特里耶夫娜，抱歉，我得说，这种问题不应该在班会上提出，这是组织问题。也不能由班会解决，必须是少先队组织开会决定。咱们是有纪律的。"

伊丽莎白·德米特里耶夫娜无力地坐下了。

"如……如果是这样……为什么大家要开始针对我，而不是讨论他的过错？你们看看他，连自己的错误都不肯承认！"

"怎么讲？我承认了呀，"塞尔风轻云淡地说，"我当时确实很傻。"

"你总算是醒悟了！"

"确实很傻呀。怎么能一个人干呢？又要弄帆，又要缠缆绳，又要把舵……"

"我祝贺你！"伊丽莎白·德米特里耶夫娜站起来，气冲冲地走向门口，"你们去跟这位……这位海军上将庆祝吧！"

出乎大家意料，塞尔突然大声说：

"我叔叔萨沙之前就是在'土星'号见习的，那个时候我就被船队的十月儿童队录取了，有专门集训的！现在你看看？"

"又不是只有你一个人被录取了！"伊丽莎白·德米特里耶夫娜甩下这一句。

"的确不是一个。"塞尔没反对。

热尼亚板着脸孔看看他，慢慢别过脸去。其他同学也多是略带责备的表情。

伊丽莎白·德米特里耶夫娜在门口停住，不甘心地再次质疑：

"大家最后回答我一句：你们真的觉得他一点错都没有吗？"

那个八年级学生站起来说：

"塞尔还是有错的，但这件事就到此为止吧。他错在打破了码头的常规，毕竟他没有船舶驾驶证，却要开船，还是往停泊地开。他连经验都没有……"

"我和萨沙叔叔在六级竞赛艇队掌过舵……"塞尔小声说，又垂下了头，像一开始一样。

"快艇和三桅船完全是两回事。你连舵轮都未必把得住。万一船不受控制撞向了其他船，比如战船，那可就事大了！"

"其他船距离都非常远，"塞尔看着地板说，"我离出口更近。"

"那又怎样？你根本没经验，还敢开多桅船？而且是在黑灯瞎火的半夜。要是被海浪冲走了呢？……这就是我坚持认为该给他处分的原因。其他的什么自有他自己承担。有谁反对吗？"

在这千钧一发的时刻，斯拉夫卡毫不犹豫地站了起来：

"我反对！"

大家瞬间齐刷刷望向他。伊丽莎白·德米特里耶夫娜很恼火地对他说：

"你，我觉得你根本不算少先队中队成员，而且还是个初来乍到的！"

"你也不是中队成员。"斯拉夫卡说得确实无懈可击。

"你真够无赖的。你叫什么？"

"谢米布拉托夫。"斯拉夫卡回答，还看了塞尔一眼。两人目光只交集了一刹那，斯拉夫卡却依旧看到了对方眼里的那句"谢谢"。

这句感谢并非是因为斯拉夫卡对处分提出了反对。处分算个什么呢？大家心里都清楚，这事很快就会过去，塞尔和大家都将很快忘记。完全是因为另外的东西……

"问题不在于谁是不是成员，"斯拉夫卡说道，"最关键的是这艘多桅船根本不会被冲走。"

"为什么不会？"八年级学生马上问。斯拉夫卡马上离开小桌子，差点把小桌子给弄倒。他拿着纸盒走向开会的大桌。

"大家看，"斯拉夫卡略带紧张地开始了，"如果风从这个方向刮来，多桅船就会正面朝向出口，是左舷受风。船偏转时，仍会保持左向的……如果真被水流冲击，正常来讲会漂到港里来。"

"那里，"伊丽莎白·德米特里耶夫娜插话，"岸边就是黑溪少先队营。"

"没错，"塞尔肯定了这个说法。

"但事实上并不会漂过去，因为大家看，"斯拉夫卡迅速几笔画出了多桅船的俯视图，又画出一个长长的箭头，"风这样吹，风压差几乎是没有的，因为是完全顺航的。这么小的帆，船会乖乖按照舵向行驶的。它就是这个样子的……"

斯拉夫卡翻过一个面，又画了船的侧视图，先是前桅，然后是白色三角帆，还有从艇上卸下来的支索帆。

这过程中没有一个人打断斯拉夫卡。当他演示完毕，一切都迅速解决了，快得令人不敢相信。会议代表认真地说：

"这足以让人信服了。看来，塞尔是行家啊……那么……那么我提议，不仅不对他处分，还要对他提出表扬。怎么样，赞成的有多少？……嗯，全票通过。现在我们讨论下一项议题吧。非会议成员就……谢谢各位，就可以离场了。"

塞尔第一个离开。他向左绕了一个圈，绕过气恼得说不出话的伊丽莎白·德米特里耶夫娜，走向了门口。

"回头看一眼，"斯拉夫卡在心里说，"请你回头看一眼吧！"

塞尔真的回头了。不知是一个无意的动作，还是在叫斯拉夫卡一起……然后离开了。

斯拉夫卡赶紧跟了上去。

"谢米布拉托夫，你的作文呢？"

斯拉夫卡赶紧把写的东西塞给辅导员就出了门。

"他可千万别走！千万别走！"

你我歃血为盟

塞尔没有走。他把一条腿放在暖气片上，好像是在弄鞋上的带扣。这时他抬起头望着斯拉夫卡，眼神里好像闪耀着某种光芒。他把鞋上的带子拉了拉：

"已经松了。一直晃荡着，没法走路。"

斯拉夫卡站在旁边，仔细地听着他的话，仿佛每字每句决定着谁的命运一样。他看看带扣，说：

"应该再钻一个孔。"

"现在手头没工具啊。"

斯拉夫卡把自己的腰带解下来，那上面的销头尖尖的。

"来，我试试。"斯拉夫卡说。

塞尔脱下了鞋。斯拉夫卡把鞋放到窗台上就开始扎孔。塞尔在旁边躬身看着，没说一句话。

"还是有些钝，穿不过去……"斯拉夫卡嘀咕。

"那就不用啦。我回家用锥子……"

"等一下，我再……对了，'土星'号到底在哪儿啊？我还一次没见过真正的舰船呢……"

"就在黑溪站。你没去过那儿？"

"我基本上还哪儿都没去过……我一周前才搬来……嘿，弄好啦！哈哈。"

"谢谢，"塞尔蹲下试了试，"刚刚好呢……"

（事实上并不是正好的。有些紧了，斯拉夫卡发现了。）

斯拉夫卡俯视着塞尔问：

"我还想知道……在'土星'号上难道还遗留下了活动吊索？"

"当然没有。船上东西全都腐坏了，能偷的也都被偷走了。"

"那么你是怎么扬起支索帆的？哪里来的吊索呢？"

塞尔站了起来，眼神突然变得有些奇怪：似乎掺杂着愧疚和欣喜。

"我想除了你也不会有其他人能问出这个问题了……不要对任何人说，好吗？"

"我保证。"斯拉夫卡马上应允。

"我自带了支索。卡普伦的绳索……"

"这么说，你偷偷爬上瞭望台了？"斯拉夫卡低声问，"不然是穿不过去的。"

塞尔低下头，耸了耸肩，好像在说："不然还能怎么办呢？"

斯拉夫卡想象着当时的场景。六级大风中——绷紧的缆绳嗡嗡作响，还有一段段的拍打着五层楼高的桅杆。一片漆黑。脚下是腐坏的绳梯，还缠在支索上……

"应该挺可怕的吧……"他小声说。

塞尔笑了：

"大风呼啸，可我当时却格外骄傲和无畏——认准了要不断向上，像要爬到星星上去！每踩一步绳梯都会默念一句'妈妈呀'……"

两个人同时笑出声来。两人似乎已不再是独立的个体，某种东西将他们一点一点地连结了起来。

塞尔停住笑，接着说：

"就是郁闷，最终全白费了……"

"不是完全白费了！"斯拉夫卡脱口而出，一下子有些窘，用手不安地穿插着腰带的扣环，"季马，你没有白白爬上'土星'号。否则就不会开这次会，那样你我不知何时才能遇到。"

塞尔问：

"你真的没有见过舰船吗？可你画的示意图完全正确啊……"

"那个，我是书上看到的……"

"什么样的书？"

"带示意图的吗？有《帆船作业》、《汽艇与游艇》杂志，还有捷克译过来的《海上帆》。不过那本书上有些含混之处。还有古尔邦写的《机帆船》……"

"连古尔邦的都有？这可太棒了！里面很详细是吗？"

"是啊。你有这本书吗？"

"我上哪儿找去？只是听说过。"

"想读读吗？"

"当然啊！什么时候可以？"

"现在就行，"斯拉夫卡说这句话时心里欢呼着，"咱们现在就去我家吧……"

"走！如果你有时间的话……"

"当然有！"

两人走到了台阶，塞尔突然想起什么：

"哎呀！我应该去一趟图书馆的！咱们的校图书馆。如果再不还，就麻烦了。我们年级只能借三天的。"

"是什么书？"

"就是这个……"塞尔从包里拿出一本包了书皮的破旧小书。

斯拉夫卡一看，差点笑出来——原来是熟悉的《毛克利》，是一家专做英语学习方面图书的出版社的名称。

"我原来也有本一样的，后来弄丢了。"

"丢了太可惜了，"塞尔叹气，"很有用的。我的翻译作业完全还没做，就因为今天这档子事。明天'丽莎女王'肯定会心满意足地给我个两分的。"

"谁是'丽莎女王'？"

"就是伊丽莎白·德米特里耶夫娜。我们叫她什么的都有——'伊丽莎白女王'、'女皇'、'丽莎女王'……你就可以随意啦，她又不教你……"

"留了很多吗？"

"整整一页呢。你看，我用书签夹上了……"塞尔翻开书，从里面突然掉落了一张叠着的四折纸。斯拉夫卡赶紧去捡，塞尔对他说："不用啦，这是登记加入儿童舰队的表格。本来想去的……"

"现在不想了？"

"你看这里有一句'必须得到班主任的同意'，你觉得伊丽莎白·德米特里耶夫娜会给我放行吗？想都别想了！"

"太可惜了……"

"是啊。我不愿意去求她。"

"我也想加入……"斯拉夫卡说。

塞尔突然高兴起来：

"那你就拿着这表格啊！还什么都没写呢！"

斯拉夫卡摇摇头，他觉得这样不地道——季马不能去了，自己这样做有些乘人之危。

"快拿着吧！"塞尔坚持，"干吗还另跑一趟呢？填一下，签个名后去找班主任就行了。"

斯拉夫卡叹口气，接了过来。再拒绝也是不应该的。突然塞尔说：

"我就想帮你嘛，不用扭扭捏捏的。"

斯拉夫卡愧疚地问：

"'丽莎女王'真那么坏吗？"

塞尔郁闷地回答：

"只有在童话和象棋里女王才会是好人……你等我一下行吗？我去还一下书。"

"等等，凭什么就该得两分？咱们一起翻译吧，也许我还记得一些。"

"那简直太好啦！"

塞尔话不再多说，坐下就开始动手。他靠边坐在楼梯边的女墙上，以便不影响同学们通行。书包搁在膝盖上，本子放上面。斯拉夫卡在他旁边也坐定了。

"准备好了吗？那就开始写：'毛克利从树林来到空地上……'"

斯拉夫卡对这本书太熟悉了，有时翻得特别起劲，连停都不停一下，这时塞尔会打断他：

"等一下，这里我自己来，不然就太不诚实啦……这里我会。那这个是什么意思？单词我都认识，可是翻出来纯属胡诌啊。什么意思，是他们浴血奋战吗？"

"那可不对！这是一种号召，就像常说的'你我是歃血之盟'！"

塞尔从旁看看斯拉夫卡，提起笔，又犹豫了，笔杆抵在下巴上若有所思，最后他看着本子说：

"你看咱们，坐在一起，谈论得兴高采烈，却连对方叫什么都不知道……"

"我知道啊，你叫季马……是吧？"

"从出生起大家都叫我'季姆'……所有对我没有敌意的人都这么叫。"

"我叫斯拉夫卡……季姆，你接着写吧。'你我是歃血之盟'……"

……妈妈果然喜欢季姆。斯拉夫卡发现妈妈爱细细地观察他。他身上有所有斯拉夫卡不具备的东西——专心致志、精神饱满、内在修养、自控力，一切体面家庭出身的孩子应有的品质。

薇拉奶奶来叫他们一起吃饭时，季姆没有扭捏作势也没有生硬拒绝。刀叉拿得恰到好处，吃东西不急不慢，不狼吞虎咽。回答妈妈礼节性的问题时也表现得不卑不亢。

让斯拉夫卡格外开心的是，通过妈妈的提问，他得知了季姆的父亲是舰船工程师，为保证与卫星和航天器的联系常年出海；而母亲是海军宾馆的值班负责人。

"家里人会不会担心你在外面耽搁这么久啊？"妈妈小心地问。

"没有人可以担心，爸爸出海了，妈妈要值班到明天。"

"家里没有其他人了吗？"

"还有个妹妹，瓦莲京娜。我六点得去幼儿园接她。"

"她还很小吗？"

"不小了，快七岁了呢。"

"还是很小呀，你很照顾她吧？"

季姆笑了：

"亲爱的叶莲娜·尤里耶夫娜，她哪里需要照顾，她可算我们家最自立的成员呢。您真该听听她怎么讲电话的——凡是与她讲电话的人，没说几句就会对她称'您'呢……"

饭后斯拉夫卡给季姆看了自己的书和杂志，尤其是古尔邦的那本，季姆完全读入迷了。

"你就拿回家慢慢看吧，多久都行，"斯拉夫卡说，"管他一个月、一年……"其实他很想说："如果你想要，直接拿走就好。"但最终没下定决心。现在，斯拉夫卡已经完全把他当好朋友了。

季姆特别开心：

"我一定要临摹一些图，这书里画得太明白了……你看，这瞭望台跟'土星'号上的简直一模一样。我当时是往这根杆扔的缆绳，怎么可能够得着滑轮呢。"

"你把帆布上交了？"

"哎……一提就心疼。他们有人专门提出来这个，我只好答应上交。萨沙叔叔要是知道了，保准狠狠训我一顿，因为这是他的帆布。有一次我们去蓝谷玩，叔叔还拿来在海滩上搭遮阳篷来着……"

斯拉夫卡也惋惜得要命。不过刚刚季姆提到海滩，他心里顿时升起去游泳的强烈愿望。

他把这个想法对季姆说了，季姆兴奋得直跳高：

"那就去呀！"

"说说很容易……但妈妈不许我一个人去游泳。她总说，'小孩游泳容易呛水，容易撞到石头'……"

"那和我一起去呢？"

斯拉夫卡迟疑地看着他。

季姆当机立断，走到门边大声说：

"叶莲娜·尤里耶夫娜，很抱歉打断您，请问斯拉夫卡能和我一起去海滩玩吗？"

斯拉夫卡不用亲眼看也能想象到妈妈惊讶得瞪圆了的眼睛。

"一起吗？"

"平时我都是一个人去呢。"

"嗯……但是斯拉夫卡应该还不太适应。"

其实妈妈分明知道在波克罗夫卡的经历……

季姆理智地说：

"叶莲娜·尤里耶夫娜，他总归要适应的。既然生活在海边，就不可能每次都有大人陪着。"

"噢，我明白。但我很担心……"

"我们就去一个小时，绝对不拖延，相信您都来不及担心，我们就回来了。"

"真的就一小时？"妈妈有些无奈。

"棒极了！"斯拉夫卡在心里欢呼。

……妈妈追上他俩的时候，他们都已经走到另一条街了。妈妈拿来了海滩包。

"你们忘带毛巾了……另外，我也想去游泳了。你们千万别觉得我不信任你俩啊，我就是很羡慕能去游泳。"

三人玩得非常开怀。竞赛着游、相互扑水、从台阶往下扎猛子、探底潜水……最后，妈妈拉着两个孩子上了岸。

"你们俩竟然能在水下潜那么久！简直是人鱼啊。"

"人鱼男孩——科学新发现！"季姆一边打趣，一边蹦跳着甩下身上的海水，用毛巾擦干。

妈妈看着他，突然笑起来：

"不敢相信，你身上这花斑简直是奇观呀！"

斯拉夫卡倒吸一口气：季姆会不会生气？但季姆却也跟着笑起来：

"我这是油漆工喷的……还是妈妈在我小时候讲的呢。说是我出生之后，大人抱着我走过一条正在上漆的过道。油漆工拿着喷漆枪转身的工夫，恰好喷到了我身上。"

"像是真的呢！"妈妈笑着说。

"我信了好久呢，"季姆接着说，"有一次幼儿园装修，我还特意去问做活的油漆工，如何能把油漆渍去除。他说要用一瓶特殊的溶剂……我还真的擦在腿上试来着……"

妈妈表示奇怪：

"为什么擦腿，不是擦鼻子或是脸颊？"

"为什么是鼻子？我腿上那才是灾难呐……从小我在走廊玩捉迷藏时，都喜欢藏在大人的置衣间，因为那里挂着很多大衣可以遮挡。身子是藏住了，腿却露在外面。大家的鞋子都是一样的，腿也大多相似，很难分辨出谁在哪儿。只有我——每次都轻易被抓住！"

妈妈又大声笑起来，斯拉夫卡也会心笑了。他最开心的是，季姆这样自然而又充满信任地给他讲自己的故事。"就像多年的老友一样。"斯拉夫卡心里想。

回去的路上，季姆开玩笑说，这下斯拉夫卡也该去他家才对，不然多不公平。

"不上课了吗？"妈妈习惯性地问。

"明天是星期天呀！"斯拉夫卡和季姆异口同声。

"可是你忘了吗，咱们明天要去买新裤子呀？"

"天这么热，何必着急买呀？"

季姆说："还要整整一个月才到夏天呢，就这么热了。"

他们先去幼儿园接瓦莲京娜。季姆在路上解释说："她完全能自己回家的，只不过家长不放心，怕追究责任呢。"

原来，瓦莲京娜是个高挑的圆脸黑发姑娘。她用故作低沉的嗓音说：

"我很震惊，季莫费。难道连星期六你都不能来得稍微早点吗？我在这儿等得花儿都谢了。"

"呃，我忘了星期六可以早一些的……"

瓦莲京娜看着他梳得整整齐齐、还没完全干的头发。

"游泳倒是没忘呢。"

他们沿着一条两面是白墙、深处有小绿门的狭窄阶梯向上走。一路看去，墙上爬满了藤蔓。这条阶梯被当地人称为"堪察加眼镜堡街"。

走到上面就看到了一片新的街区。季姆指着最高的那座九层楼说：

"我家就在四层，看见了吗？左面是阳台……"

季姆家特别大，四处立着高高的书架，上面还挂着印第安和非洲风的面具。有许多很深奥的书，比如物理、电子类。但也有百余本奇遇冒险题材的书，这其中就有不少科幻和包着老式花纹书皮的詹姆斯·库柏写的长篇小说。

"我迷死这本书了。"斯拉夫卡说。

季姆打趣说"先别死"，拿出了爸爸从英国带回来的舰船模型。

斯拉夫卡以为所说的模型不过是铁片和方块堆砌的玩具，但季姆拿来的却完全不同：这是仿制著名的"五月花"轮船，当年欧洲人就是乘坐它到达美洲的。模压得极其精致，甚至棕色木片上的纹理和节疤、鼓起的塑料制风帆上的缝线都制作得如此精良，几乎可以以假乱真。

"帆我粘得差不多了，"季姆说，"但是圆材一个人实在不好弄，得有个人帮扶着。"

"那咱们一起弄吧！"

两人忙活了一个多小时，成功安好三个带瞭望台的桅杆和桅缆。

"差不多了。"季姆马上说。斯拉夫卡直起腰，偶然瞥见角落里小桌子上的打字机，上面还有"莱曼金属"的英文标示。

"跟我家的一样！不过我们还没拆包装。"

"这是我爸买的……不过也相当于是我和瓦莲京娜的了，我们时不时会玩。"

妈妈平时是不让斯拉夫卡碰打字机的，他有些奇怪，这个有什么可玩的？

"我们玩信号游戏，"季姆解释说，"我家有两本三旗信号版《国际旗语》……你知道这个吗？"

斯拉夫卡点头：

"知道，不过三旗信号已经有些过时啦，现在多用的是双旗信号。"

"用来玩就无所谓过不过时啦。你猜我们怎么玩？我跟瓦莲京娜随便说三个字母，然后就在打字机上打出来，她可有才呢，认识所有拉丁字母……打出来之后我来解码，有时拼出来的意思特别好玩！想不想也试试？"

季姆从书架里拉出一本蓝色厚书。

"那你说个吧，任意三个字母。"

"季姆。"斯拉夫卡说。

"怎么了？"

斯拉夫卡笑了：

"没什么，就是拼成'季姆'的三个字母，比如探戈、印度、迈克。"

"噢，我都没想到这个！"

他趴在地毯上，赶紧翻起书开始查。

"看，在这儿！'季姆'的意思是'减轻负重，吃水深度'……这什么意思？……喔我知道了！我从'土星'号上被人带走就是给它减少了吃水深度了，完全正确啊。现在看看你的……"

"我名字可是六个字母啊。"

"分成两个信号查。"

"不错。前三个解码是'山脉、利马、阿尔法'……那是指什么？"

"我来看看……有了！是'解救'的意思！你之前解救过谁吗？"

斯拉夫卡想起那个被邻居欺负的胖小孩。

"嗯，差不多。"

"谁啊？现在我看看后三个能找到答案不……'维克塔、基洛、阿尔法'……怪怪的。这些的意思是……'如何'。到底是如何救的？"

斯拉夫卡并不想提那件事，有种自夸之嫌，可明明也不算是英雄行为。他叹气：

"军事机密。"

"机密？好啊……"季姆说着，不知道为什么突然像个侦察兵似的爬到宽大的、用枕头代替靠背的沙发床上，拉出一支黄色的塑料玩具手枪。这种玩具斯拉夫卡只在游乐园见过——可以充气，打出的子弹是网球。

“装了子弹的，”季姆警告，“怎么样，这回交不交代你的机密？”

斯拉夫卡笑着藏到大书后面说：

“竟然对和平民众进行不讲信义的攻击！”

“怎么不讲信义了？我可诚实地警告过了。”

“可我手无寸铁啊！”

“那要不你用枕头？”

“我可以吗？”

“当然可以。”

斯拉夫卡跳上沙发床：

“即将发射重型炮弹！”

“我是神枪手！”

网球纷纷击打在斯拉夫卡身后的墙面上，他就以厚厚的枕头还击。季姆抓住枕头，扔回斯拉夫卡，自己也跳上了沙发床。墙被弄得“咚咚”响，仿佛奥里诺科①密林里某原始部落打斗时的战鼓。

不一会儿，斯拉夫卡已经趴在了地毯上，季姆趁机坐在他身上。斯拉夫卡却只感到一种说不出来的开心。其实他只要稍一动肩膀就能把季姆翻下去，可他并不想那样做。这样的姿势让他觉

---

① 奥里诺科河，南美洲重要河流。法国著名科幻探险小说家凡尔纳著有《壮丽的奥里诺科河》。

得快乐。季姆此时得意地笑着，把枪抵在斯拉夫卡的肩胛骨间。

"怎么样，交代吗？"

"哼……宁死不从。"

"到底拿你怎么办？"

"什么怎么办？信号里说得很清楚了——解救、解放。"

"怎么个解放法？"季姆嘲弄地回应。

"喏——'减轻负重'，也就是说，从我身上下来。"

"好吧，《国际旗语》救了你。"

季姆站了起来，却踩到网球，"扑通"一下坐到了地上。他自嘲地嘀咕："好家伙……"

"那我查查，'好家伙'拼出来是什么……"斯拉夫卡一本正经地翻开蓝色大书，"好、阿尔法、宾馆……意思是'开放的锚地'。"

"没错，该下锚了，不然瓦莲京娜就该来了。"

这时果然说曹操曹操就到了。

"这太不像话了，"瓦莲京娜语气很严厉，"赶紧把屋子给收拾好。"

斯拉夫卡觉得自己面前站着的分明是个教导主任。季姆赶紧站起来，整理好衣服，又把头发拂了拂——好神奇，一秒从邋遢小子变成翩翩少年！

"瓦列奇卡，我们不会再这样了。"

斯拉夫卡有些遗憾地望向窗外。

"天已经黑了，我该回家了。不然可就换我说'好家伙'了……"

季姆送斯拉夫卡到楼梯的时候，突然跑过来一只体型大却很瘦的狗。

"水手长！"季姆开心地喊它。

斯拉夫卡马上打了个寒战。

"你别怕，"季姆说，"这是大家都喜欢的狗，它对所有人都很亲近。"

"我不是害怕……"

"水手长"舔了舔斯拉夫卡的手，又礼貌地摇了摇尾巴，就自己玩去了。斯拉夫卡还是感觉不好。季姆想，他真是因为害怕吗？

"季姆……你知道我为什么哆嗦了一下吗？是因为你说'水手长'……在我之前的那个学校，大家都是这样嘲弄我的……"

季姆沉默了。他瞬间觉懂了，斯拉夫卡之前过得是多么不开心，委屈地忍受了多少外号。

"不要对任何人说……"斯拉夫卡含糊地小声说。

"当然，放心吧。我在一年级的时候，大家都嘲弄我是'褐鲱鱼'。"

"为什么？"

"那个'褐'是说我的雀斑，'鲱鱼'是因为和我的名字拼起来很像。"

"和他们打过架吗？"斯拉夫卡低声问。

季姆叹气：

"也哭过，也打过架……其实'褐'我倒不是很介意，但是'鲱鱼'我非常反感，又滑又咸的东西……新来的班主任听说之后安慰我说：'塞尔的意思根本不是"鲱鱼"，而是拥有巨大能量的洪流，能摧毁一切。所以不要再和他们计较了……'"

"那之后就不再打了吗？"

"不是马上，但也渐渐停了。"

"塞尔，洪流，"斯拉夫卡在心里回旋着，"不，这不适合他。"

"我要走了。"斯拉夫卡说。

"好，那明天见，好吗？"

"明天见……季姆！我可不可以给你打电话？我们街区有自动电话亭。"

"好啊！打给我啊！写下我的号码吧，23-19-08。"

斯拉夫卡其实能光凭脑子记住，但他还是想写下来，这样才有特殊的意义，就好像一张友谊契约。当然，离这个还有距离，但……

"用什么来写？"

“等下……”季姆从腑前口袋里拿出一支铅笔：“哈哈，你看，咱们打闹的时候都没弄断呢。小心点，它很尖。”

“纸呢？噢，我有！”斯拉夫卡到口袋里摸索。

“等等，那是报名表吗？”

“可我拿着它有什么用……”

“你不是想去吗……”

“我不想去这个了。你知不知道还有别的地方有帆船队吗？”

“不清楚，就算有，我觉得也是面向成人的……你为什么不想去这个了呢？”

斯拉夫卡把报名表放在左手上开始写。天还没完全黑，还可以看见。

但似乎应该先回答季姆的。但，如果季姆明白，还何必回答呢。

斯拉夫卡嘀咕着：

“你怎么回事啊……我们是一起的啊……要是能在同一个船队才是好的……”

为了掩饰自己的局促，斯拉夫卡开始在纸上大笔地乱画，猛地点个句号时突然“噢”地叫了起来——锐利的铅笔尖穿透纸张，直接插到了皮肉里，手心里。

血一下子渗了出来。

季姆拉过斯拉夫卡的手，用纸角吸干了血滴，仔细观察之后说：

"要有文身一样的永久痕迹了，一些铅留在里面了。"

"留就留吧。"

留就留吧。权当是对这幸福的一天，季姆出现在自己生命里的这一天永久的印记吧。权当是季姆送给自己的一颗痣吧。

斯拉夫卡走到自家的街区时，天已经完全黑了，电话亭里早亮起了灯。他摸索了下口袋——自然是一戈比都没有！可要是回家要钱的话，妈妈一定会先训斥一顿，然后说：

"你的季姆明天又不会躲起来，没必要大晚上的出去打电话……"

他望着电话亭，抱着侥幸。结果真的发生了奇迹——地上躺着一枚硬币，正闪着光。那是十戈比。虽然不是两戈比，一样可以打电话的。

紧张和喜悦让他的心"咚咚"地跳。也因为，从今天起，他有了季姆。

"23-19-08……"

"……是季姆吗？"

"是你吗斯拉夫卡？！"

"是我……"

"简直太棒了！"

"季姆……你……现在怎么样？一切都好吗？"

"我很好。你呢？被训了吗？"

"我还没到家。应该会。"

"说不定可以躲过去？"

"都会过去的，季姆！那么……明天见？"

"好。明天早点过来，好吗？"

"当然……季姆……"

"怎么了？"

"'塞尔'的意思不是'洪流'……'塞尔'是'帆'。你看，'中帆'、'高帆'、'三角帆'，拼写里都带'塞尔'的……"

"噢天啊，真是……"

"季姆，你的名字连起来也应该是张帆……"

"是吗？是船上的哪张帆？"

"我……我也不知道……季姆？"

"什么？"

斯拉夫卡心里在回荡："你是'季姆帆'，全世界最好的帆。季姆，我们'歃血为盟'，好吗？季姆……"

但他说出口的却只是：

"季姆，明天见！"

海浪汹涌

斯拉夫卡整夜都沉浸在期待中。他的梦里星星点点。太阳的光斑在绿波上跳舞，星辉挂在紫罗兰色的天空。茂密的草丛中，蜗牛壳彼此相碰，小小的地上精灵也反射出点点光亮。

斯拉夫卡试着去抓那光亮，最后真的把一个抓在了手心里……可突然整只手都燃起来了。斯拉夫卡惊醒了，赶紧展开手掌细细地看。手心里那个进了铅的伤口变黑了，周围的皮肤红肿着。这是季姆的雀斑真的长进了自己的手掌心！

斯拉夫卡一下子坐了起来。快乐从何而来？——是有季姆在等他！

……季姆在阳台等着斯拉夫卡。他穿着橙色的衬衫，阳光下仿佛在燃烧。一看见斯拉夫卡，他就挥挥手，对着阳台里面的门喊：

"妈妈，他来啦！"

季姆的妈妈个子很高，嗓音又响又欢快，与季姆完全不同。斯拉夫卡感觉她就像丰收宣传画里抱着一捆粮食的妇女。不久前他还在书店看见了这种画。

季姆的妈妈说，现在他们一起吃早餐吧。她还说，天下没有被两顿饭噎死的孩子，尤其是他和季姆这样瘦削的孩子。还是赶紧上饭桌吧，不然想都不用想，一定两人一起被训啦！

斯拉夫卡顺从了。出于团结一致的精神，他还勇猛地连吃了两个肉卷饼。

"今天有什么计划？"季姆妈妈问，"但愿不是又要去驱赶轮船吧？今天两个人一块儿，说不定就做成功了呢……"

季姆一脸认真地说：

"我已经保证过，不会再犯了。"

"是，我记得清楚，你承诺的是'保证再也不会进那艘土星号'。别的船呢，你倒巧妙地回避了。今天咱们这儿可要停泊一艘反潜艇巡洋舰呢。"

季姆眼睛盯着盘子，煞有介事地举起了左手：

"我发誓：不会再做任何有碍黑海船只的行为。今天之内我们也到不了别的地儿。"

季姆妈妈做思考状：

"谁知道呢。如果我是今天这艘船的船长，可就要加强看守力度，并且不靠岸。"

然后她开始对两人去哪儿发问。

"去卡恰叶夫卡的沙滩，"季姆答道，"斯拉夫卡还没见过真正的外海。"

瓦莲京娜突然插一句：

"妈妈，他俩一定是没看天气预报，不然一定会担心自己的衣服的。预报员说了中午有雨。"

"那我把那件卡普伦的上衣拿上防雨吧，我俩够用了……"

无轨电车上季姆问斯拉夫卡，是直接去沙滩还是先随便走走。

"去哪儿走啊？为什么这么问？"

季姆顿了顿，说：

"是这样，有这么一个地方……其实是个大悬崖，站在上面可以望到海的最远处。我小时候常和爸爸去……如果不感兴趣，那咱们直接去沙滩也行……"

"我感兴趣！"斯拉夫卡赶紧说。他早已经爱屋及乌，而且他也并没说假话——海上之崖，多么棒！

"那咱们就去北岸吧。"

"坐小艇去吗？"

"当然。"

"太好了！"

阳光分外耀眼，天边飘浮着棉花般的云朵，还有渐渐变强的风拂过。小艇驶离码头的时候，似乎还有些许摇晃。两人站得很近。斯拉夫卡眯起眼笑了一下。

"真好……"

"什么？"季姆疑惑。

斯拉夫卡有些不好意思地说：

"可能对你来说坐小艇已经像坐公交车一样寻常了。可我还是第一次。”

“才不是呢！”季姆回应，“不是那样的。我也非常享受坐小艇。不过去外海比这还要更爽。你知道海浪拍过来是多么美妙吗？……看，巡洋舰在那儿。”

斯拉夫卡转过头来。小艇的左舷与巡洋舰船尾相距不远。那艘巡洋舰是如此之大，就像一座海上升起的钢铁小岛。三幅海军旗在风中飘扬。甲板和舷窗上穿着灰蓝色工作服、戴着黑色贝雷帽的水手们穿梭不停。在钢铁巨人的映衬下他们看起来是那么渺小。

其中一层甲板上整齐地站着一队穿白色水手服的海员，一个佩带短剑的军官在他们前方踱着步。

“要给人解职啦，”季姆说，“船长没有听妈妈的话。”

斯拉夫卡小心地问：

“季姆，你从来没有被妈妈打过吗？比如……比如‘土星’号的事……”

“为什么要打我？我被送回家的时候，腿肿得老高，大家都以为骨折了，完全吓坏了。那之后妈妈也没有骂我，她一般都很雷厉风行。不过昨天早晨她打我了。”

“怎么回事？”斯拉夫卡紧张地问。

“我忘了熨衬衫，妈妈就说：‘有空做海盗的事，没空做好人的事。’我说：‘那其实也是一件好事。’她生气地说：‘好事？

是吗？'就用毛巾打了一下我的脖子。我躲到桌子底下，探出头时她又来打。我跑到另一头，她又追过来。于是我出来坐在那儿等着打。我问：'我什么时候能摆脱？'妈妈说：'你还是先坐着吧。我还没消气。'"

斯拉夫卡笑了。季姆的讲述完全不可怕。完全不是尤尔卡那次的样子。但他还是说：

"那你刚刚还说没打过。"

"但这是另一件事了，不是因为'土星'号，而是因为衬衫。而且她主要是打到了桌子，并没有打到我……你看，到了。斯拉夫卡，我们走吧。"

黄色沙层堆积起的陡峭岩壁低垂在小艇之上。岩层中密布坑洼，岩壁边还横着相当多的石块，其中一块上面站着一个晒得黝黑的穿着黑外套白短裤的男孩，他在用网兜捉螃蟹。更远处还有几个男孩在用缠在手指上的卡普伦钓线钓虎鱼。斯拉夫卡想看一会儿，但又不想耽误季姆的时间。

季姆带着斯拉夫卡沿长梯而上，走到一片立有高大方尖碑的空地，碑上还缀着近卫军勋章。四面还有稍低的塔碑拱卫其中。四下荒无人烟，风声呼啸。附近一座坟墓上方，红色的花朵高高地摇曳。

越来越密的云朵自海面上方飘移过来，塔碑尖端显得越发直刺云霄。

"这附近都是纪念碑。"斯拉夫卡低声说。季姆点头：

"你明白的，这里发生过多少次激战啊……"

空地上伸出一条弯曲的小路。石栅栏上攀爬着野葡萄藤，瓦屋顶上方一些自制的风车发出阵阵声响。

"去年这里拍过电影，"季姆说，"导演还到咱们学校演讲来着，谈到拍摄情况时，他说：'这里非常棒，与意大利一样棒。'我马上说：'是意大利与我们这里一样。'为这事，'丽莎女王'还训了我一顿。"

"季姆，你是就在这儿，在城区出生的吗？"

"当然。还有爸爸妈妈也都是。"

斯拉夫卡想："真幸福。"

走过"意大利"小路，两人来到了一片新的区域，这里树立着几座十二层的白色高楼。他们就沿着边缘的小巷走走看看。经过一片年轻的柏树林和建筑工地时，还发现了一台停着的小型黄色挖掘机。工地背后是一片生长黄色低草的平原，一直延伸到最远的岸边。

再远就只有大海了，向前向左向右看，一望无际。而向下看——百米高的悬崖在脚下寂然无声。

斯拉夫卡向悬崖边缘靠近，感觉有些眩晕。他是第一次看到这么高的陡壁。季姆小心又有力地扶住他的肩膀。

太阳躲到了一团乌云的后面，远方的海面却还是一片深蓝，只不过不是那种澄澈悦目的蓝，而有阴沉之感。雷雨云常常是这种颜色。近岸处的海水则是黄绿色的，看来，浪潮正从沙质海床涌起。

泛着泡沫的波浪来回拍打着峭壁。海浪淹没一片沙滩，又被岩壁击碎。在下方的海崖间隙还生长着高高的树木，但从上面看完全是一个个小点。

风全速吹来，吹过岸边，又顺黏土斜坡而上。一绺绺柔软的干草波浪般起伏，就像暗淡的火光跳动着。

"要把外套拿出来吗？"

"你冷了？"

"我怕你冷……"

斯拉夫卡摇了摇头。风虽然大，但并不冷。

一开始确实手脚凉得起了鸡皮疙瘩，但很快就适应了。而且有季姆手掌传来的温度，他更感到温暖。

海的两种颜色交际处，一艘客轮航行其中，随波起伏。

"卡恰叶夫卡游泳的人都坐船走了，"季姆说，"今天的天气不适合游泳和晒太阳……但咱们还是过去，好吗？"

斯拉夫卡点了头，却没动地方。

"那……那走吧？"季姆小心地提醒。

"季姆，等我一下好吗？"斯拉夫卡恳切地说，"我还想再看一会儿。也许你已经看过无数遍了，可我还是直到今天才……"

直到今天他才明白什么叫"外海"。

风突然更猛了，像要把斯拉夫卡的衣服撕下来，把季姆的雀斑都吹走一般。斯拉夫卡差点被刮倒。季姆说：

"咱们走吧，不然就一个小时没动地方了……而且咱们不离开海岸，只是沿着边走，前面景色更美。"

两人就在悬崖边不远处往前走。从这个角度可以看到，悬崖下的有些岩层已经剥离，成为几近垂直的石墙一般，它们的平衡似乎保持得很不稳定，具有很大的威胁性——很可能以上千吨的分量砸向海滩。

斯拉夫卡和季姆紧紧拉着手，这样一来走得才不那么心惊胆战。走到某处时季姆说：

"看，这里完全是垂直的。"

底下并没有沙滩，而是大海直接楔入陆地。海岸以垂直的角度立于其上。

斯拉夫卡向下看，闯入眼帘的是波涛汹涌的海面。他投了一块石头进去，石头瞬间消失在浪潮中。

"深不可测啊，"季姆赞叹，"小伙伴们说战时这里藏了个潜水艇，德国人找了许久都没找到，其实就在岸边……可能只是一个不可信的传闻吧。"

"也许是真的呢？"斯拉夫卡问。

"也有可能……斯拉夫卡你看！快过来！"

季姆领着斯拉夫卡离开了悬崖，来到了一个混凝土槽边。它很像抽干的圆形泳池，深度约一米半，修有供爬下去的梯子。槽底是已经生锈的铁皮围成的空间，四角还竖着巨大的螺钉。

斯拉夫卡马上就猜到了这是什么。

"这是武器槽吧？"

"没错。那边还有一个。这个是炮台，战舰上大口径炮专用的。"

斯拉夫卡爬到了槽底。在混凝土墙的掩护之下这里无风又暖和。铁皮上还斜着一个玩具飞机掉的蓝色塑料螺旋桨。这时斯拉夫卡在混凝土墙上发现了两个不知用什么黑色物件写的、已受到一定程度剐蹭的签名：

"托马，维佳。"

"托马和维佳就是两头蠢驴，"斯拉夫卡说，"你瞧这是往哪儿乱写呢！"

"没错，蠢驴，"季姆同意，"不过，斯拉夫卡，你知道吗？有时确实能找到一些真正的签名……"

"你说的'真正的签名'指什么？"

"战争年代咱们的水兵和战士留下来的那些。当他们心里清楚自己一定会牺牲的时候，想到'我们出不去了。就留下些痕迹给亲人吧'……这种签名散布在各处。"

"也就是说……曾在这个炮兵团战斗的兵……也全都牺牲

了吗？"

"也不一定是全部。活下来的也会与大炮同归于尽；或是潜到三角堡，继续撑下去……据说当时团里还有个小男孩。和爸爸在一起时他给我讲过。"

"男孩多大？"

"跟咱们差不多大。据说他是做弹药搬运手，还不确定。按理说，以他的力量徒手一般不动炮弹的，但事实上确实有很多半大孩子也参与了战斗。"

"我听说过其中一个孩子的事迹，说是他在战壕内自制了手榴弹，遇到德国坦克时猛地一拉，消灭敌人的同时也牺牲了自己。"

"对，我也知道这事。"

两人爬出了武器槽，又一次来到悬崖边。

"这地里应该还有遗弹吧。"斯拉夫卡小声说。

季姆会意：

"确实还有……你听说了伊柳欣的事？"

"肯定啊……季姆，我只是不太明白，他当时到底是怎么想的，为什么要把这样危险的东西往火里送？为什么？他已经不是什么都不懂的孩子了啊！难道他不知道会爆炸吗？"

季姆诧异地看着他：

"为什么不明白？他正是为了……难道你不知道这其中的原委？"

斯拉夫卡这才意识到，事实上他完全不清楚具体情况是怎样的。学校里的议论都是以讹传讹、不清不楚的。

季姆以辩护者的语气说：

"难道你以为他是在儿戏吗？他与小伙伴们发现遗弹时，他马上跑去工厂告知大人们。这里比较荒凉，近处就只有工地了……结果门卫粗暴地对他大喊大叫：'滚开，别胡说！'"

"这门卫怎么回事，疯了吗？"

"天知道……也许恰好碰到的是个醉鬼吧……孩子们不敢再把遗弹搬到别处了，于是决定自行为民除害。大家燃起了火堆，把遗弹抛到火里就躲到混凝土板后面趴下了。大家等了又等，等了又等也没动静，火却灭了。一个孩子想去再生，伊柳欣却拦住他，自己过去了……这时，爆炸了……"

"季姆，你是怎么知道这么多的？"

"大家都知道。当时和他一起的孩子们，后来给大家讲了全过程。其中几个探出头的也受了伤……"

"原来事情是这样的……"斯拉夫卡突然感到某种程度的宽慰，"并不是那样糊涂……"

不，还是有些糊涂的：为什么要去找门卫，而不是士兵！也不该用火堆处理。但大家确实是认真的，伊柳欣不是为了取乐。只是他做的过程出了问题。但即便是成人，遇到这样的事也可能出错啊。

"季姆……你认识他吗？"

季姆满脸忧郁：

"许多人都认识他，他以前在少年宫合唱队，唱得很棒……"

……岸越走越低了，季姆和斯拉夫卡绕过一片游人往返的泊地，顺着一条小道下到了沙滩上。最后一批游泳的人也离开了泊地。船桅上已经挂起了黑球——这是警告游客不得游泳的标志。风把沙滩上躺着的一只烟盒吹得四处乱飞。海浪吐着长长的舌头冲刷着沙滩，波涛汹涌，风声呼啸。

两人脱下鞋子，在浪朝边游荡。浪来的时候溢着泡沫冲刷他们的膝盖；浪撤的时候像要把他俩拖走一般，身上沾的沙子也被冲净了。但翻滚的海水是如此冰冷，季姆说不想再触碰了，而且岸边已经空荡荡，瞭望台上也升起了风暴来袭的预报。

斯拉夫卡也同意离开。这是他头一次看到这么澎湃的大海。

他俩靠在海浪冲出的木枝上休息。木枝被水洗得泛白，又被风吹干，甚至闪出些许铝制品的银色，光滑又暖和。干的沙子也很暖和，斯拉夫卡和季姆赶紧把快冻僵的双脚和因长途行走而酸痛的腿埋到里面……

此时的海面呈现三色　近岸是沙子的黄；稍远是亮眼的绿；极目天边是紫蓝色。波浪里划界的浮标忽上忽下，看上去像地平线上的轮船掉落了一串橙子，潮水送它们接近大地。

瓦灰色的积云不断向天空中央汇集，只透出太阳的些许微光。斯拉夫卡和季姆的头顶上方，海鸥在挥翅盘旋。

不一会儿雨就下起来了。其实完全可以躲到遮棚下避雨，但他俩并不想挪地方，于是季姆赶紧从运动包里把那件上衣拿了出来。尽管大风撕扯着，他俩还是成功地盖住了头和肩膀，弄成了个小帐篷模样。

"咱们成了鲁滨逊啦，"季姆说，"小艇也不来了，什么都等不到了。咱们还得坐公交车去北岸呢……斯拉夫卡，拉你来这大风大雨的地儿，你不会怪我吧？"

"季姆，这里很棒。"斯拉夫卡回答。

还能怎么说？总不能实话说自己已经梦想这样的时刻多年了吧。他没法阐明此时内心的真正感受是幸福。因为这风暴的瞬间而幸福着，因为季姆在身边而幸福着。

斯拉夫卡突然说：

"快看！像个小瀑布呢！"

不远处有个小滑梯，平日游客可以滑行下水。此时浪花不断涌向它，又哗啦啦地沿着梯子流淌下来。

"很像彼得大帝夏宫的梯形瀑布呢！"季姆说道，"我七月和爸爸一起去的……你去过那儿吗？"

斯拉夫卡缓缓摇头：

"没有。我去过的地方很少，只有涅维扬斯克、彼得罗扎沃茨克和波克罗夫卡……基本都是一个区域的，彼此相距也并不远。我和妈妈在这之间搬来搬去。"

季姆沉默了一阵，然后惭愧地说：

"我真傻。你不要生气，好吗？"

"为什么要生气？"斯拉夫卡有些诧异。

"我总说自己说个不停，还总提爸爸、爸爸……可你，毕竟只有妈妈。"

"那有什么，"斯拉夫卡平静地说，"谁都会经历一些事啊……可能你以为他是抛弃了我俩，或者是个醉鬼？他是个很好的人，季姆。只可惜我从来没有见过他，他在和妈妈刚结婚的那年就去世了。两个人还都是大学生。"

"发生了什么？"季姆小心地问。

"他被摩托车撞了……去同学家别墅的路上，有一群从营地回来的人突然横穿马路，应该是在玩打仗。他滚到了路边，直接撞到了石头上……那还是在彼得罗扎沃茨克的时候，他和妈妈在那儿读书。那之后妈妈毕业了，我们就去了涅维扬斯克。你知道吗？在那儿我才第一次看到大海……"

季姆惊异地抬起眼，但最终什么也没有问。他知道，斯拉夫卡最终都会和他说的。

斯拉夫卡又接着讲了"水星"号的事，之后还不知不觉讲了很多很多：波克罗夫卡的湖、安纽达、尤尔卡和乌斯季－卡缅斯克，甚至还讲了自己和妈妈是为什么离开了那里。

是对季姆讲，也是对大海讲。

大海汹涌着，时而愤怒，时而同情：因他的敌人而感到愤怒，因他的苦难而感到同情。

季姆也全都明白，他只是静静地、认真地听着。

只是时不时给斯拉夫卡拉拉卡普伦的下摆，让他不被淋到。

斯拉夫卡到家的时候都已经入夜了，妈妈当然急得要命，说"差点没疯了"；督促着斯拉夫卡吃晚饭、做作业。

这些作业在斯拉夫卡看来太无聊了，他一边读着《植物学》，一边忍不住和妈妈讲今天发生的事。妈妈只得提醒他不要走神，可是根本不奏效。

"妈妈！今天我们还看到了炮兵团驻扎过的地方！"

妈妈惊讶地说：

"我不是早告诉过你不要去这种地方吗！"

"哎呀妈妈，你自己都不了解情况，其实真没什么可怕的。那里只剩个武器槽了，季姆上幼儿园时就去过的……而且今天还遇到了真正的风暴！"

"我特别怕你会去游泳……"

"不会的，浪那么大，季姆不会允许的。"

妈妈说，真想给季姆画个十字。

"你和他在一起的时候，我基本是放心的。"

"那你刚刚还说要急疯了呐。"

"不是还没疯，真是要谢谢季姆。我很感激命运送来了他。"

"我也是。"斯拉夫卡心想。

他想起今天在街上告别的场景。季姆跑向电车站台，跑得那么快，完全没有回头，好像完全把自己忘了……那时斯拉夫卡突然感到害怕：难道真的再也不回头了吗？但季姆还是回头了，他把头和胳膊伸出电车窗外一直和自己招手。斯拉夫卡感觉好幸福……

"妈妈，能不能给我两戈比？我想给季姆打电话。"斯拉夫卡拿到钱就急忙跑到电话亭。天已经漆黑，风也停了，云彩全被吹净，只剩星星眨着眼睛。

斯拉夫卡拨了号码。

"瓦莲京娜？……季姆呢？"

"他刚刚去浴室了，看上去应该是在水里游着呢。你都不知道他搞出了多大的声响、多大的水花！"

斯拉夫卡失望地叹了口气。

"我可以叫他。"瓦莲京娜提议。

"怎么能让他全身是水地跑出来呢？"

"要是知道是你打过来的，他出来能快得像子弹呐，我保证。"

斯拉夫卡想象着一只潮湿的满是雀斑的"子弹"跑出来的样

子，不禁笑出声来：

"不用啦，只转告他'明天见'就好。"

旗语密报

清晨，斯拉夫卡碰到一脸兴奋的杰尼斯。

"你上报纸啦！还附了照片呢！"

斯拉夫卡不禁瑟缩起来。

报纸就贴在楼下的走廊里，已经聚集了一群读者。斯拉夫卡避着人群，只从旁边望了一下：他不想再多惹麻烦了。

教室里斯拉夫卡的桌子上也放着三张照片，跟作业本一样的尺寸，还很清晰。但斯拉夫卡看了之后只觉得不痛快——他不喜欢照片上自己的样子：衣冠不整，有些吓到的眼神，嘴还微张着；穿着童袜，把阿尔焦姆卡举得那么高，像要把耳朵粘到天花板似的……头发也凌乱地翘着。

这样糟糕的照片，竟然还贴在报纸上！

但这又能怪谁呢？不能怪萨文，反而必须说感谢：他花这么大力气洗了照片，效率又这么高。

斯拉夫卡扫了一眼班里，看伊戈尔在不在，结果是否定的。但这时热尼亚突然出现了。

"喔，多棒！送给我一张吧！"

"拿去吧……"斯拉夫卡不情愿地答应了，"不过我照得像个丑八怪。"

"开什么玩笑，明明照得很好！多逼真啊！"

热尼亚把照片塞到书包里，抬头一瞬间看到了什么，脸色就阴沉下来，走开了。斯拉夫卡回头看见季姆原来站在身后，马上就把热尼亚忘在脑后。

季姆微笑：

"早上好！我看见你写的文章了……能给我看看你的阿尔焦姆卡吗？"

"当然，不过等下课好吗？我不想再生事端……"

季姆瞟见桌上的照片。

"这是萨文照的？高手呀……"他迟疑了一下，问道："一共就两张吗？"

斯拉夫卡叹气："被拿走一张。不过，真的照得好吗？"

"很好啊！你和阿尔焦姆卡都很好……"

课后两人跑到一个隐秘之地——栅栏和车库之间的空地。在这儿斯拉夫卡给季姆看了自己的布兔子。

季姆坐在倒扣的垃圾桶上，把阿尔焦姆卡放到膝盖上玩。兔子朝他微笑着。季姆指着眼睛又圆又大的娃娃脸说：

"你看它多么聪明。"

斯拉夫卡忍俊不禁。

"笑什么，我说真的，"季姆说，"你看它的眼神，仿佛要开口说话呢。"

季姆没有错，斯拉夫卡自己也隐隐觉得，阿尔焦姆卡是会说话的。

季姆问：

"这个是什么好东西？照片上没有啊。"

阿尔焦姆卡绿色的连身裤上别着一只蓝色玻璃小徽章，玻璃里面还镶着金色的小锚。

斯拉夫卡有些窘，但还是实话相告：

"是热尼亚·阿韦尔金送的。今天上地理课时他突然说'把这个给阿尔焦姆卡吧'……"

季姆脸上突然拂过一丝阴沉，但还是笑了笑，说：

"不错的徽章。"

斯拉夫卡被这个笑搅乱了心。

"季姆……你和热尼亚之间怎么了？吵架了吗？"

季姆摇了摇头。他摸摸阿尔焦姆卡的耳朵，向上抛了一下又接住，重新搁到膝盖上。最后才开口：

"没有，我们没吵架，只是……只是没话可说了。'土星'号的事，我当时曾叫他一起，可他拒绝了。所以……就是这样。"

"是这样？我真的没想到，他原来是个胆小怕事的人。"斯拉夫卡失望地说。

"阿韦尔金不是胆小，"季姆反对，"也许他只是不认同，认为这事是天方夜谭。他不相信我是认真的。"

"现在他一看到你，就显得很惭愧的样子……"

季姆耸耸肩，仿佛在说这一切与他无关。斯拉夫卡迟疑地问：

"你们还有可能和好吗？"

"为什么要和好？和好是指好朋友间一时争吵之后的情况，可我和他……只是普通关系。我们夏天时候在同一个夏令营。那之前从不认识，在营地里分到一个小组了。睡觉在一个地方，晚上就聊聊天……那时我以为，他完全懂我……"

斯拉夫卡想把阿尔焦姆卡拿回来：

"我来把徽章摘下去。"

"为什么？这样很不好……听我说，难道阿韦尔金觉得我生他气了？"

"不知道，我和他没聊过这事，我是自己发现不对的……"

"阿韦尔金画画很不错，"季姆突然说出这一句，"他在营地画展得了第一名呢。"

"没错，"斯拉夫卡有些忧郁地说，"记得吗，我房间有幅画，画的是我背着一个一年级小孩在玩呢？那就是他画的……季姆？"

"怎么了？"

"那么，为什么你偏偏找他去'土星'号呢？难道你们班里就再没有……没有其他人可以一起的吗？"

季姆又摇摇阿尔焦姆卡，沉默了一会儿，然后才带着隐秘的忧伤开口：

"我们班同学人都很好，但他们不可能去的。他们全都会说，这是愚蠢的行为……斯拉夫卡，不知道为什么，似乎所有人都觉得我脑子里全是不切实际的东西。"

"是谁这样说？"

"许多人。连妈妈也不时……所以这次'土星'号的事她也不是很惊讶。'看，又是塞尔！可不是嘛，他从来就是个怪人！'只有'丽莎女王'是真的生气，其他人只是做做样子而已。就连在表决会上……你也看到了。没人会真的相信我能把船驶离栈桥。"

"但你明明可以……"

"他们根本不相信……他们只觉得我是在做梦。"

"季姆，怎么会这样？这不是真的！"

"我也不知道，也许他们是对的吧。从一年级起就这样了。从我们准备装饰学校的栅栏的时候。"

"发生了什么？"

"用各种各样的画来装饰。那时电视台播放了波兰孩子们在街上涂鸦的事，哪里出现了新建筑，哪里就有随心所欲的涂鸦，他们还得到颜料的资助，大家都很开心。于是我提议，干吗只在学校涂鸦？我和同学们说了这个想法，于是大家用了整整一个月搜集够了涂料，某天大清早就出发了，随心所欲地画：轮船、火箭、大象、棕榈……"

"受处罚了吗？"

"我们不只涂栅栏，还把自己也涂鸦了，像印第安人一样。当然，好一阵闹。一整天没上课，所有的阿利芙油和松节油都用完了。"

"你们的涂鸦被抹掉了吗？"

"没有，校长没让。直到一年后，学校要翻修才涂掉……从那之后大家就都传言，我脑子里尽是闲事……"

"他们才无聊，季姆。你不过是随心所欲。想画就真的画了。'土星'号的事……没做成并不是你的错。"

季姆把阿尔焦姆卡递回给斯拉夫卡，绿色的眼睛闪着光芒：

"我还有一些心里话，但是想一会儿再说……那么，咱们先各自回家吧？"

"今天还会再见吗？"

"当然！我去你家找你。我要给阿尔焦姆卡一个'护身符'，让它挂在脖子上。"

"是中间有孔的小石子吗？"

"对啊，你见过？"

"没见过，只听说过。"

"人们把它当作可以辟邪的护身符……斯拉夫卡，你知道吗？徽章虽然好，但毕竟是从商店买的。可护身符，那可是货真价实的海的礼物啊。"

季姆两个小时之后就赶来了。他在家换了身衣服，又穿上了那件好看的橘色衬衫，但他自己的表情却有些羞怯。

"我没找到之前的那枚护身符，全都翻遍了……斯拉夫卡，咱们去海边吧！我知道有个地方，那里人很少，而且有咱们需要的石头，很快就能找到的！"

季姆说的地方是一个布满石子的海滩，在港口检疫站的岸边，离一处古希腊遗址不远。遗址处，清一色的圆柱和塔楼荒草丛生的废墟间，不断有游客走动着。斯拉夫卡恨不得也马上冲过去看个究竟，但季姆劝住他：

"下次吧，去那儿玩能耗上一整天时间，咱们今天时间已经不够了。"

今天天气格外晴朗，两人在温暖的水里游了几圈。斯拉夫卡有些怕那些透明的水母，季姆安抚他说，得适应这个，哪儿都不可能有没水母的大海。

此时阿尔焦姆卡坐在海水冲上来的赤色浮标上，静静地等着朋友。这次把它带来时不再是藏在书包里，而是直接拉着耳朵——

季姆拉一只，斯拉夫卡拉另外一只。一开始斯拉夫卡担心这样子上街会有路人笑话，但季姆说：

"这有什么的，路上有人拿着兔子走，与旁人有什么相关？"

他说得果然没错，路上根本没人注意到他们，更别提有人会笑话了……

游完泳，就开始找护身符，果然很快就找到了，一颗白色圆形的带孔石头。除此之外，斯拉夫卡还找到两个生锈的弹壳、一只蜷曲的漂亮的小蜗牛，还有水下手枪上的三齿叉——用这东西瞬间划破衣服割伤腿不费吹灰之力。

季姆把早准备好的细绳穿过小孔，打上结，郑重其事地给阿尔焦姆卡戴上了。

"戴着吧，这是你应得的……对吧，斯拉夫卡？"

斯拉夫卡点头。季姆接着问：

"他陪你多长时间了？"

"很长时间了。在我四岁的时候买的，在偶然碰到的一个售货亭……那时我基本没怎么玩它，把它完全搁置一边，它就躺在旧行李箱里。后来我们要搬家时，妈妈开始清理东西，想要把它也扔了……它就那样静静地躺着，两只小爪张开着，可怜兮兮地看着我……于是我莫名地觉得不自在。我想，也许它伤心了，为什么要把它丢弃在垃圾坑呢？所以我紧紧抓住了它。妈妈说，我已经大了，都七岁了，还守着破烂东西。我还是不给她，直接塞到了书包里。就这样，它跟着我的课本一直陪我到现在……"

"这样做是对的。"

"季姆，你知道吗？也许听上去很可笑，但有时我真的会和它说话……尤其是在乌斯季－卡缅斯克的每天夜里，那是心完全被痛苦占据的时刻……我把它面对着我放在被子上，给它讲故事，或者讲我是多么想来薇拉奶奶这里……季姆，关于这个我跟任何人没提起过，甚至是妈妈。"

"我懂，我不会对别人说的。"

两人准备回家了。

"今天会给我打电话吗？"季姆问。

"当然。那你还会待在浴缸里不出来吗？"

"当然不会。斯拉夫卡，你知道吗？要是你打来时我不在家，可以给瓦莲京娜传旗语。"

"什么？"

"就是用旗语写的'密信'。根据那本汇编书，咱们能拼出任何句子来。瓦莲京娜看不懂的，她不会解码。所以这就成了'密信'。就算我在家，你也可以这样做。"

"这是为什么？"

"这样的情况还少嘛！万一有个什么秘密，不想让旁人知道的时候呀！"

"那还得需要汇编书，才能拼出来啊。"

"当然！你把第二卷拿去，第一卷我留着查。"

斯拉夫卡开心起来：

"那咱们现在就去你家拿书吧！"

今天晚上妈妈似乎心情很差。难道是因为乌斯季－卡缅斯克的来信？或是因为斯拉夫卡植物学只得了三分而生气？妈妈说过，如果自己玩耍一整天不学习，就会带来不好的结果。

为了避免"不好的结果"，斯拉夫卡赶紧坐下来写作业。作业很多，他一直写到天完全黑下来。

到了该去打电话的时间了。

斯拉夫卡把蓝色的手帕拿出来。

该给季姆发什么密信呢？该说点有用的吧。一些不好直接说的……或是还没下定决心说的？比如那句："季姆，我们歃血为盟，你和我。"

又或者，其实这已既成事实？

斯拉夫卡翻开书，开始找"我们"这个词——是"魁北克、狐步舞、奥斯卡"。

现在开始查"为盟"……或者，更确切些，换成"一起"吧，似乎更接近些——"狐步舞、山脉、祖鲁"。

"歃血"——"查理、好、祖鲁"……

"你"这个词在书里没找到。因为国际旗语是最讲究无可指摘的礼数的。好吧，季姆会懂的。

"魁北克、扬基、利马"……"好、好、哎呀"……"宾馆、朱丽叶、印度"……

一串字符就这样在纸上排出来了。但在他眼里这不是字，是迎风飘扬的各色旗子，是他与季姆的秘密讯号。

"妈妈，你手头有两戈比硬币吗？"

"又要去打电话！季姆说不定已经睡了！都十一点了。"

"他还没睡！"

"我没有两戈比。"

薇拉奶奶那儿也没有，连十戈比的零钱都没有。

斯拉夫卡快急哭了：

"那，那给我些大点的钱，我去换零的！"

"还有完没完！"妈妈很生气，"大晚上的跑五条街！赶紧睡觉吧！"

斯拉夫卡知道，在妈妈这种心情下，再多说什么也无益。他装作有事去院子的样子，赶紧跑向电话亭。

也许，还能像上次一样幸运？

但是没有。斯拉夫卡找遍每个角落也没有。他试着不投币就打，结果当然是不成功的。斯拉夫卡无助地看着电话。

电话亭的一切是那么熟悉，仿佛自前天起他就没有离开这里，仿佛他只是与季姆打了长长的一通电话……却突然被打断，他甚至没能来得及说出自己最想说的。

"季姆，你的名字是帆。"

"什么样的帆？"

"你是最棒的帆。火红的帆，挂在救生船上，为了让人远远也看得见……"

"难道我是救生员？"

"没错。季姆帆。"

"是因为我尝试过救'土星'号吗？"

"是因为你救了我。我曾以为，我永远不会有真正的朋友了……只有安纽达，可她是大人，我还是孩子，而且她离开了……季姆，永远不要离开！我总是害怕，怕自己说错什么做错什么，你就生我气了。或者我开始让你厌烦……季姆，你不要丢下我，我已经不能再回到一个人了……季姆，这些话无法用旗语表达。那里面连'朋友'这个词都没有。可我还是希望用信号和你说这些，而不是用言语。"

季姆，你对我来说，像这座城市、像这大海、像……像妈妈一样不可失去。因为离了你，我一样不能活下去……

季姆，今天没能给你打电话，不要生气好吗？

晚安，季姆……

明天见，季姆！

第二天八点整，季姆急匆匆赶来。

"你昨天怎么没给我打电话？"

斯拉夫卡充满怨气地看了妈妈一眼，说明了原委。

"季姆，你别生气。"

两人走在上学路上，季姆问：

"阿尔焦姆卡带了吗？"

斯拉夫卡拍拍书包。

"拿出来吧。"

两个人拿出来，拉着阿尔焦姆卡的耳朵。阿尔焦姆卡也开心地摇着手臂。

这时，斯拉夫卡说了一句话，包含了昨晚沉默的话机旁的千言万语：

"季姆帆，从今以后这是咱们共同的阿尔焦姆卡了，好吗？"

季姆笑容满面。

杰尼斯与瓦莲京娜

日子一天天过去，夏日很美好，几乎没有什么不愉快的事。只是妈妈让斯拉夫卡有些担心。自从乌斯季-卡缅斯克连续来信又来电报之后，妈妈总是要么若有所思，要么情绪激动。但斯拉夫卡努力驱赶心中的担忧，他相信，应该不会离开这里的！关于离开他想都不敢想。怎么可以离开这座城市，这片大海，这么好的季姆？

还有这么可爱的校园……

他仿佛在这个学校学习了很多年，而不是两周。他甚至被选为编委会成员，自从上次发表了关于阿尔焦姆卡的文章，柳达就认定他有文学天分……

星期六，柳达提前告诉斯拉夫卡：

"今天全校要集合，你把这件事写一下。"

第四节一下课，学校就宣布集合，所有班级同学都到操场上来。操场中央站着校长尤里·安德烈耶维奇，教导主任玛丽亚·巴甫洛夫娜，还有一位看上去让人联想起塔拉斯·布尔巴的少校。

"是不是出什么事了？"斯拉夫卡心中猜疑。

但随后校长说的都是一些例行的日常事务：五年级二班这周的值日情况不错；卫生委员会的工作一团糟；少先队大队应该尽快负起全俄广播队列比赛的事宜，不能全推给班主任。

直到讲话的最后，校长才说：

"现在还有最后一件事。请一年级的杰尼斯·瓦西里琴科出列。"

"噢吼……"斯拉夫卡略略为他担心。

"小骑士"走出来了，看得出满心的不情愿：垂着头，踟蹰着，在距校长五步远就停住了。

"请离我近点，近点……那么，杰尼斯，请说说上星期二是怎么个情况呢？"

杰尼斯紧张得不自主地两脚倒换着，闷声一会儿后就大哭起来：

"我只碰了他一下！是他自己……而且我已经道过歉了……"

校长无奈地望向教导主任。玛丽亚·巴甫洛夫娜只好蹲下安抚他：

"杰尼斯！杰尼斯！你怎么啦……别哭啦，没有人怪你的……"

校长略带尴尬地解释：

"这里存在些误会。并非瓦西里琴科招惹了谁，更谈不上道歉。事实上，就在上星期二，杰尼斯·瓦西里琴科同学防止了恶性事故的发生。一位司机把一辆载满金属废料的货车停在了路边，可是刹车发生了故障，车子开始慢慢沿着斜坡滑动。大家试想，一旦它加速之后，会造成何等可怕的后果？杰尼斯同学正好经过，发现了这一情况，马上就把装满圆白菜和土豆的口袋放在了后轮下面……你当时是刚从菜市场出来吗，杰尼斯？"

杰尼斯含糊地说：

"是从爷爷那儿。"

"很棒……"校长接着说，"货车当时还很慢，所以一下子就停下来了……"

"我很喜欢圆白菜肉馅呢。"热尼亚对斯拉夫卡低声打趣。

但斯拉夫卡笑不出来。

"然后杰尼斯就去找了附近经过的巡逻队员。"校长的讲话到此结束。

留着小胡子的少校这时打开文件夹，以出人意料的细嗓门宣布，杰尼斯因为勇敢机智，获得本市汽车理事会的嘉奖。

大家开始鼓掌，可气氛却并不正式：掌声里夹杂着太多笑声。从"小骑士"吓得开始大哭，大家就被他逗坏了。

少校把奖状颁给了皱着眉的杰尼斯，两人还握了握手。教导主任开口：

"杰尼斯，归队吧，你真棒。就是以后尽量不要打别人，尤其是没有正当理由的情况下。"

"我不是没有正当理由啊，这是正经事啊。"杰尼斯不甘心地解释。

"那你为什么要道歉？"

"是塔玛拉·阿列克谢耶夫娜让的……"

队列中一阵哈哈大笑……队列解散之后，斯拉夫卡对季姆说：

"这件趣事我也要写。"

"还是不要写集合时候的事了，"季姆建议，"就写他把车停住的事就行了吧。一年级同学的英勇事迹。"

"季姆，那都是胡扯，什么'英勇事迹'，"斯拉夫卡满腹心事，"要是没有那口袋，他自己都能钻到底下去……"

"要不然他还能怎么做？难道眼睁睁看着车越来越快？"季姆反对。

斯拉夫卡皱着眉头说：

"不是那个意思，他做得无可厚非，但就为了大人们那些愚蠢的想法，像杰尼斯这样的孩子都能冒生命危险。这儿刹车坏了，那儿还不定出什么问题……就像伊柳欣找门卫时的情况……然后妈妈赶过来问：'我儿子呢？'大家就回答：'哎哟，抱歉，你儿子没了，他树立了丰功伟绩呀……'非要这样大家才满意？"

"确实没什么可开心的，"季姆同意，"那杰尼斯的妈妈呢？不在这儿吗？"

"他说出差了……好像是去工厂调试什么设备……他自己，不知道怎么想的，死活不去长日班，和我幼儿园时一个样。之前是邻居帮忙照顾他，现在是在爷爷家住，但听说他爷爷已经年纪很大了，耳朵也不灵光，杰尼斯就等于没人管，想干什么就干什么。"

"瓦莲京娜这两天也闹罢课呢，"季姆抱怨，"她声称从幼儿园'离职'了，整天待在家里看《鲁滨逊漂流记》。还没上小学的娃娃呢，有两下子吧？"

"为什么不让她直接上小学？"

"妈妈问过了，说是太早了，她要到一月份才刚满七岁。"

"难道要一整年待在家里了？"

"噢，谁知道呢……斯拉夫卡！要不咱们介绍她和杰尼斯认识？"

"你觉得这样有益处？"

"总不会有什么坏处。她能过得更有意思一些，而且收拾杰尼斯她绝对不在话下。这样杰尼斯还能少游荡点……你也能更宽心。否则，感觉你快被他闹得把土都刨开了呢。"

斯拉夫卡有些脸红了。

"既然都当了他的马了……马总是为骑士着想嘛。"

"要是匹好马的话，更……"

"哎哟！"斯拉夫卡只得同意，"那咱们去找他吧。我还得确认一下，问问他愿不愿意。既然已经受了托付……"

两人去了一年级同学吃饭的食堂，并没看见"小骑士"，也没人知道他在哪儿，连年轻的塔玛拉·阿列克谢耶夫娜——看上去似乎蛮后悔让杰尼斯道歉——也不知道他的行踪。

最终他们在车库和栅栏间的小角落找到了他，他正坐在倒扣的垃圾桶上，用纸筒观察着自己白色的凉鞋，十分专心，像是要看个清楚它为什么满是灰尘，为什么裂了口，为什么大脚趾上会有灰色的小凸起。

而另一只没在观察的眼睛警觉地注意到了他俩。眼睛仍有些潮湿红肿。

"你坐哪儿呐……"斯拉夫卡说,"这是干什么?给你发的奖状就这样被卷成显微镜了。拿过来吧,把书包也给我,我帮你弄平放好。"

杰尼斯听话地把奖状递给他,把书包打开,眼睛却只望着地面。

"应该放在册子里保存的,以后好能拿出来看看。"季姆建议他。

杰尼斯还是没看他,只是拿出画画的册子。季姆打开一看,马上惊讶地说:

"快看!这是你画的吗?"

杰尼斯潮湿的眼睛只扫了一下画册:

"是我……"

画上是一座街垒,但不是口袋堆的,是鹅卵石筑的;从街垒里伸出一挺黑色古旧的大炮,炮口正放出红黄相间的火焰和蓝色的烟。街垒之上,一个披头散发的少年站在火焰旁,手里还握着引燃导火索的火把。

"画得真不错。"季姆说。

斯拉夫卡也认为不错,虽然少年的腿稍显过细、脖子略长,但脸上的表情足够生动果敢。他像在喊着什么,也许是在指挥。

少年的身后是湛蓝的大海和众多白帆，然而这些帆船也被炮弹损毁了，有几艘还沉入了海底……

当然，杰尼斯的画技赶不上热尼亚，但看得出很用心。

斯拉夫卡问他：

"杰尼斯，你画的是什么故事？"

"小骑士"挪动着双脚，不情愿地回答：

"塔玛拉·阿列克谢耶夫娜在课上讲了他的故事，名字叫科里亚，姓什么我忘了。好像是很久之前的事，大概是与法军交战的年代。他爸爸被杀了，他就自告奋勇接替上来，做炮手。"

"是白炮手。"季姆说。

"嗯，白炮手。后来就画了这个。"

"画得很好，"斯拉夫卡称赞，"只是我觉得……你画的有些太现代了……"

年轻的炮手身着黄色带肩章衬衣、亮蓝色饰有斜口袋的短裤，脚上是双胶底运动鞋，杰尼斯甚至把鞋底凸纹都画了出来。

"那要不然该是怎样的？"杰尼斯有些不乐意。

"那个……"斯拉夫卡刚想说，就碰上了季姆责备的目光，连忙改口："呃，其实很好，完全正确。那时的少年就是这个样子的……你为什么不去吃饭？"

"小骑士"又皱了下眉。

"不想吃。"

"骗人，"斯拉夫卡直言，"你就是怕大家笑话你。放心吧，没人会的……"

"啊哈，没人？！你看队列时大家笑得……"

"早就解散啦，"季姆说，"难道你要躲到晚上吗？岂不是饿死了。而且你都已经瘦成竹竿了。"

"那也比你满脸麻子好！""小骑士"粗鲁地顶撞。

"杰尼斯！"斯拉夫卡马上呵斥，"再放肆小心我教训你，而且我绝不会道歉。"

"小骑士"只是轻蔑地"哼"了一声。

"没什么教训不教训的，"季姆用调停的语气说，"要是你真的不想去食堂，那就去我家吧，瓦莲京娜给你做饭。"

"我哪儿也不去！""小骑士"已经气恼了，看来他很反感"竹竿"这个词。

"走吧。"斯拉夫卡也劝说。

两人把书包给杰尼斯背上，拽着他执拗的手拉他走。

"走吧走吧！"

杰尼斯还是反抗，两人一直拉他，他就用脚抵着柏油地面。其实他心里是想去的，只是有些赌气。一开始还摆出一副生气的样子喘着粗气；不一会儿，看着斯拉夫卡和季姆忍不住笑了出来。

三人到了家，季姆喊话：

"瓦莲京娜！这是杰尼斯。快给他做饭吧，而且我俩也饿了。"

瓦莲京娜淡然地看了一眼杰尼斯，慢悠悠地说，她可以给杰尼斯做饭，但季姆和斯拉夫卡则不能，他俩必须得先去菜市场买番茄和西葫芦回来，家里根本没食材了，巧妇难为无米之炊。

"真是噩梦呀，"季姆幽怨地说，"她自从窝在家里，就全面施行暴政了……你和我一起去吗？"

斯拉夫卡很喜欢来菜市场，这里总是多姿多彩又热闹有趣。棚子下的柜台堆满番茄、紫茄子、红石榴、橙色的辣椒，还有堆积如山的梨和苹果，还有绿得通透的葡萄。角落里还有一些老人在卖猎奇的东西：机灵的五彩鹦鹉，手柄上装饰花纹的稻秆扫帚，各式各样的篮子筐子，贝壳做的小玩具，漆上图案的红螺壳，被捆住钳子的活螃蟹和完整的蟹标本……不一而足。

有一次遇到了一个傲气的红脸阿姨在卖螃蟹，两卢布一只。螃蟹微动着钳子，细柄上的两颗黑色小眼珠可怜巴巴地望着顾客。

"买这个有什么用？"一个表情严肃的男人问，"能做什么？"

"这话问的！"阿姨答得中气十足，"想做菜也行，想做标本也可。总比熟的便宜多了。"

斯拉夫卡和季姆翻遍了口袋才找到一卢布三十九戈比，并最终讲价成功。两人在第一次保卫战舰船纪念碑的水泥墙附近把它放生了。一开始它像死去了一样"扑通"就沉底了。

"都是人类害的……"季姆心痛地说。

突然，小螃蟹动了起来，横着钻到了石头缝里。

"总算做了点事！保护动物万岁！"斯拉夫卡欢呼。

总之，菜市场真是个有趣的地方，而且它也是这座城市的一部分，所以瓦莲京娜支使他俩去的时候，斯拉夫卡心里反而感到高兴。吃完饭，斯拉夫卡也并不急着回家，妈妈在图书馆忙着一件并不复杂但很耗时的活儿，薇拉奶奶也提前告诉过他，可以在季姆家多待一会儿。走的时候，他听见瓦莲京娜在厨房是如何差遣杰尼斯的：

"去把手洗了，然后把面包切了。这个会吧？非常好。要不我可真要感叹了，男人到底是多没用……"

广场三兄弟

斯拉夫卡和季姆走的是环线，虽然有些绕远，毕竟电车上人少些。而且这辆车还驶经停泊辅助船队和水文考察船的小玛拉雅港，从高处可以看见白色的驾驶舱、蓝色条纹的烟囱、黄色的甲板和细密交错的天线。

"当我头一回看到这么多帆船时，直接就惊喜得呆了。"斯拉夫卡吐露心声。

季姆说：

"爸爸的'方位'号侦察船返航时也在这儿停，他们十月份就回来。到时候咱们过去。他会好好展示一下的，你知道吗，里面特别棒！"

斯拉夫卡笑了。这城市还有多少惊喜在等着他啊！

只有一件事偶尔让他感到苦恼：有时那么多帆船和小艇就在眼前，他却只能在岸边看看。每个白色的羽翼划破海面的刹那，都让他感到一种心酸。但即使是这样，他也不会抛下季姆，自己去帆船队！他安慰自己，将来总会实现的，过一阵子就会出现转机的……

他俩走到古老的海军上将码头附近的大广场上，码头上还矗立着白色的廊柱和大理石狮子。纳希莫夫上将的铜像以沉稳的面容对着整个城市。这时广场上传来整齐的踏步声，原来是少先队在换岗。这些十四岁大的孩子穿着水军制服，戴着白色船形帽，握着黑色的枪管。细看之下是两个男孩和三个女孩，正给纪念碑换岗。立碑处，红色花岗岩竖立在平台之上，记录着最后一场激战中保卫城市的部队和船舶。

"走得真齐。"斯拉夫卡略带嫉妒地说。

"确实不错，"季姆同意，"但要是换了我，不会让女孩子上阵的。"

"为什么？女孩子有各种类型的。就拿我认识的安纽达来说，你不知道她做船长有多胜任呢！"

季姆直言：

"安纽达我并不认识，要是真能做船长，那就是另一回事了。不过眼前这些姑娘，分明是戴蝴蝶结的类型。蝴蝶结和枪！就算把上了膛的枪放到她们手上，估计都不会开。"

斯拉夫卡不做声了。他对姑娘们并没有不同意见，包括眼前这些。甚至连与柳芭的关系似乎也理顺了。因为不久前的某天她过来坦诚地说："谢米布拉托夫，阿尔焦姆卡的事，请你原谅我。"斯拉夫卡怎么回应的？他说，"根本没关系的，都是小事……"

两人离开广场，沿着海滨林荫路的篱笆边走边聊。

季姆突然问：

"你知道咱们城市有多少座纪念碑吗？"

"一共吗？包括第一次和第二次保卫战的？"

"还有革命时期的……"

"陆上的坦克和舰艇，还有所有方尖碑也算上？"

"当然。"

"我还没把城市走遍，所以不太确定。也许一百多个？"

"三百多个。确切数字我觉得没人知道。然而有一件事却很确定：有一种人并没有被立碑……你知道我指谁吗？"

"孩子们……对吧？"

季姆点了下头，气恼地用空网兜拍了一下自己的大腿。

斯拉夫卡说：

"其实在你看杰尼斯约画的时候我就感觉出来了，还有少先队换岗的时候……"

"比那还要早。今天又想到这个……杰尼斯画的那个少年，就该被立碑纪念的，大家都知道他的事迹。还有不知多少像他一样的少年……在地上捡猎枪用的子弹，在枪林弹雨中给堡垒送水……"

"我听说了。他们不知阵亡了多少……"

"最后一场战争更是惨烈。斯拉夫卡，你知道吗？我觉得无论如何必须立个碑纪念他们。"

"一座集体的方尖碑。"

季姆又拍了一下腿。

"用不着方尖碑，它们都相差不大。如果可以，我要画出来我所想的。"

"说来听听。"

"这样……要必须专属少年们的。或是用石头或是用金属，但是要小一些，才能逼真，也不要高。可能就放在草丛中。那里在墙边就有许多石头，石头缝中草木丛生……"

"哪里？"

季姆不说话了，迈出去一步，随即看了斯拉夫卡一眼，很快又垂下眼睛小声说：

"在加农广场。"

"这个广场在哪儿？"

"没有这个广场，我瞎说的。"

这很奇怪。斯拉夫卡心里甚至有些气恼了，季姆好像在有意隐瞒。所以他用责备的口吻说：

"瞎说？可你说得一板一眼确有其事似的。石头、草丛……"

季姆若有所思地笑了：

"名字是我瞎起的，广场确实是有的……也许那不能叫广场，而只是块空地，是个很宽广的十字路口，那里很不错。"

这仿佛是个谜。是眼前城市的一个秘密，同时也是季姆的秘密。

斯拉夫卡不确信地问：

"能带我看看吗？"

季姆回答：

"离市场不远，你想看的话，现在就可以去。"

两人沿一条与遗存炮孔的要塞墙平行的阶梯而上，走到高处之后，就踏上一条布满石头、一侧是白篱笆和柏树的小路。"柏树少年"——斯拉夫卡脑中突然浮现这个词。

拐了个弯之后，眼前出现一片广阔的区域。

这里确实说不清到底是十字路口还是空地，也许可以更确切地称为"小广场"，因为地面铺着古旧而多有磨损的鹅卵石。

石头间丛生一种高高的点缀着黄色小花的草。

四面是熟悉的景色：不大的白色房屋、白杨、槐树。房子右方分出一条路，看得见坡是通往下方一条街的，街更远处便是蓝蓝的"武器"港。

像特意保护这条坡路一样，一段黄色要塞墙垣就在此蜿蜒，与上来时的阶梯处很相似。也许这里曾经坐落着要塞的棱堡之一吧。

这里空无一人，阳光正好，巨大洁白的云朵高高悬挂，看上去圆圆的，好似鼓起的帆……

斯拉夫卡说话如此轻，好似身在一间陌生安静的房屋里：

"好地方啊……多少次我经过，却不知有这样的地方。"

季姆指着一栋两层的小楼说：

"搬到现在的房子前，我就住在那儿。那里有很多一起玩的小伙伴，晚上还搞烟花玩。"

"什么烟花？"

"大家攒了一堆很沉的铁环，是从锚链上卸下来的。我们从四面把它们投掷在一起，让他们互相碰撞摩擦。这样，它们叮当作响，同时迸出火花来，特别壮观……特别好。"

斯拉夫卡明白，季姆不只是在讲故事，也是在分享自己珍视的过往。这与斯拉夫卡对他吐露在波克罗夫卡和阿尔焦姆卡的经历是一样的。

"季姆……"斯拉夫卡怯怯地问，"你常来这儿吗？"

"偶尔。"

"为什么你叫它'加农'广场？"

"你知道'加农'是什么吗？"

"当然知道，一种舰载炮啊。它不是把目标物完全穿透，而是从内部摧毁。"

斯拉夫卡读到这种炮好多次。前不久他还亲眼看见了。那天有一节课很无聊，他决定去"历史"林荫路上的棱堡看看。还带上了"小骑士"，那时他正在操场闲逛。棱堡一个人都没有，胸墙上生长着很梦幻的蓬松野草，像蒲公英一样。草影投在加农炮黯淡发黑的炮身上。

炮架是在后来修棱堡时用生铁铸的，不是原装；而大炮本身却是如假包换，多少次在战舰的木甲板上颠簸，之后被运送到防御工事，射出霰弹和炮火，化为击退敌人的纵队一员……

斯拉夫卡没急着冲上去，但杰尼斯，真是习惯了骑士的骁勇风格，尖叫一声就奔过去骑到又粗又圆的炮筒上，但他很快就号叫一声，跌到地上。

"怎么回事？"斯拉夫卡不明就里。

"还问'怎么回事'！你自己碰碰！"

斯拉夫卡用手摸了摸炮筒。天哪！原来太阳已经把它烤得像个铁锅。"像刚射出炮弹一样烫。"斯拉夫卡心里想着，又责怪杰尼斯：

"看你那么鲁莽就往上跳！这下烫到了吧。"

杰尼斯面带愧色地跳着，手还按着烫到的地方。斯拉夫卡有些可怜他了，就缓和语气说：

"你看，这里还有字。我之前都没注意到……"

"那不是咱们俄文字……"

"写的是'Carron'①，看来这是苏格兰的炮厂产的。他们把大炮卖到世界各地，特别是舰载炮。"

"既然是舰载炮，怎么还跑这儿来了？"杰尼斯愁眉苦脸地问，仿佛在抱怨着"跑到别人地盘来不说，还烫人……"

斯拉夫卡一本正经地解释：

"敌人突袭的时刻，根本没有选择的余地，所有的舰载炮都要运到棱堡来……"

斯拉夫卡弯下腰细细观察炮身。他想象穿着红色制服的英国步兵和穿着蓝色制服、紫红无边帽的雇佣兵组成的庞大横队在棱堡开进的场面。杰尼斯已默不作声地站到旁边，看得出他已不再责怪大炮，同样陷入了对进攻和射击的想象中。

但周遭是一片静寂，没有猛攻，没有射击，只有蚱蜢在发出声响；正如此刻的加农广场……

"好名字。"斯拉夫卡对季姆说。

---

① 原文如此，疑为 Cannon。——校者注

"我喜欢'加农'这个名字,"季姆说,"而且,这广场也确实与大炮有过关联。在第一次围城战修建防御工事时,舰载大炮都运到这里,再从这里转运到棱堡。"

"运到这么高?"

"再往前就方便了啊。'武器'港到这儿应该是直通的……就算不是,这里也一定驻过大炮,你看,这里的墙都是防御式的。"

"你想就在墙边树纪念碑是吗?"

季姆认真地点点头,引斯拉夫卡走到墙边。这墙是由巨大的石块堆砌的,石头上还残留着子弹打出的坑洼,透过炮眼可以望见蔚蓝的天空。被毁坏的上缘已经芳草萋萋。

"就在这儿。"季姆轻声说,"他俩牵着手站在一起,就像守护着这道墙,墙后是整个城市。他俩就像同时代的人一样,因为城市还是那个城市。哎,不知道该怎么说。"

"有什么需要说呢?我都明白。"斯拉夫卡告诉他。

他们仿佛就出现在了眼前,但不是石头、也不是金属制的,而是活生生的。其中一个,宽宽的颧骨、高挺的鼻子,穿着肥大的粗布上衣,戴着破旧的大码海军帽。另一个个子略高些,黑色头发,瘦削身材;手拉着头盔带子;不合身的肥大海魂衫肩膀处早已扯破……

突然——斯拉夫卡自己也感到意外——意识里出现了第三个孩子:比杰尼斯高一点,但比季姆矮;身着蓝色校服,单肩背着皱了的书包，清秀的脸上表情阴郁。他皱着眉望向斯拉夫卡，与前两个孩子保持一段距离。

"季姆，如果只有两个人是不对的。像伊柳欣这样的孩子同样是因为战争夭折的……"他想接着解释，可又找不到合适的字眼。

其实斯拉夫卡早体会到了一种数学公式般的无情规律。在他不知停歇地看台球在呢子台面上来回滚动的时候，他就懂了。他想对季姆解释的是，全是这样的规律造就恶果。只要地里埋着那TNT炸药，埋着雷管，总会有人碰上。迟早的事。而年幼、好奇心重的孩子们就成了最高危的群体，他们喜欢在地上在草丛里玩，喜欢在黏土斜坡上摸索、在石堆废墟里探险，碰见通到地下的洞口、神秘的地方是一定不会放过的。这也是规律。就算人们怎么保护，怎么注意，怎么禁止，残酷的签还是要被某些人抽到，不是这个人，就是那个人。地里的炸弹是战争永恒的遗患。如果伊柳欣因此而死，那么他也是变相保护了另一个人免于灾难。这可能是杰尼斯，可能是季姆，可能是斯拉夫卡自己，也可能是那些他不许接近火堆的孩子……

但要把这些全部明晰地表达出来，斯拉夫卡真的做不到。他只能不断重复：

"他们也都是因为战争……绝不单纯是错在鲁莽……"

被人懂，是幸福的。季姆马上懂了斯拉夫卡。

"你说得很对……为什么我之前没有想到？对，应该是三个，不然太不公平了。斯拉夫卡，你知道吗？前年，有群孩子误跌进了战时的地雷储存坑，一个七年级的孩子把他们都拉了出来，自己却没能出来……被埋在了里面……"

斯拉夫卡点头：

"如果当时没有被埋呢？也许这件事就永远不会有人知道，也不会有人认为他是英雄。可他表现得明明就像在战场上一样英勇、可贵，与保卫城市一样。季姆，与他类似的孩子，也不会少……"

"是啊……"

两人在太阳晒暖的墙边又静静站了一会儿。墙头草丛中麻雀叽叽喳喳，不知泊地的哪个方位传来锚链叮当的响声。季姆不自然地笑笑：

"咱们倒在这儿想得欢，好像都能成真，好像都能按咱们的意思来似的……"

斯拉夫卡却是一脸认真：

"可你的设想真的很棒。"

"是我们俩的设想，"季姆说，"咱们走吧，斯拉夫卡，不然瓦莲京娜要收拾咱们了……"

两人一绕过墙，"武器"港就全呈现在眼前了。

这时，一艘多桅船进了港。

"是'土星'号！"季姆不禁喊道。

两人马上飞奔到岸边。

"土星"号被一艘船拖着，驶向最近的泊地。在那里，它将由教学船被改造为三百多个咖啡馆和饭店的营业点。

这是最后的一次航行了，船身老旧、船舷斑驳、已经被卸了帆的"土星"号却还是那么美丽。下方的岸边，聚集着观看的人们。斯拉夫卡和季姆跑到海水的最边沿。

"这小东西算寿终正寝啦！"斯拉夫卡隐约听见有人用嘲弄的语气说了这么一句。

斯拉夫卡和季姆同时回头，想看个究竟。原来，不远处站着三个军校学员和一位穿着浅色外套、上面还饰有船长袖章的年迈的水员。

船长圆润又威严的脸转过去，瞟了那学员一眼。

"对任何船只都要上言尊敬，韦列索夫学员。"

韦列索夫看上去有些发窘，赶紧大声解释：

"辅导员，那是就船而言啊，'土星'号已经不算船了，它连旗都没有，现在充其量只能算个露天舞场。"

"说起这个你倒很幸灾乐祸啊。"

"根本没有，我只是在表述一个客观事实……"

"蠢货。"斯拉夫卡心里想。

这时旁边一个看上去只有八年级大的学员，不知为何面色局促地问：

"德米特里·格奥尔吉耶维奇，听说有个孩子想割断'土星'号的缆绳，让它在石头上撞毁？"

船长点头说：

"嗯，我也听说了。"

韦列索夫马上讥笑说：

"想象一下，要换咱们辅导员可怎么收拾这小海盗呐……"

斯拉夫卡马上爆发了：

"先看看你自己吧！你！也就是穿着一身军装！有种你试试大半夜在六级大风里爬桅盘，就为把吊索穿过去！怕是要烤上一整天的裤腿了吧！"

学员们、老船长、还有围观的所有人，全都惊得回了头。

韦列索夫镇静地说：

"孩子，我不和你吵。至于我的裤腿，你也不必担心。要知道，我登山可是一级水平呢。"

"智商倒是四级，幼儿园水平。"斯拉夫卡断然说。

围观的人都笑了起来。季姆赶紧小心地扯了一下斯拉夫卡的袖子。老船长笑笑，对韦列索夫说：

"看见没有，连半大孩子都和你没有共同语言。"

韦列索夫用谄媚的厚颜嘴脸问：

"辅导员同志，请允许我问一个问题。您好像还挺欣赏那个想沉没'土星'号的孩子？"

德米特里·格奥尔吉耶维奇只是微微一笑，用训导的口吻说：

"韦列索夫学员，你清楚得很，任何与海事章程相悖的行为我都是反对的。"

"至少说起来是这样的。"第三个学员小声补一句。他鼻梁鼓鼓的，满头卷发。

"加利琴科学员……"老船长语气里没有丝毫严厉。

季姆又扯了扯斯拉夫卡的袖子。

"咱们走吧。走吧，斯拉夫卡。"

于是他们离开了岸边。斯拉夫卡总是回头，而季姆只是望着脚尖。

两人走到菜市场门口的时候，有人喊住他们：

"孩子们！慢点儿！我都从海边追到这儿啦！"

他俩回头一看，竟是个特别壮硕的姑娘，又高又胖。虽然天这么热，她还是穿着条纹毛衣，那毛衣样式倒像老式的海魂衫。

"真是个令人惊讶的女水手……"斯拉夫卡心想。

两人站住了。

"根本追不上你们！'这"女水手"抱怨着，用有些外凸的眼睛仔细地观察着季姆，"我听说你的事了，找了你好久。是你想把缆绳割断吧？"

斯拉夫卡马上警觉起买：她想干什么？

季姆正起身子，像在表决会上一样，垂着头。

"您是儿童教管处派来的吗？"

"我是再生黑色金属基地文化宫下属的儿童帆船队的，是基地副主管。你愿意去我们那做水手吗？"

斯拉夫卡心里紧张起来。而季姆，还是没有抬起头，只说：

"不了。"

那"女水手"很委屈：

"这是为什么？"

"我们俩必须得一起。"季姆说完拉起斯拉夫卡的手。

"没人反对呀……"她回答。

风的压榨机

九月的尾巴是凉爽的好天。何谓"凉爽"？温度二十度左右，清晨时不时飘一阵小雨——毕竟是夏雨，一点也不觉得冷——雨水噼啪打在葡萄藤上，打在倒扣的脸盆上，清走石头小径上的灰尘……到了中午，云朵俱散，万里天空几净。只是妈妈会抱怨：

"你注意一下自己的扁桃体吧。夏天哪有那么多衣服可讲究的？"

但斯拉夫卡并不想和妈妈去商店再买。其实他心里有一种迷信,觉得如果再买像在乌斯季－卡缅斯克的校服,就会有那样一天:妈妈过来说:"斯拉夫卡,怎么样,做客做得足够了吧? 太久了不合适,咱们该回那里去了。"

斯拉夫卡安慰自己,这些担心都是多余的,妈妈承诺过的呀! 所以担心也始终是潜在的、轻微的,却又是持久的、挥之不去的。而且他发现妈妈对这里并不是很满意。搬出和入住的手续一直没解决,所以妈妈连工作都是暂时的。另外,妈妈似乎对家里的陈设也不满意:卫生间在院子里,洗脸池和水管也是在院子里;衣柜吱吱嘎嘎响、满是灰尘,用了十几年,不像别人家,都是方便的餐具橱和矮柜。

更何况还有那些信件! 现在几乎是每天都要从乌斯季－卡缅斯克寄过来一封。一开始妈妈是撕了的,现在已经开始藏在包里了……

不,斯拉夫卡并不平静,并不安稳。他甚至为了祈求命运发慈悲,去给阿尔焦姆卡又找了个护身符戴上。至于校服他连想都不愿意去想,所以就一直穿着饱经风雨又在九月艳阳下晒干的夏服。他感觉自己已经是这里不可分割的一部分了,真的不希望这一切被硬生生打断!

话说回来,总不能把穿着短衣短裤的他送到寒冷的地方去吧……

"别的孩子都已经穿长衣长裤了。"妈妈劝他。

"不是所有，"斯拉夫卡执拗地说，"季姆就没穿。他说还要热一阵子呢。"

"我想，季姆在家里也是这么引用你的话吧。"

"季姆不会引用任何人的话，他从来是独立自主的。"

"那倒是。但他至少穿得整整齐齐的。你看你这身，马上就快变成破衣烂衫了。"

"那你就再给我买一套吧。"

"你是觉得，我能自己印钱吗？"

母子的对话被薇拉奶奶听见了。奶奶马上跟妈妈说：

"列娜奇卡，干吗这么说！难道我就不能给孩子买吗？"

妈妈微微皱了一下眉头，斯拉夫卡却很开心。

"奶奶，麻烦尽量买深蓝色的，要当校服穿的。"

"维亚切斯拉夫！"妈妈有些愠气，斯拉夫卡马上卖乖，做出羞愧的样子。

薇拉奶奶却笑起来，完全不像老人的神态——她对斯拉夫卡顽皮地使了个眼色。

妈妈走了以后，斯拉夫卡悄悄请求奶奶：

"薇拉奶奶，能买到海军腰带吗？我想要两条，给我和季姆。军人用品服务社不卖给小孩，但是一定会卖给您的，您是老战士啊……"

当天晚上斯拉夫卡就往袖子上缝了带金色小锚的黑色三角

章、两枚小五角星肩章。在肩章上斯拉夫卡也放了小锚。薇拉奶奶把新裤子上的环扣拆开拓宽，为的是海军腰带能顺利穿过去。一番折腾下来，这身新衣服已经俨然成了帆船船员的制服，那两枚五角星便是艇长的标志。

斯拉夫卡穿着它上学了。热尼亚一看就懂了。

"进帆船队了？"

斯拉夫卡点头。热尼亚叹气说：

"你和季姆真幸运啊……我离开舰队了。那里连续两周只练队列……可怜我的信号三梦……现在我去少先队宫的艺术工作室了。"

斯拉夫卡突然觉得有些对不住热尼亚。这种惭愧之感已经不是一次了。为了赶走这种情绪，斯拉夫卡问：

"画些什么东西没有？"

"当然，我每天都画……"

"给我看看吧？"

热尼亚开心地掏出了画本。

斯拉夫卡突然想起什么。

"热尼亚……你只画写生还是也可以画幻想画？"

热尼亚有些不好意思：

"我也说不好……看是什么吧……"

"你画过纪念碑吗？"

"女水手"名叫娜斯嘉。第一次见面时她就告诉了怎么去运动基地，还说斯拉夫卡和季姆最好星期天一早就去。

两人快下午一点才到。先要坐小艇过大泊地，再坐北岸沿线的公交车，一直坐到将近海港的尽头。但两人一看到基地就喜欢上了：齐整的栈桥，真正的猎潜艇、信号杆，崭新的白色房屋和巨大的招牌：

少年帆船队

"温贾梅尔"

"温贾梅尔"的意思是"风的压榨机"，人们用这个词形容速度非常快的帆船，首先便是三樯快船，其次是钢制平底巨轮和巡洋舰。

栈桥边停靠着十艘塑料制新船和三艘船舷已颇为陈旧的老船。

但是，帆船队事实上还没建设完成，四周空无一人。基地是不久前才设立的，所以娜斯嘉才这样求才。但她宁缺毋滥，她不想招来投机的人，那些可能很快就被海事困难吓倒而中途退出的家伙。斯拉夫卡感觉娜斯嘉有些方面很像安纽达。

基地领导是个略秃顶的大叔，一脸的不忿，衣服上有大副袖章。名字叫伊戈尔·鲍里索维奇。娜斯嘉把斯拉夫卡和季姆带来的时候，他只是面无表情地看了两人一眼；而望向自己的副手时，又似乎带着嘲弄。他在厚厚的册子上写下他们的名字后告诉他们：

"集训是十月十五号开始。秋冬只需要学理论，四月起下水。有问题么？"

斯拉夫卡有问题，他鼓起勇气问：

"本年内……一定不能下水吗？"

伊戈尔·鲍里索维奇并不惊讶，也不气恼；同时也没什么惊喜之情。他只是冷冷地问一句：

"有经验么？"

斯拉夫卡看着季姆点头：

"他去过六级竞赛艇队……"

"只去过两次。"季姆诚实地坦白。

"那你呢？"

斯拉夫卡有些忐忑地掏出了自己的证书。也许它并不是那么正规——毕竟斯拉夫卡的年龄还显然不够。浅灰色厚实的本子上清晰地印着："维亚切斯拉夫·谢米布拉托夫通过海事实务及驾驶操作考核，具备日间掌舵三级艇及 12 平方米以下帆船的资质。"下面还有志愿体育协会的圆戳和老教练的签名。

这张证书，已经是分别时大胡子维克多·谢苗诺维奇能为斯拉夫卡做的一切了。也许那个时刻在波克罗夫卡船队的他并没料想到，在不远的今天斯拉夫卡就真的用到了。

伊戈尔·鲍里索维奇不言不语翻看了一下，还给了斯拉夫卡；然后用百无聊赖的语气说：

"阿纳斯塔西娅·叶夫根尼耶夫娜，帮他俩把老船放下来吧。最好放'七号'，它不漏水。让他们把帆挂上，在栈桥边漂一漂。"

"七号"在斯拉夫卡看来是那么亲切，仿佛它是漂洋过海经过万水千山来到他身边的"特伦普"。斯拉夫卡拉住帆，在这无法下水的一年里，他丝毫没忘记如何操作。季姆就更棒了，直接上手，驾轻就熟。

在海港这端，激流不断涌现。自泊地而来的涟漪微微摇晃着船，风又把浪峰吹散乱。所有这些交互之后，就形成了不高却颇陡的散浪。它们把船儿抛上抛下，响亮地拍打着船底。

多么欢乐的浪花！它们丝毫不妨碍斯拉夫卡。"七号"在浪里奔腾，就像一匹剽悍却听命的宝马。海水不断溅着坐在前方的季姆，让他万分开怀地欢呼。斯拉夫卡好想大声唱歌，又激动得想哭，又开心得想笑出声……

回到栈桥后，胖胖的娜斯嘉笑着对他俩竖起大拇指。而伊戈尔·鲍里索维奇却冷言相对：

"把船收拾好就可以走了，趁我们还在人员招募的前期阶段……但是你们要搞清楚：别碰那大平底船，"——他指着离栈桥半米远的大油船"别亚"，那艘船很快将被切割成钢材，——"知道么，这里不是波克罗夫卡的小湖，这儿可是军事机构，负责港口领导、船只派遣和调度。有问题么？"

"没有问题，领导。"斯拉夫卡早有准备，抢着回答了。但是伊戈尔·鲍里索维奇一走，他马上问："娜斯嘉，他怎么会这样……为什么这么尖酸刻薄？"

娜斯嘉把烟头丢到海里熄灭后（她为了减肥每天都吞云吐雾），开始解答他们的疑惑：

"他其实是个好人，只不过经历了一些不愉快。他曾是干货船上的大副，后来在他值班时发生了一起事故，当时他调拨港口拖船的行为被认定是完全错误的，为这事他和领导大吵了一架，那之后就离开了航运局……这件事只有我们知道……其实在那之前的几年，他还在'土畐'号上做过三副，所以很懂帆船。"

娜斯嘉在巡航舰组训练，那是成人船队；同时还在师范学院函授学习。她常常对斯拉夫卡和季姆开玩笑说，和他俩在一起能练习自己学到的教育技巧。

"你还是先把烟戒了吧，"斯拉夫卡建议，"抽着烟可不像个教书育人的，倒像世界上第一艘穿过大西洋的'萨凡纳'号大轮船……"

"竟敢指责领导呢，"娜斯嘉回应，"我怎么着总会有个缺点吧……"

有天，娜斯嘉提议：

"你们想不想向伊戈尔申请换新船？"

"呸！那些新船简直是肥皂盒，"斯拉夫卡反对。他并不喜欢塑料船，而且那也是从前安纽达所鄙视的。季姆也说：

"现在这个就挺好。难道这几天咱们全白忙活了吗？"

他俩花了四天时间把"七号"整饬一新：重新粉刷了船身，缝补了船帆；还在甲板上写了名字"毛克利"。

伊戈尔·鲍里索维奇只斜眼瞟了一下，未发一言。但就另外一件事，他开口了：

"我指派谢米布拉托夫为指挥员。有问题么？"

次日斯拉夫卡和季姆在"别亚"号上飞驰时，伊戈尔·鲍里索维奇把他俩叫了过来：

"我警告过你们吧？"

"警告过……"斯拉夫卡呆住了，声音小得几乎听不见。

"那这是怎么回事？"

"这是个偶然……"斯拉夫卡声音更微弱了。

"但愿你们不是故意的吧。但要是再有类似所谓的'偶然'发生，春天之前就甭想再下水了。在海上，'偶然'的代价是人命。"

挨完训，两人逃也似的离开伊戈尔。季姆说：

"斯拉夫卡，以后咱们还是别冒险了。杰尼斯和瓦莲京娜的事最好提前跟他申请，不然还会被骂的。"

事情是这样的，"小骑士"之前几次三番哀求带自己坐船玩，当然还有瓦莲京娜，两个人一定要一起。因为现在两人已经分不开了。杰尼斯甚至悄悄对斯拉夫卡祖露心迹说以后一定会和瓦莲京娜结婚，毕业了就结。

"还早着呢，"斯拉夫卡直言，"而且，瓦莲京娜还比你晚毕业一年呐。"

"你说得没错……"杰尼斯小声回应着，沉思起来。

伊戈尔·鲍里索维奇同意了斯拉夫卡和季姆带他们玩，但是要求一次只能带一个，而且不可以跑得离栈桥太远。瓦莲京娜倒在船上完全淡定自若，而'小骑士'可不一样了：兴奋得不行，尤其是"毛克利"在浪峰激荡的时候，他高兴得直叫；然后就是不厌其烦地询问，询问帆、询问舵、询问桅杆……

"那这条链子是做什么的呢？"

"是用来系泊的。"

要把"毛克利"直接拖回码头，单凭季姆和斯拉夫卡是办不到的，力气完全不够。他俩只能让船先留在水上。在港湾的一个靠近栈桥的浅水区，没有什么浪涌，所以船应该能在这里安稳过一夜。先用链子把它扣在浮标上，再蹚水回岸上。这里水深没过了膝盖。

然而这里的看守谢尼亚叔叔却在他俩找链子时横加阻挠。他声称，平常的粗麻绳太不可靠，很有可能让犯罪分子钻了空子，把船弄走；而他正是负责这里所有船只安全的。斯拉夫卡和季姆一开始还争辩说，哪里来的犯罪分子？但谢尼亚叔叔有板有眼地说，当时"土星"号的看守就是这么说的……

最后两人终于在"别亚"号旁的一个铁堆里找到了能用的链子。还真是不错的链子，几乎没生锈，大概两米长；每个环节的直径有胡桃那么大。斯拉夫卡和季姆死死拉住其中一头儿，把它固定在船头横板的卸扣（船圆头平直的前端）上；又用上了斯拉夫卡之前向薇拉奶奶要的一把小锁头，配有两把银色钥匙，一把自己留下，另一把交给了季姆。

季姆没有说错，果然接下来的日子还是炎热的。九月三十号是个星期六，天气极为闷热，哪怕是从课堂跑出来的一小段路都能满头大汗。可怜的学生们终于得到了恩典——因为某个会议取消了第四、第五节课。学校顿时一片欢腾之声。

斯拉夫卡和季姆自备了从小店买的三明治便出发去基地——何必要荒废掉这么好的时间呢？

娜斯嘉正在栈桥上给一组男孩子训练队列。孩子们毕恭毕敬地望着两人，盯着他们身上的袖章和小锚。

"我俩先去随便走走吧。"斯拉夫卡故作漫不经心地对娜斯嘉说了一句。不管怎么说——被当成有资历的"老兵"总是很开心的。

娜斯嘉一脸愁苦地点了点头。斯拉夫卡明白这是为什么：她太想抽支烟了，可当着一群新手的面又实在不便。

背着书包（包里是买的三明治和阿尔焦姆卡），斯拉夫卡和季姆上了"毛克利"号，扬起帆。微风里是扑面的热浪。两人开出了港。

"往那个方向吗？"季姆问。斯拉夫卡点点头。季姆又问：

"要不要把舵给你掌？"

"那就给我掌吧，省得再傻傻的一直发问。"

"我错啦，三级舵手专家同志。"季姆打趣。而斯拉夫卡却叹气：

"我教你是自寻烦恼。等你能掌自己的船了，我还去哪儿收学员？"

"收杰尼斯呀。上次他可苦苦哀求半天呢。"

"那样还要从零开始。而且伊戈尔也不会同意的，他肯定会说：'怎么弄了个幼儿园小朋友过来？'……"

"我们去求娜斯嘉，她能说服伊戈尔。她在伊戈尔那儿还是说得上话的，就像上次带杰尼斯和瓦莲京娜上船玩一样……哎哟，差点忘了说！"

"忘了说什么？"

"这下你又能写篇《一年级学生瓦西里琴科再立新功》……"

斯拉夫卡一惊，舵都拉歪了，搞得"毛克利"差点把帆斜到水里。

"他又闯什么祸了吗？"

"这次是绝对的好事，"季姆赶紧安抚他，"杰尼斯·瓦西里琴科同学帮助瓦莲京娜·塞尔同学升入一年级求学了。"

"你在说什么啊……认真的吗？这怎么可能呢？"

"整个过程非常简单。他去校长室反映，说：'岂有此理！小姑娘没人照看，一个人待在家里自己学习，读读写写。明明是个优秀生，却没学校收她……'于是尤里·安德烈耶维奇笑着说：'好吧，瓦西里琴科同学，那我们讨论一下这件事。'随后通知了我们这个情况，原来一年级也恰好名额有剩余……妈妈很快去了趟学校，谈妥后校方专门为她安排了考试。你猜考完之后瓦莲京娜对塔玛拉·阿列克谢耶夫娜说什么？'我真是惊讶，您出的题是多么幼稚啊……'星期一她就直接去上学了。"

"毛克利"横穿过港。两人改变航向，驶离"黑溪"，开向"别亚"号。

"咱们忘了把阿尔焦姆卡拿出来放在甲板上了！"季姆猛然想起，"可怜的小家伙又被遗留在漆黑中了。"

"虽然漆黑，空气却很美味。"斯拉夫卡回答。"把支索帆拉紧，它摆得厉害……"

洪波翻涌，而太阳就在波面舞蹈。风把溅起的咸咸的浪花迎面拍过来，阳光又射得太强，斯拉夫卡不得不时而皱眉。斑斓的光斑中他注意到一缕黄色光线——那是大泊地的导灯射出的，直照到山上的白塔和海上自城市出发沿北港飞驰的客船。船上似乎有人在朝他俩挥手，但斯拉夫卡实在认不出是谁。"毛克利"号上空，海鸥疾飞盘旋。生活是如此美好。

季姆说：

"杰尼斯给瓦莲京娜画了肖像。你知道吗？还真的蛮像呢。"

这话让斯拉夫卡想起看过的杰尼斯画本，那幅街垒旁的少年。很快他又想起另一个画册……

"季姆，我说句话，你别不高兴行吗？就当我是个唠叨鬼吧……我对热尼亚说了纪念碑的事。没错，就是那个加农广场的纪念碑……"

季姆马上转过头：

"这是为什么？"

"哎，你千万别生气……"

"我没生气，你怎么会这样觉得……我只不过真是不懂，究竟为什么？"季姆的语气又加重了。

"你知道的，他画画很棒……本来我也想尝试着找个人把心里的纪念碑画出来……想真真切切地看看它的样子。所以一时没忍住，说出了这事……的确是应该事先问问你的……"

季姆的语气无悲无喜：

"好吧，反正又不是什么军事机密。只希望他不要跟别人宣传，到时候大家又会嘲笑我异想天开……"

"怎么可能呢！他不会对任何人……他也对这件事很开心的，马上就动笔了呢。"

"画得好吗？"

"我还没看到，他才开始画……啊，季姆！"

"怎么了？"

"你知道吗？我有个想法……要是他画得好的话，咱们可以把画给某个雕塑师看看，然后再搞来些彩色材料……如果真要开始树碑了，所有小伙伴们都会来帮忙的。"

季姆把缭绳拉紧了些，转过被海水溅湿的脸庞：

"斯拉夫卡，你干吗这样……嘴上说的纪念碑，想的却是另外一回事，仿佛在认错似的……"

"我……你似乎还在生热尼亚的气，可我当时却完全忘了这回事……"

"其实我根本没生他的气……"

"这样就好，"斯拉夫卡如释重负，"你来掌舵吧，是你自己要求的……不过我还是在琢磨纪念碑的事。或许要换个地方。"

"原料不难收集，"季姆说，"从废旧老船上就能回收多少铜呢！比如舷窗窗框就很好。"

"要是能搞到舷窗真是棒啊！我要把它安到那段墙壁上，然后窗子下再放个小帆船……"

"有时废物堆里就能碰见。铁堆里也可能有。"

"咱们找链子的时候，我就没发现有。"

"嗯，确实不是每次都会有收获。要看运气的。"

"季姆，要不咱们现在就去看看？"

"好啊！"

季姆猛地迎风拉帆，"毛克利"马上全速冲向"别亚"号船尾方向；最后在离船尾最近处摆头到岸。斯拉夫卡拉起稳向板，船底和海滩的硬沙、贝壳摩擦得吱吱嘎嘎作响。季姆举起舵叶，斯拉夫卡脱下救生衣便跳到岸上，把链子固定在生了锈的钢轨上。松弛下来的帆面在风中开始哗哗地飘动起来。

岸上果然堆着一摊金属废件。

"快看，咱们不是咋一的猎人喔。"季姆说。原来，几个大约二三年级模样的孩子正在金属堆上忙活着。其中三个排着队齐力在拉一个废旧的传令钟；两个正奋力在叮叮当当响的铁器下扯出一段锚链来。还有一个皮肤黝黑得像寒鸦的孩子，身着膝盖处磨破的牛仔裤和松懈下垂了的条纹衫，站得比众孩子都高，正漫不经心地哼着歌，捣弄着个一头儿尖尖的圆柱形物体……

斯拉夫卡和季姆相对而视。

"终于还是发生了，"斯拉夫卡脑中盘旋着，"应该怎么做，其实很简单……"

季姆不慌不忙地走到男孩跟前小声说：

　　"可以让我看看吗？"

　　然后用手直接扳起了这个圆柱形物体。他回头望着斯拉夫卡说：

　　"真的好重啊……"

第三部
链 子

指挥员的权力

"真的好重啊……"季姆皱着眉头望着斯拉夫卡。

斯拉夫卡脑中还是挥之不去：终于还是发生了……他决定听从自己内心的声音。——心脏跳得很稳健，看来，自己并不害怕，斯拉夫卡思忖。他知道，要是人产生了害怕的情绪，心跳就会变得无序且速率加快。

暖水瓶大小的炮弹此刻就躺在季姆满是雀斑的手中。季姆小心翼翼地把它安放在了橙色的救生衣中。弹身遍布褐色的锈迹，锈迹上还沾满了密密麻麻的小贝壳，就像长了层层鳞片一般。弹身上方有个小帽，形状像拧着的螺塞。看来，这是引信。

"终于还是发生了……"

首先应该即刻把孩子们清走。

斯拉夫卡用并不洪亮、却格外坚毅的嗓音说：

"同学们，离开这里。这里不能待。"

他严肃的语气起了作用：孩子们应声退后了几步。但恰恰是交出炸弹的那个像"寒鸦"的男孩，粗鲁地顶撞起来：

"我们不能待，就你们能？"

"这里是特殊区域，懂么？"斯拉夫卡回应，"会有守卫过来，

小心把你们脑袋拧下来。'

这时一个浅色头发的约八岁大的男孩审慎地发言了：

"我们来这儿多少次了，根本没有什么守卫。"

剩下的孩子也开始抢着同意这个说法。现在看来，他们已经组成坚实的联队了。他们总共六个人，要是齐心协力，完全能和季姆、斯拉夫卡拼个高下。

"那是从前没有，现在有了。"斯拉夫卡语气仍是那么坚决。

"那你又是谁呢？"那个"寒鸦"用十足挑衅的语气质疑。

斯拉夫卡马上就编了出来：

"我们是少先队巡逻队员。谁要是不相信，大可以去基地查，到时就什么都清楚了！"

他再次向孩子们逼近，孩子们又后退了些。也许是"巡逻队"这个词让他们有些信服了，毕竟，他俩身上制服式的衬衫、袖章还真像那么回事……但'寒鸦'依然不依不饶：

"他骗人！他是打算把咱们辛辛苦苦收集到的东西都卷走！"

"蠢货！信不信我俩把你丢到灰堆里去？"

"你想得美，灰堆？我们斯捷潘连拆子弹都像嗑瓜子一样轻飘飘！"

联队瞬时更加紧密了。

斯拉夫卡飞快地扫了一眼季姆。季姆只是一动不动地站着，紧闭着双唇，表情绷着；手还把捡到的危险物件死死按着。

"都给我滚蛋！"斯拉夫卡只能决绝地大声呵斥，"怎么着？我数到三！一……"一边说着，又做出扑向他们、哪个不听话就抓住的架势。

孩子们被吓散开了，但现在看着他的眼神完全是充满仇恨的了。这时"寒鸦"大声叫嚷：

"咱们走，去找斯捷潘！等斯捷潘一来，看怎么收拾他俩！"

这个小团体凶恶地坏笑着，叫嚷着，似乎极力想让斯拉夫卡和季姆知道，斯捷潘是很不好惹的，现在他们就把他找来，到时候让这两个自称巡逻队的家伙明白，在不是自己地盘的地方纠缠不清、作威作福是什么后果。

他们渐渐走远了，但时不时还有人回头怒视。这时一个卷发男孩突然朝斯拉夫卡猛抛了一块碎瓦片作为"告别礼"。斯拉夫卡很快看出这碎片只会掉到一旁，但此时季姆却突然战栗了一下，猛地往后退了一大步。斯拉夫卡霎时像被电流击中一般！

"你轻点！"

"好……轻点……"季姆惭愧地说。

"很重吗？"

"还好，拿得住。咱们接下来怎么办？"

"立刻行动！"

斯拉夫卡跑到船边，拿到书包，把三明治和课本都抖搂了出来；刚要把阿尔焦姆卡也拿出来，突然想到：它是柔软的，不必倒出来。

接着又跑向季姆，把书包打开口，放在他脚边：

"来，把它放进里面……"

季姆慢慢躬下身，把炮弹小心翼翼挪开自己的胸膛。

"把它给我吧，"斯拉夫卡说，"给我，季姆。你手该酸了。"

季姆小心地把这重物转移到了斯拉夫卡的手上。这炮弹竟比它看起来要沉这么多，足有十多公斤的样子。

"只是我发过的那些誓……"斯拉夫卡想到之前给妈妈信誓旦旦的担保。

然而斯拉夫卡并没有任何受到良心谴责的感觉。如果自己对这枚炮弹坐视不管，万一真有人为此而死于非命，那样难道才是实现了自己的承诺吗？外界因素要比自己的誓言有力得多。这是不可抗力。

季姆跪着把书包撑开。看来，他的手真的累了——指头在不住地颤抖。

斯拉夫卡看到书包底部的阿尔焦姆卡忽闪着亮晶晶的大眼睛，脸上是毫不沮丧的神情。他慢慢蹲下来，开始小心地把炮弹往里推，动作轻得不能再轻……现在他已经不觉得自己是大无畏的了。

阿尔焦姆卡善解人意地笑着，张开双臂——像在迎接这锈迹斑斑的重物入怀。

炮弹终于稳稳地躺在了阿尔焦姆卡棉质的躯体上。

斯拉夫卡小心地直起身子。四下一片静寂，好像连风也全都停了。太阳正晒得厉害。

"好了。"斯拉夫卡说着，用袖子擦了擦满头的大汗。

"怎么能算'好了'？接下来怎么办？"

斯拉夫卡也不知道。关于这一点他还没来得及考虑。

"那群孩子马上就会回来了，"季姆说，"和那个所谓的斯捷潘。然后就是一场群架。"

斯拉夫卡点头。季姆说得没错。

季姆接着又说：

"也许咱们不该就这么把他们撵走的。应该一五一十解释给他们听，再把炮弹送到合适的地方，或是军队或是警察局。"

"他们都是些糊涂虫……"斯拉夫卡含混不清地解释着。但其实他心里明白，季姆是对的。所以又承认："是我犯蠢了。"

"我也一样。"季姆说。

"现在看来是没可能和解了。"

"那要看斯捷潘是个什么样的人吧。或许是个明事理的，也可能和他们一样脑子不清……"

"明事理？那可是连子弹都拆的主儿啊……"

"确实。不该冒这个险。"季姆同意。

"季姆，咱们把它丢到水中销毁吧。"

"就在港口吗？这里水太浅了，万一它落到哪只船的龙骨下可怎么办？"

斯拉夫卡回头望向海面。一阵阵骤起的激浪在阳光下荡漾着。

"确实，但也不能把它带上船，就这么扔了又不行……季姆，你知不知道这炮弹的引信是怎么个构造？"

"我怎么会知道……"

"绝对不能带上船，"斯拉夫卡再次强调，"船上每一次的摇晃都是极其危险的。也许这里面的保险丝和生锈的击针已经一触即发了……"

斯拉夫卡看到，季姆的脸完全白了，甚至雀斑在苍白的脸上都显得色深了。这是怎么了？斯拉夫卡自己都不怕，又能怎样？

"这样，咱们一个在这里守着炮弹，另一个去基地，"斯拉夫卡提议，"必须找人过来帮忙。"

"去了基地又如何？"季姆反对，"伊戈尔不在，娜斯嘉又不驾艇，电话还没安装……到时候一切都来不及了，而万一那群孩子和斯捷潘却准时出现……"

"那要不，藏起来？"

"藏在哪儿？"

四下是一望无际的海岸、硬如石的地面，不可能把它埋起来。要是藏在铁堆里，会被他们找出来的。要是塞到水边沙子中——万一谁踩上了呢？

"要不赶紧去警察局或是军事单位？"斯拉夫卡再提议。

"那都在哪儿？"

"找找看……"

"难道你要带这么危险的东西去人群密集的地方吗？"

"不能！那就一个人留下看着……"

"这跟去基地的结果没什么两样，"季姆疲惫不堪，"根本是来不及的……这样，斯拉夫卡，咱们把它带到更远的地方，一个没有人的地方。小心着……"

"那是哪里？"

"是这样的……如果沿着直线走，那儿离悬崖并不远。还记得吗，就是那个有武器库的地方？"

"然后呢？"

"那里是人迹罕至的，而且水很深……咱们直接把它抛到水中，然后立刻跳开。如果它直接沉底，那是最好；万一由于撞击水面爆炸了，也伤不到咱们。"

"要走很久吗？"

"大约一千五百米吧。"

"根本无处可躲，"斯拉夫卡暗想，"如果当真发生了，根本没处逃，也不能推诿他人……"突然他心中升腾起一种巨大的恐惧，竟压得自己喘不过气来——难道这就是他斯拉夫卡命中注定的事？和安德柳什卡·伊柳欣同样的命运……

不可能！自己又不会往火堆里扔炮弹！他不过是把炮弹运到安全处销毁掉而已！

但对引信连着的击针也许已经失去保险的担心却是始终挥之不散。

斯拉夫卡剧烈地抽动了下肩膀，很快叹息着说：

"必须运走，路上万一被人撞见，就直接送到工程兵那儿。"

"如果走人少的小路，基本不会遇见旁人……哎，好啦！这东西被运到金属废件堆的时候都没爆炸，现在安放在柔软的包裹里怎么可能爆炸呢？一定能安全送达的。"

"确实……"斯拉夫卡觉得有理。

"咱们走吧。"季姆兑。

"你说'咱们'？你的意思要一起去？为什么要一起呢？两个人一起确实更心安些，可万一真出了什么事……万一那击针……"

斯拉夫卡小心地蹲下，轻手轻脚把书包扣上，努力不让小锁头发出一丁点声音。此时书包的笑脸看起来竟然也变得阴沉和怯懦了。

"季姆，咱们不能把船就这样丢下。"

季姆惊讶地问：

"事到如今，咱们还顾得上船吗？"

"必须要顾，"斯拉夫卡很坚决，"何必一定要两个人一起送呢？你去把'毛克利'开回去，我去把这东西送走……你干吗这样看着我？不过是走一趟，我不会有事的。"

"你疯了吗？"季姆埋怨地看着他。斯拉夫卡当然很清醒，他只是过于明白，两个人一起去才是疯狂的行为，却不能对季姆直说个中缘由。

"季姆帆……"斯拉夫卡柔情地说，"拜托，别再争了。你知道的……为何要两个人一起去冒险？"

季姆不声不响地弯下腰，把膝盖上粘的小贝壳都弄干净了。紧接着，他头也不抬地说：

"那就由你把船开回去吧。你是指挥员。"

这话一点没错。而斯拉夫卡甚至在最初的一秒还有一种窃喜！可是——马上另一种感觉涌上来：想象着季姆被重量压得歪斜着身子，艰难地穿过高草丛生的荒地，那画面斯拉夫卡不忍心看。

"这该死的恶魔，竟然落到我们头上了！"斯拉夫卡不由得在心里咒骂着炮弹。可他马上又心生恐惧——"哦不，不是恶魔……你好好躺着、安安静静地躺着……"

事已至此，他说了必须说出口的话：

"季姆……既然我是指挥员，作为指挥员就应该去……去任务更重的地方。"他不敢实话说"更危险的地方"。

"可我并没有能力自己掌舵。"季姆眼睛不看斯拉夫卡。

"别装笨。"

季姆直起身子，他的眼睛是坚毅的绿色。

"斯拉夫卡，那咱们公平行事。抓阄决定吧。"

斯拉夫卡几乎要脱口而出："来吧！"可他最终没说。他深知，抓阄本身恰恰是不公平的。

他自然是宁愿相信什么都不会发生的。可是……万一……那他该如何对季姆的妈妈交代？

"玛莎阿姨，请节哀顺变。我们抓过阄的，就恰好抽到他……"

要是反过来呢？要是他斯拉夫卡出了事，那么人们又会对妈妈怎么说？

也是怪了，为何这里一个大人都没有？！为何一定发生这种倒霉事？现在已经不能再拖延下去了，那群孩子随时可能回来。

斯拉夫卡下定了决心：

"季姆，不用抽签，你也不要生气。"

他俩之前在任何时候都是平等的，直到这一刻。现在完全另当别论。季姆不想放弃抓阄的提议，而斯拉夫卡可以拒绝——他有权拒绝。但他自己还没有明说出真正原因，他尽量说得委婉些：

"季姆，你别置气，但我确实要比你强壮一些啊。而且我也熟悉自己的书包……另外在必要时我能跳着走，以防摔倒或者绊住。我做起来容易些。"

"不是那样的。"

说完，季姆把视线扭向别处。斯拉夫卡没办法，最后只能说：

"季姆，我是咱们船的指挥员。就当你我现在是在航行中。"

"那……那又怎么样？"季姆小声问。

"季姆，你别生气……是指挥员就有下命令的权利。"

季姆的表情马上变了。

"你要命令我？"

"对。"斯拉夫卡说出这句时差点哭出来。

"是！长官。"季姆应答着，完全不看斯拉夫卡，"听从您的指挥。"

他的语气是如此冰冷，不带任何嘲讽意味。但是天知道斯拉夫卡一瞬间心里变得多么沉重！还要眼睁睁看着季姆决绝地转身离去，走向帆船。斯拉夫卡绝望地对着他的背影说：

"难道你认为我在逞英雄吗？你真是个傻瓜！季姆，能不能别生气？我真的是没别的办法了！"

"我没有生气。"季姆头都不回地说着，躬下身开始解链子。

"你……那这样行不行，"斯拉夫卡犹豫不决，好言相劝，"你把'毛克利'系留在码头之后就在基地等我好不好，我只是……"

季姆把链子"哐当"一声丢到甲板上，便开始从沙滩上推走"毛克利"；往海里直走到淹没膝盖之后，他跳上了船，带着和之前一样、看都不看斯拉夫卡一眼的神态说：

"我会把船系停的。不过这次航行一结束，你再也不是我的指挥员。我自己知道该怎么做。"

"我们这次真的闹翻了……"斯拉夫卡心想。

但不管怎么样，现在最重要的事就是马上离开，以便尽快把这危险物件处理掉。其他的事都先退后：他要和善解人意的季姆和好；要一起再驾驶"毛克利"号；要好好商量一下怎么让妈妈远离来自乌斯季－卡缅斯克的骚扰；明天还要去卡恰叶夫卡，一定带上瓦莲京娜和杰尼斯……

……只要那长满锈的引信别掉链子。

白色小路

那天的小路连续好多个夜晚出现在斯拉夫卡的梦境中。亮到发白的地面，闪烁着硅样的光芒。没有尽头的小路，烈日灼人下的呓语……

他不是马上就踏足这条小路的。一开始是长着带刺高草和遍布干蜗牛壳的荒地，这些小壳在鞋子下面吱嘎作响。斯拉夫卡当时还考虑要不要把炮弹埋在这里，然后自己跑去叫人；但是他发现这里有人放羊，看来捉不定什么时候就会有人来的，所以还是放弃了。

走过空地之后是一片小房子和郊区花园组成的建筑群。想避开它的话必须绕很远，所以斯拉夫卡决定就沿着街走。他也知道应该尽量避开居民聚居区的，但同时他更清楚，若是选择了迂回路线，那么恐怕要天黑才能到海边了。季姆说离悬崖只有一千五百米时显然没搞清楚状况，由此看来他对这个区域也并不熟悉。

好在街上基本空无一人。斯拉夫卡只遇到过两次迎面过去的骑单车的孩子。那时他吓得快石化了，仿佛迎面来的人真的能触发炮弹……

恐惧感的侵袭并不是绵延而来的，而是一浪一浪的。有时它会完全攫取住斯拉夫卡的大脑——那种情况下他身体僵得像要死了，连透过深蓝色衬衫快把他后背和肩膀烧起来的烈日也拯救不了他心里的严寒；仿佛下一秒就会被轰隆一声摧毁……而当恐惧感渐渐消退，斯拉夫卡又责备自己是懦夫，简直是个流鼻涕的小屁孩，是个神经兮兮的半大小子。甚至在大约一分钟左右的时间里会觉得这一切都是鸡毛蒜皮的小事。那阿尔焦姆卡怀里的铁圆柱体，并不比薇拉奶奶的旧电熨斗危险。但这特殊的一分钟过去后，恐惧又阴魂不散地来到……

有一瞬间，斯拉夫卡听见包里传来一声微弱却清晰的"咔嚓"声。他登时呆住了；反应过来后赶紧小心地（迅疾却又万分小心）把书包放到路边灰堆、放到排水沟、放到粗硬的草丛中……然后他立刻趴下，用双手紧紧捂住脑袋。

幸而街上一个人都没有。

斯拉夫卡趴了一会儿，慢慢抬起头。书包还静静地躺在路中间，方方的脸上满是愧疚表情……斯拉夫卡明白了，原来是松了的包扣弹开了。

这之后恐惧感消散了相当久。斯拉夫卡甚至开始吹口哨了。他心安地走到了街道的尽头。

就在这时，小路映入眼帘。

狭长又平顺的小路直通大海。但斯拉夫卡暂时看不到海面，因为小路是向上延伸的，像要通天一般。现在只需要翻过去而已。小路的两面环抱着白色的石栅栏，栅栏后是钻天的柏树。也许那是个园子。

"也许说不准是个墓园呢！真是个合适的地方。"斯拉夫卡刚这样想着，却又马上劝住自己——"别只顾玩！"

他踏上了这条地面变白发硬、被太阳烤热的路。白色的光芒很刺眼，甚至连天空也显得不是惬意的蓝了，也变得钢筋般生硬无情了。

手和肩膀都酸得要命，斯拉夫卡不得不来回换手，但却一直不敢把包放到地上。实在是不希望它再有任何碰撞了。而且书包还必须拿得与身体保持一段距离，不然它的铁制下缘就会撞到腿，甚至撞到膝盖。

斯拉夫卡心里又冒出之前的想法——要不然把书包藏在一个偏僻的地方，然后轻装上阵去找人来。但这条路上，情况完全不允许。四下没有坑、没有石头、没有杂草掩映的排水沟；平坦坚硬的路面两侧只有白墙。而墙角那落满灰尘的小草堆……连只蜗牛都藏不住。

也许这就像人的命运吧：永远要承受负担，无处可逃避。石栅栏上也没有小门，没有缺口，没有通向其他小巷的出口。你只能不停地往前走，而前方的一切都是未知的。这条路似乎无穷无尽……

所以斯拉夫卡开始换个角度想。这条路必定是有终点的，他最后还是会走到悬崖，把炮弹扔到水中，然后皆大欢喜。他要去找季姆，要尽快和好。季姆一定会说："哎，我也因为你而心里难过啊，斯拉夫卡……"

可他万一不这样说呢？

如果季姆生气到再也不想见到自己，该怎么办？

但这怎么可能？季姆一定会理解他的！他是那么明事理。如果换作他是指挥员，一定也会像自己这么做的。

那样的话斯拉夫卡会做何反应？会服从命令吗？

"我……我真的不知道。"斯拉夫卡心里不停纠结着，"也许吧，也许我也会服从命令。可我一定会因为担心季姆的安全而痛苦不堪的……远比现在担心……"

"那么你以为季姆现在就不担心吗？你以为他现在好过吗？"

"可是……他应该会原谅我的，等我回去……"

"谁又能知道呢……如果事与愿违，如果我没能回去，到时候，他一定会原谅我的，因为爆炸能抹去我的一切过错……"

想到这儿，斯拉夫卡心里感到前所未有的害怕。他开始觉得，也许一切都是冥冥中注定的，从一开始就有预兆了——从他来到这城市，关于伊柳欣的对话，在海边的偶然发现，这条神秘的毫不拐弯的小路——全都通往最终那一个结果。

"万一真的发生了，妈妈可怎么办？"

这时妈妈仿佛真的不知从何地而来，突然出现在了眼前，走向自己。

"妈妈，请原谅我。我还能怎么办？"

而妈妈默不作声，只是用哀怨的眼神看着他。

一瞬间，斯拉夫卡想明白了他到底该做什么！

现在就应该把炮弹从书包拿出来，就放在墙根。要是谁看见了，那就让他看见吧！为何要斯拉夫卡一个人承担所有风险？他已经把这危险物件带离孩子们了，已经完成了自己该分担的那部分责任。现在该是别人来继续的时候了。他不是为自己，而是为妈妈考虑！

"别人都有妈妈……"

"那么，我就活该俯首听命，而别人就不用？"

"是你自己主动去承担的……"

"那是因为我当时不知道，路原来这么远，过程这么恐怖……我真的承受不住了……"

"好了……那就把炮弹放下吧……若是换了季姆，他一定不会中途放弃的……"

"这不公平。为何偏偏是我？我来这儿不过才一个多月。而别人可是生于斯长于斯啊！却也……"

"难道，这里不是'你的城市'吗？"

"你这鬼东西，真是可恶至极！"斯拉夫卡小声咒骂着炮弹，已经不再去想它会不会报复了。

就在这咒骂中，小路终于有了终点。

现在斯拉夫卡站在十字路口。前方是常见的郊区街道、层层叠叠的瓦房屋顶；屋顶之外，太阳之下，海水浩浩荡荡。一阵结结实实的热浪扑面而来。

"斯拉瓦！谢米布拉托夫！"

听到有人喊自己，他丝毫不感到惊讶，却是一阵欣慰。原来是柳芭·波塔片科急匆匆向他跑过来了。

"谢米布拉托夫！你怎么在这儿？"

"那你呢？"斯拉夫卡傻傻地问，轻而又轻地把书包放在了碎石人行道上。

"我不是跟你说过嘛，我奶奶住这儿。就在海军步兵街上。"

斯拉夫卡对她说的没有一点印象。不过那又有什么关系？最重要的是，现在一切都变得简单了；现在已经不用再艰辛地赶路了。

"柳芭，"斯拉夫卡干净利落地说，"这儿有军事机构吗？"

柳芭眼睛瞪得老大。

"你要干什么？"

"你先别问了。告诉我，到底有没有？"

"难道是军事机密吗？"

"差不多吧……"

她顽皮地耸了耸肩。

"看你，神经兮兮的。喏，你往那条街看，那儿有个收发室。"

斯拉夫卡望见了。那儿先是有段白墙，但不像小路上那么偏僻，墙边还修了个凉亭：凉亭旁便是一扇叶栅式的大门，大门上还有五角星和锚的标志。绿色大门边穿着黑色制服的海军步兵正在值岗。

"这下好办了。"斯拉夫卡心想，然后马上对柳芭说：

"波塔片科，快去收发室叫个人过来，拜托了。"

"为什么？"

"重大紧急事件。"

"你先告诉我怎么回事，不然这算什么？"

"柳芭，请你快去。我包里有个未爆弹。"

她却更生气了，一脸傻气地说：

"你干吗耍我？你包里明明是阿尔焦姆卡。你看它爪子都露出来了！"

书包下方，阿尔焦姆卡套着裤腿的爪子确实翘了出来。

"阿尔焦姆卡是在书包最底下，炮弹就在它上面。千真万确。"

任何正常人听了这话都会马上去找哨兵吧。

但这位柳芭却双手扶腮，嘴张得老大，小声说：

"斯拉夫卡，真的假的？快给我看看……"

"你难道没长脑子吗！"斯拉夫卡气得嘶吼起来，"你快滚吧！越远越好！离我百米之外！滚！"

他凶悍的叫喊吓得柳芭马上闪开了。虽然不够百米，但也足够远了。

斯拉夫卡提起书包就去过马路。突然身后传来一阵有分量的脚步声，而且那人很快把他赶超了。原来这是个留着小胡子、穿着蓝色上衣的海军准尉；也或许是该叫司务长吧，斯拉夫卡有些搞不清楚海军步兵系统的称谓。但他纯黑色肩章上确实是两颗星的。走到门口时，哨兵对他行了举手礼。他简单点头示意之后便拉开了门把手……

"请等一下，"斯拉夫卡嗓音高亢清脆，"我有重要情况报告！"

准尉回过头，一小撮灰白的眉毛惊讶地扬起了一下。他按住了门。

"你找谁？先请进吧。你是科夫斯基少校的儿子吗？"

斯拉夫卡进去了。也许他不该带着这么危险的东西进去的，却鬼使神差一般。

从酷热的街上进到屋子里头真是阴凉。斯拉夫卡不由得眨了眨眼；在终于看清墙边有个方凳之后，把书包放在了上面。

"我不是谁的儿子……请小心些，里面有炸弹。"

"你开什么玩笑？"准尉用毫不信任甚至有些动怒的语气质问。

斯拉夫卡迅速又小心地打开了书包扣。霎时如释重负。有了经验丰富的大人在，终于再也不用担心什么了。

"就是它。"斯拉夫卡掀开了书包盖。准尉往里面注视了起来。一开始还是紧皱着眉，却很快就变得平和起来。

"你在哪儿发现这东西的？"

"平底船'别亚'号旁的铁堆里，就在大港尾端。"

"那你为什么把它带到这儿？"

"不然该弄到哪儿去？"斯拉夫卡高声质问——他有些感到委屈了——"那里可都是孩子啊！"

准尉又一次注视斯拉夫卡——这次却是格外认真又长时间的注视。之后他微微笑了一下。

"别怕，"他的语气竟柔和起来，"受了不少折磨，是吗？这其实不是炮弹，而是飞机发动机上用来预热的天然气罐。很多不懂的人都曾把它和炮弹弄混，最后才知道是虚惊一场……"

"天然气罐？"

突然有人大声嗤笑。

斯拉夫卡失神地回过头，发现是波塔片科。可他却先是在抵挡酷热的矩形门上注意到她的轮廓，然后她的脸才一瞬间现出来。

气罐！！！

明天全校恐怕都要笑掉大牙了……

而刚刚这一切——白色的小路、折磨如斯的恐惧……全都是白费一场！

斯拉夫卡啜泣着冲向大门，不顾把柳芭撞到了一边，直接跑了出去，沿着墙一直跑啊跑……一开始很快很快，热风似乎要把喉咙堵住了一样；然后渐渐慢了下来——肋部感到一阵阵难忍的刺痛；却还是坚持着跑啊跑；沿着街道，沿着白色的那条来时的路……

跑到气实在不够用了，他就换成了走。风好像蓬松的手掌，擦干了他汗湿的脸庞。斯拉夫卡终于开始思虑，刚刚自己为什么就那么不管不顾地跑掉了？

事情还会继续发酵，直到越来越糟。柳芭肯定要更加卖力地讥笑他了，而且必定是绘声绘色地告诉大家，自己是如何像个任性的野丫头一样疯也似的落荒而逃。

而且书包和阿尔焦姆卡也落在那儿了……

难道现在要回去取吗？

不，绝对做不到。他还是决然地慢慢向前走。

脚步慢了下来，思绪也似乎理顺了些。

自己哪根神经搭错了么？难道那鬼东西是气罐而不是炮弹还不好么？当然不是。否则，天知道他斯拉夫卡·谢米布拉托夫这一刻是不是还活在这世界上？

至于书包，想必应该是会交给柳芭的吧……

柳芭会逢人就说这件事来开涮？随她吧。炸弹是虚惊一场，斯拉夫卡本身又没做错什么。如果有蠢货嘲笑他，那是他们的事。哪怕全世界都来笑话他呢，又能怎样。难道这重要么？重要的是季姆！

只要季姆还没有走就好！

斯拉夫卡穿过一条不知名的小巷就到了港湾。斯拉夫卡跳到水中，搅乱停在不远处的油船渗到水面的油花。咸咸的海水溅到脸上，斯拉夫卡用衣袖擦干，又把上衣整理好，决定马上回基地。

季姆真的还没走，正坐在大门边一条翻倒过来的小艇上。一看到斯拉夫卡，他就站了起来，迎面走过来。

"季姆！"斯拉夫卡赶紧对他说，"那不是炮弹！是天然气罐！是个海军准尉告诉我的……季姆，你怎么了？"

　　季姆递给斯拉夫卡忚落在船上的几本课本，是用一段吊索捆起来的，但眼睛却完全不看斯拉夫卡，递完转身就走了。

　　"季姆……"斯拉夫卡声音无力又低沉。

　　季姆没有停下脚步。

　　斯拉夫卡一直跟着他。可季姆完全不回头。

　　"季姆帆……"斯拉夫卡这样叫他。这像两人的关系密码，又像求助的信号。

　　季姆的脚步果然慢了下来，但他最终还是没回头，却大声对斯拉夫卡说：

　　"请你别跟着我了。你……你比敌人还可怕……"

永志不忘……

　　斯拉夫卡一到家就瘫倒在沙发上，面朝着墙壁。他甚至没有来得及惊讶，竟然没人喊他吃饭。也没注意到，薇拉奶奶忧伤失神的样子，也没感受到屋里压得人喘不过气来的沉默。也许所有阴郁的一切就该是存在于这黑色的一天的。

　　一开始，斯拉夫卡仿佛被抽空了。他躺了好久好久，紧咬牙关，脑子就像被环扣的电影胶片，一直旋转、旋转——白色小路、柳芭、准尉、气罐、季姆、季姆最后的话……无始无终……一圈又一圈。

"请你别跟着我了。你……你比敌人还可怕……"

但这究竟是为什么?

"季姆,到底为什么? 我又没抛下你、没欺骗你……好,就算是我有错,可我真不是存心的……而你为什么就这样……这样给我致命的一击!"

突然,一种有力的想法出现在斯拉夫卡脑海中,很有可能它轻而易举却卓有成效——斯拉夫卡马上坐了起来;甚至笑着捶了自己脑门一拳。

季姆不过是没明白问题在哪儿! 他只看到斯拉夫卡不对的地方,但事实却并非那样! 他俩的矛盾只是因为误会……这个误会必须澄清、必须剔除! 摧毁! 自己不能再继续徒然辗转反侧了,不能再自怨自艾了,应该立刻去找季姆谈! 问清楚他的想法,然后把一切原原本本地解释清楚。季姆一定会懂的……他不是别人,是季姆啊……

可万一他还是不理解呢?

那好……如果是那样,斯拉夫卡就要说: "季姆,我说的什么指挥员权利的蠢话,完全是丧失理智了。求你别赶走我,季姆,求你。"

然后季姆一定会原谅我的。他不可能对我彻底灰心了,不可能。我们可是歃血为盟的啊……

斯拉夫卡马上跳了起来。如果跑得快,十五分钟就能见到季姆！

他跟跟跄跄冲向门口，却刚好碰见妈妈走了进来。

妈妈紧闭着双唇，简单看了他一眼，又扫视了一下整个屋子；然后干巴巴地说了一句：

"你书包呢？"

"什……什么？"斯拉夫卡失神地说。

"我想知道，你书包哪儿去了。为什么你的书是用吊索捆着的，书包呢？"

她的眼神回避着斯拉夫卡，脸绷得紧紧的，冷若冰霜。

"她肯定全都知道了，"斯拉夫卡心怀恐惧，"柳芭肯定是打听到了自己的地址，然后把书包送过来了。"很明显，霉运并没结束。

"怎么，你干吗不说话？"

还有什么好说的？世上最蠢的事莫过于告诉别人人家早已经知道的事。

妈妈略带惊异地瞅着他：

"你到底还能不能说了？"

"东西已经留在军队那儿了。"斯拉夫卡含混不清地回答。

"什么军队？你去军队干什么？"

"你……你干吗这么折磨我？"斯拉夫卡爆发了，"你自己不是心知肚明！柳芭不是全都告诉你了吗！"

"柳芭？"妈妈惊诧极了，"什么柳芭？我从来不认识什么柳芭。到底是怎么回事？"

也就是说……柳芭没来过？天啊，这下落到多么愚蠢的境地……

"维亚切斯拉夫！"妈妈急了，"我必须马上知道，到底发生了什么。你要明白，咱们可是说好了的，永远不欺骗对方！"

他不想欺骗妈妈。不过若是能保持沉默，倒也不失为一个办法；可现在，连想保持沉默也不能够了。斯拉夫卡只好眼睛盯着地板，小声说：

"我送去了一个……一个军用品，天然气罐。"

"这是为什么？什么天然气罐？"

"我和季姆在铁堆里发现的……"

"那又怎么？"

"我们把它从一群孩子那里抢了过来……"

"然后到底怎么了，我问你呢！"

"然后……然后把它送走……"

"为！什！么！"

拖延是没有任何意义的。斯拉夫卡真的精疲力尽了，已经不能招架任何事了。他抬起眼，终于说出了实话：

"我以为，那是个炮弹。"

听完这话，妈妈脸上竟然没有恐惧、没有暴怒的痕迹；反而，倒似有欣喜之色。她的话仍是干巴巴的，却带着某种如释重负的轻松：

"非常好。去吃点什么，然后帮我收拾行李。我们今天就走。"

"妈妈……"斯拉夫卡小声哀求，"妈妈，随你怎么惩罚我，只是千万别这样……"

接着终于忍不住大叫：

"不要！"

他紧紧抓住妈妈，自己却丝毫没意识到，只是大声叫着喊着，就像被虎钳死死夹住的小孩一样疯狂地哭闹。他现在也确实是个小孩，不堪的疲惫、难过、绝望把他折磨得够了：

"妈妈！妈妈！不要！妈妈，我再也不那样了，求你了！妈妈！"

但妈妈只是把他推开，冷冷地说：

"别再歇斯底里了！"

斯拉夫卡颓然倒在沙发上，但马上又跳起来了——他要为自己，为自己的城市作斗争！

"你没有这个权利！"他喊道，"你承诺过的！你发过誓的！"

"你也发过誓的。可你现在食言了。"

"但我是因为实在没有办法了！"

"别喊。我也一样，没有别的办法了。是你自己逼我这样做的。"

"我不走！"说完这句，斯拉夫卡一下子安心了。是啊，只要自己死活不走，不就行了？"我要用双手双脚，还要用牙齿，死死抱住这里。我绝对不走。"

"走吧，你甭想什么双手双脚还有牙齿了，也别再生事端了。可怜可怜薇拉·阿纳托利耶夫娜吧。你现在就吃东西，然后跟我收拾行李。今晚九点半的火车。"

"火车走就走吧！……你肯定买不到票的。"

"票的事不用你操心，我已经弄好了。"

"什么时候的事？"

"这跟你无关。"

"柳芭并没来过，气罐的事是我自己刚刚才说出来的……"斯拉夫卡一下子明白了。也就是说……

"也就是说，全都是假的。"斯拉夫卡因为气愤话都要说不清了。

"什么都是假的？"

"所有，所有你的谎言……"斯拉夫卡变得格外粗鲁，却音调不高，直直盯着妈妈的眼睛，"你完全是在骗我。你是因为那个人才要走的。"

自小到现在，斯拉夫卡从没这样跟妈妈说话。

她的脸一下子就白了。

桌子上放着一个空网兜，是斯拉夫卡平日里去菜市场或者商店时用的。那上面有很多紧扎的线箍。妈妈拿起它就开始抽打斯拉夫卡的脸，一下又一下……生硬的线结狠狠地扎着他的皮肤……

斯拉夫卡既不闪躲，也不自卫；只是睁大了眼睛——并非因为恐惧，仅仅是麻木了……他甚至，打开了扣环，把身上的海军腰带解了下来。

"拿着，"他平静地说，"皮带才能打到骨头里。别担心，伤痕只会让男生显得更勇敢。"

妈妈丢开网兜，跑到另外一个房间去了。斯拉夫卡分明看见，她是如何在窗台哭泣。但他没有去找她。他的脸因为抽打开始火辣辣地疼起来。

然后他又慢慢地把皮带系了上去。

"我的斯拉夫卡，原谅我。"妈妈还是背对着他。

"我不走。"他只这样回答。

"斯拉夫卡……"

"绝！对！不！走！"

他坐下了，手垂在膝盖上，眼睛望向窗子，仿佛那是电影的荧幕。窗外带花纹的葡萄叶在暮光中仿佛披上一身橙色的霜。

他哪里都不会去的。这太可笑了。他还没有和季姆和好，怎么可能离开……

　　这周学校还要开少先队大会，新的一期墙报也要出；基地的所有成员也有一次大集合，集合之后还要去"苏沃洛夫"巡洋舰上玩呢……难道在这样的时候，斯拉夫卡已经身在泥泞不堪、令人诅咒的乌斯季－卡缅斯克了？

　　妈妈又回到了这间屋子，在他身旁坐下；手掌轻抚着斯拉夫卡的头。

　　"你是为了'那个人'才非要走的。"斯拉夫卡又说一遍。

　　"是……如果你想听实话，我承认有他的原因。"

　　"他就是个恶棍。"斯拉夫卡斩钉截铁地说。

　　妈妈没有恼火。

　　"他是个不幸的人，"妈妈轻声解释，"你不知道他受了多少苦。"

　　"我恨他。"

　　"我知道……他确实愧对你。但我同样也愧对他。"

　　"你哪里愧对他了？！"

　　"别喊。你不会懂的。"

　　"那我呢？我哪里做错了，为什么要这样折磨我？"

　　"你当然没有错……而且即便是今天的事，我也相信你做得没错，肯定有你的道理。但我实在是被对你的担心折磨得精疲力竭了。而且今天我更加确信，这种担忧完全是有必要的。"

　　"没必要！完全没必要！就像今天，那只不过是个气罐！不会有炮弹的！"

"但它也真的有可能就是炮弹啊……"

"所以你提前把票都买了，真周到。"斯拉夫卡辛辣地嘲讽。妈妈"腾"地站了起来。

"好，今天你尽管挖苦我，我确实有不对的地方，而且还打了你……我还错在，爱上了一个你永远无法接受的人。我不能没有你，同时也不能没有他。失去谁我都活不下去。斯拉夫卡，你说，我该怎么办？"

斯拉夫卡也不知道。他终于明白，这场不幸自己已经无力抵挡。而且，自己之前的过度恐惧，也许同样是错。恐惧会招来不幸，就像磁铁一样。你越怕什么，就一定会来什么。很久以前斯拉夫卡怕妈妈发现自己偷来的书，结果妈妈真的就看见了。他害怕碰到炮弹——也还是发生了。虽然，这次不是真的，却一样带来了最不想看到的结果，最害怕失去的两样东西：和季姆翻脸、离开这座城市。

难道，这就是命运？这样不幸的一天，终究不能避免？

妈妈说：

"这次回去，你不要以为还和以前一样。我们和他换地方，只有咱俩一起住；你也会去新的学校上学……"

斯拉夫卡低声说出了心里话：

"你知道我现在最可惜什么吗？我真遗憾找到的不是真正的

炮弹，然后把它撞到石头上。"妈妈触电一样直起身。

"真是谢谢你了哈？！经过了这件事，难道你还想我们继续留在这里？"

"我已经什么都不想了。"斯拉夫卡无悲无喜。

斯拉夫卡只感到深深的疲惫，就像当初在枪口下一样。一切都是虚空，一切都不再重要。

他开始机械地帮妈妈收拾行李。中间好像回答了薇拉奶奶一句什么，也许是说会给她写信吧。

奶奶对妈妈说：

"小斯拉夫卡为什么也要走啊？你看他都适应这里了……"

"您觉得他会丢下我一个人吗？"妈妈这么回答。斯拉夫卡从桌上拿起那本厚厚的《国际旗语》，关于季姆的回忆又一次倾泻而出！难道，都已经要走了，还不跟他和好吗？

"我去找季姆一下……"

妈妈惊恐地直起身：

"别，别去，求你了……"

"可是我应该和他道别啊！难道连这都不行吗？"

"你给他写信吧……斯拉夫卡！到时候可以请他去做客啊！或者明年你回来看他！可现在，千万别去，我害怕。"

"你怕什么？"

"我也不知道自己在怕什么，任何意外，任何其他可能，我现在都恐惧。你看，外面天已经黑了……"

"我要把书还给他啊！"

"他会来找薇拉奶奶取的……"

"好，"斯拉夫卡气愤地说，"那我打个电话总可以吧？电话亭没布雷。"

"那就去吧……我和你一起去。"

真的是够了！连和季姆说说话都不能单独的了！

那好！

斯拉夫卡从作业本上撕下一张纸，拿起笔，翻开了《国际旗语》。

"NC"，他先写下了这两个字母。

就算季姆再生气，就算他决心把斯拉夫卡彻底忘掉，看见这个信号之后，他也一定会把电报读完的。

"季姆，我不想这样，我是被强行带走的！季姆，请你过来哪怕一分钟！求求你了，季姆！我今天晚上就要被带走了！火车！是被迫的……"

"强行——PXI。"

"今晚——FTC。"

"我——SCI。"

"火车——RLK。"

"七号车厢……二十一点半……"

"季姆，你真的会来吗？季姆，这本书里没有'委屈'、'原谅'、'友谊'……这样的词全都没有。但我知道你会懂。你懂的，对吗，季姆帆？"

电话亭里灯光一片昏暗。斯拉夫卡走了进去，妈妈就在敞门那儿等他。

斯拉夫卡拨了号。

"是瓦莲京娜吗？我找一下季姆！"

可他却听到：

"季姆不在，他出门了。"

难道一切还不够吗？！

"他去哪儿了？"

"他和妈妈去熟人那里了。刚从非洲回来的，爸爸托他给我们带了信和礼物。可你知道季姆有多出人意料吗？他一开始居然不想去……斯拉夫卡，也许，你能告诉我，到底发生了什么事？"

"怎么了？"

"他今天特别沮丧，像从墓地回来似的。一言不发，就是走来走去。妈妈都快被他吓死了。"

也就是说，季姆也？……所以，他并不是毫不在乎！

"瓦莲京娜！那熟人家有电话吗？"

"有，但是很遗憾，我不知道号码。"

"那么……那个人叫什么呢？"

"特里亚叔叔……"

"要全名！姓、名、父称！"

"阿纳托利亚·伊万诺维奇·瓦西里耶夫。斯拉夫卡，怎……"

斯拉夫卡马上挂断，拨了"09"。

"这里是服务台……"

"快，请查一下阿纳托利亚·伊万诺维奇·瓦西里耶夫先生的电话号码！"

"请问他的地址？"

"地址……我不知道……"

"没有地址是不能查询的。"——然后是令人厌恶的短"嘟嘟"声。

斯拉夫卡再次拨通季姆家。

"瓦莲京娜，特里亚叔叔家地址是什么？"

"斯拉夫卡，实话说，我真不知道。应该是个新小区，没有街道。要说怎么去，我知道；可要问详细地址，确实不清楚……"

"请记录旗语信号！"

"稍等，斯拉夫卡……好了。"

"十一月（N）、查理（C）。"斯拉夫卡说。

"只两个字符？"瓦莲京娜惊讶不已。

"开头是两个。然后——狐步舞（F）、探戈（T）、查理（C）……"斯拉夫卡看了妈妈一眼。他心里是不希望妈妈感觉委屈、难过的，可现在却偏偏就是有一种报复欲，"如果有不明白的，请你务必查一下，"他听见话筒那头，机器噼里啪啦的声音，"山脉（S）、查理（C）、朱丽叶（D）……爸爸（P）、X射线（X）、印度（I）……罗密欧（R）、利马（L）、公斤（K）……"

"季姆，你一定要来，快点来啊……"斯拉夫卡心里祈求着。

"朱丽叶（D）、十一月（N）、高尔夫（G）……"

"快点来啊……噢天，要是季姆还不知情，他怎么来得了呢？"斯拉夫卡突然想到了这一点……

"瓦莲京娜，他什么时候能回来？"

"妈妈说将近十点能回来。"

好了，这下完了。季姆连去火车站都来不及了。斯拉夫卡连最后一点可能的短暂的安慰都不会有了。他就这样离开了，季姆原不原谅自己也无从知晓。今天的不幸对自己的攻击百发百中，彻彻底底。

"斯拉夫卡！你为什么不说话了？停止传送了吗？"

"哦……不，咱们继续。瓦莲京娜，你只需要替我转达一句……你听得到吗？对他说，我将对他永志不忘……"

永别了，属于我的城

回到家以后，妈妈对他说：

"晚上冷，快换一身。我给你买了新衣服了。"

妈妈把新的上衣和裤子摊开在沙发上。不是校服样式的，而是天鹅绒制的牛仔服，上面还装饰着各种奥林匹克领章、扣子和拉链。这应该是所有男孩子都想得到的那种衣服吧。可斯拉夫卡只是沉默而忧伤地望着……就像已经被判了苦役的罪犯，面对冷漠的监狱仓储保管员丢摔过来的条纹狱服一样……

过一会儿，斯拉夫卡临走所做的一切，都将是最后一次了。

最后一次穿着"风的压榨机"制服站在镜子前。

最后一次在叮当作响的搪瓷洗脸池中洗脸。

最后一次使用这间厨房，还闻得见烟火味和干草苦味。

最后一次回头看自己的小屋：里面有大大的世界地图、桌子上热尼亚的画、丢在沙发上的《国际旗语》……拥抱了哭成泪人的薇拉奶奶……最后一次聆听蟋蟀在温暖的夏夜里悠然鸣叫……

透过出租车的车窗，最后一次望望城市的街景。到处是欢乐幸福的人，没有人懂得此刻斯拉夫卡心里的剧痛……今天是星期六，人行道上就像泛出层层蓝白波浪——数不清的海军制服和宽领子朝自己这离职的失意水手涌来。

出租车驶经"武器"港时，只见探照灯射出的巨大白色光束直刺入黑色星空——它就是这个城市的纪念。

在那方尖碑之后，在黄色石块堆积、遍布山洞岩穴的海角之下，那是斯拉夫卡和季姆最爱的游泳场所。每当他俩对混凝土的城市沙滩、五颜六色的阳伞和四横八竖的躺椅感到腻烦时，就会来这儿。崖下的青波缓缓起伏——这是柔和的海浪；它一会儿冲刷着岩壁，一会儿又轰隆着退回去。在这多石的空旷地，可以清晰地感受到海水的咸湿气。时不时还会爬来横行霸道的螃蟹，背部有着细致的花纹，眼柄上的眼珠黑溜溜的。斯拉夫卡和季姆一点儿都不怕它们……斯拉夫卡从石头上跃入水中——阳光直穿到底，看得见蓬松的海苣；沙底光秃处鱼儿细小的投影斑驳；银亮珠光的贻贝壳残片闪烁……季姆也微笑着从杂草丛生的崖上跳下，朝斯拉夫卡游过来，两人拉着手同游，浅绿的浪花欢快地拍打在季姆身上……即便是在水中，在各种斑斓和光影掩映之下，季姆身上的雀斑还是看得见……而当斯拉夫卡跃出水面，微波将他轻轻托起时，他看到蔚蓝的远方、古老要塞和之上的灯塔、远方海岸的白色街道、小艇、轮船、泊地大船的白帆和巡洋舰瓦灰色的巨大身躯。澄澈的天空中，不知疲倦的海鸥蜷着红红的双脚，一圈一圈在斯拉夫卡和季姆头上盘旋。

而此时的季姆，全身因为阳光和海水而闪烁，站在高高的石崖上，准备再次向自己游过来……

"我不想离开！不愿！不能够！"斯拉夫卡在心里不停地绝望地哀呼。而这却是沉默的呐喊，没有人听得到，连妈妈也不能。

斯拉夫卡直挺挺地坐着，表情似乎很平静。他甚至还回答了妈妈的什么问题，也不自然地苦笑着回应了妈妈开的一个玩笑。

街道迅疾地后退着，他正在越来越远离这个城市……前路却一片虚空……

"哎！我真的情非得已！"

……他帮妈妈把大箱子搬进了车厢，做了一切该做的。礼貌地对同包房的邻居们——一个晒得黝黑的小老头儿、一位秃头的正不慌不忙开窗户的三级船长——一一问好。那位船长弄好窗户之后，饶有兴致地看着斯拉夫卡（也看着妈妈），满怀好意地点了点头：

"你好，年轻人。认识一下吧。我叫费德罗·尼古拉耶维奇。你呢？"

"我叫斯拉瓦。"他回答得不卑不亢，完全是有教养的孩子应有的模样。

"非常荣幸。你们要坐很远吗？"

"我们是来他奶奶这儿做客了，现在回家，回乌拉尔……回故乡。"妈妈赶紧加上后一句。

真是胡说八道！他的故乡明明是这里。这儿是唯一属于他的城市。那里是什么？简直颠沛流离，动不动搬来搬去，关于那个鬼地方斯拉夫卡什么都没记住，也什么都不喜欢……除了波克罗夫卡的湖。他甚至已经忘记自己的出生地、那个彼得罗扎沃茨克的镇子叫什么……

"再过几天我们还要去莫斯科，"妈妈接着说，"斯拉夫卡还一次没去过呢。"

又何必这样说！这世上就是有人丝毫不稀罕去莫斯科啊！况且等长大了，斯拉夫卡会有无数次机会去的。

而又有哪个城市，能弋替这一座？又有谁能代替季姆呢？

火车开动了。车厢被灯照得恍若白昼。斯拉夫卡来到走廊上，这里对着包房，窗子是开着的。他站到暖气的挡板上去，胸膛紧紧贴着窗玻璃的上缘。车外暖暖的空气便轻抚着他的面颊。

火车穿行在夜色下的港湾，这里永存的是巨舰神秘而无穷的生命力。窗外时不时闪过树杈树叶的黑影，一时间遮蔽了眼前的城市；不一会儿零散的点点灯火又重新出现……就是在这里，他熟悉了那么多管道、吊车、停泊塔、瞭望台……远处高高的海岸上还曲曲折折蜿行着灯火通明的街道……斯拉夫卡仿佛看见了自己亲爱的学校……

"连学校的手续都没办，"斯拉夫卡想，"可能妈妈得写信申请了……也可能，今天地已经去过学校了？"

去他的什么手续吧！啊……我的阿尔焦姆卡又会怎么样？被

人讥笑，然后丢到垃圾堆里？或者它会被季姆找到，带在身边？

从前，最艰难的时刻还有阿尔焦姆卡陪着他。现在，连它都不在了。再没有人，也没有任何事物。

火车钻入隧道，猛力向上攀爬，而亲爱的城市还在绵延。火车又向下行驶时，很像飞机降落的场景……

"斯拉夫卡，帮我铺一下床吧。"妈妈招呼他。

"你等一会儿！"斯拉夫卡豹子一般地说，"让我最后再看一眼！"

妈妈不再喊他了。

黑色树影和绵延的栅栏还在跃动着，火车却渐渐慢下了脚步，最终停了下来。斯拉夫卡看到一座有黄色窗子的白色小屋，上面挂着大大的牌子：

> **黑溪站**

看来还是没有完全出城。站台的后方，颤抖的树杈和蜿蜒的光影背面，在很远很远的地方，港岸的那边，便是心爱的"风的压榨机"和小而灵活的"毛克利"号在浮标旁安宁打盹的基地。

远吗？其实足有千里之外！因为那里已经不属于他斯拉夫卡了。因为明天一切都将消失不见——翻腾的海面、栗树间喧闹温暖的风、空气中海的味道。即将到来的是阴冷的雪、黑色的树、毫无乐趣的日子……

"各位乘客请注意！23号列车即将开动。停车四分钟。请注意发车铃……"

"真是太闷热啦！是吧？"秃头的费德罗·尼古拉耶维奇站在了他旁边。

他过来干吗？为什么在最痛心的时刻，不是最需要的人在自己身边？

为什么季姆偏偏就不在家？要是他在，他一定会来的！他会来追火车的！他会远远地就大喊：

"斯拉夫卡！"

"季姆！你终于来了！季姆，你别怪我，我真的不想……"

"不用再提那些了。斯拉夫卡……"

"季姆，我真的不想走！我是无辜的！季姆，我们仍然是……咱们依然像从前的歃血之盟，对吗？"

"当然，斯拉夫卡！直到永远！"

"季姆，我会给你写信的！"

"你一定要写啊！斯拉夫卡，我也会写的！你听得见吗，斯拉夫卡？听得见吗，斯拉夫卡？！"

"你一定听得见的。斯拉夫卡？！斯拉夫卡！"……

"斯拉夫卡——"突然！竟然真的传来季姆喊他的声音！

他马上疯也似的冲向门口，情急之下把那位三级船长和女列车员都带倒了……

季姆帆的四段人生

对于普通教育学校第二十中学五年级二班的学生季姆来说，他十一年零三个半月的生命可以分为四个时期。

第一个时期最长，也最平凡。幼儿园生活，然后是三年的小学生活，在这个时期他体验的是所有普通人在生命最初十年间都会有的喜怒哀乐。

第二个时期，是从爸爸的兄弟萨沙叔叔把他放在竞赛艇甲板上，把粗大的卡普伦缆绳放在他手中的那一刻开始的。

"小水手，拿稳喽！"

这是沉浸在帆船梦中的时期。

第三个时期，是最后一个月，九月。从斯拉夫卡出现那天开始。也许每个人都曾有过这种体验：众多熟人、同学之间，唯独那一个人对你来说成为世间唯一，那么你就开启了一段新的人生。

季姆开心地睡着，又开心地醒来，只是因为，有斯拉夫卡在。每一次都是如此。日日夜夜。等待斯拉夫卡晚上打来的电话，对他来说就是个节日；而每天早上去上学，必定也开心地小跑着去，因为同样让他节日般欣喜——斯拉夫卡在那里啊！

这段生活就终结在了今天。

为什么？

因为他季姆原来是个懦夫。没错！也许他并不一直是这样，可就在那一刻，在斯拉夫卡说出"命令"的那一刻，自己就是个彻彻底底的懦夫——他高兴了。他竟然对"命令"感到庆幸。可当时的自己并不愿意承认，于是难过又委屈地回到了船上，做出不能抵抗命令的样子。

而事实上，是他不能抵抗恐惧。

虽然他丢给斯拉夫卡那么负气的话，可心灵深处却暗藏着欣喜：自己不用拿书包了！可以不用背叛谁，又离那危险的东西远远的……

然而这欣喜并没延续多久。"毛克利"一离岸，季姆看到斯拉夫卡走上荒地，他仿佛被羞愧和恐惧万箭穿心。羞愧是为自己，而恐惧，现在却是为了斯拉夫卡。而他为什么没有赶紧回到岸上，去追斯拉夫卡？他自己也不知道。他已经不再担心自身安危，而仿佛是顺着惯性就把船开回了基地。但系缆的一瞬，又像被击中一般，迅速赶往斯拉夫卡要去的地方——悬崖。他跳上开往卡恰叶夫卡的公交车，然后跑过了一片柏树林，经过一块堆积很多带刺铁丝残断的大坑……

斯拉夫卡不在悬崖。但他也不可能去到更远了——毕竟他是步行。去接他？可到哪儿接呢？根本捏不准他是走的哪条路线啊。

季姆坐在混凝土武器槽的边缘等待着。他每分每秒都心惊胆战，怕万一突然听到"轰隆"一声炸弹巨响……也许没有什么比这般无助的恐惧更加折磨……

最终他没有听到爆炸声，但斯拉夫卡也一直没出现。时间仿佛静止了许久许久（他也搞不明白，为什么天一直没有黑），他跑向公交车站，回到了基地。

他坐在基地大门，时间仿佛再度静止。

终于，他远远望见了斯拉夫卡：还是像去岸边时一样……

没有语言能形容季姆此时心里翻腾的狂喜！但这种情感才刚出现，就马上消退了：他再度想起自己的行为——斯拉夫卡命令他回去时，那耻辱的暗自庆幸。他明白了，自己与斯拉夫卡真的不一样。斯拉夫卡毫不动摇坚持到了最后，而自己，却丢下了他。

没错，丢下了他！应该遭受万人唾弃，然后给予惩罚。自己当时明明应该说的是："咱俩轮流来，换着拿。一个人拿时，另一个就离得远远的，这样就算出事，也不至于同归于尽……"

"我当时怎么就没想到！"季姆在心里责骂自己。

而斯拉夫卡呢？也许他是想到了的，却没有说。源于高尚！指挥员的气节！

如果当时他没有强加给自己所谓的"命令"，也许一切都会不一样。我也不用做懦夫了！也不会感到如此的耻辱，羞愧到像牙疼时一样要叫出来。他俩就会肩并肩走到终点。

但斯拉夫卡并不想那样。他心疼季姆。自己却没心疼斯拉夫卡，把他丢下了！丢下他一个人！徒留自己受着懦夫之心的折磨。可他斯拉夫卡有什么权利这样置我于不义，把我变成了一个卑鄙小人？

所以当斯拉夫卡走过来，他心里的委屈还是发酵着，最后变成堵塞住喉咙的小球……然后他就对斯拉夫卡说出了那样的话……

就这样，他进入了第四个时期的生活。没有斯拉夫卡的生活。

很快地，甚至可以从他回家的路上算起，他就明白，这日子比死了都难过。

一开始季姆还劝自己说："是斯拉夫卡的错，他事情做得不厚道！"但这种想法并不能让他心安理得。首先，不论如何，斯拉夫卡的决定无可指摘，而且，他完全没有怀疑自己在危险时刻懦弱了！他只不过是想保护季姆，不让自己冒风险。

其次，不论斯拉夫卡是否有错，自己已经不能没有他了，所以又有什么分别？况且，也许自己犯的错，比斯拉夫卡要严重得多呢？

哪怕是有万分之一的机会，能让斯拉夫卡忘记那句下流的"比敌人还可怕"，该有多好！也许就不会是现在的结果……

也许真的有机会？斯拉夫卡虽然清高，却也十分善良。如果对他坦承自己今天对危险的恐惧、愚蠢的想法、荒谬的委屈，也许他会理解的？

毕竟，他总不会嘲笑我，像揶揄我当时害怕钻进"土星"号时一样……

但那时，虽然害怕，还是铁了心钻进去了。可今天，是懦弱到底了。

不，谁知道呢？如果今天不是斯拉夫卡非要用命令压我，也许我就勇敢地去了？

或许，斯拉夫卡明天早晨就会对我说："别提这个了，季姆帆，也别再委屈啦……"

他，真的会这样说吗？自己已经对他说了那样的话……

不行，必须现在去把一切讲清楚，就现在，立刻、马上……或者，还是不要现在了吧？也许明天会更好一点，先冷静冷静，找到最令人信服、最适当的词汇……

真的要折磨到明天吗？

虽然折磨，也许结具会更好，到时候斯拉夫卡也许就过了气头呀，对吧？

这些想法撕咬着季姆，他人在路上、在熟人家里，心却得不到安生。这位熟人前阵子刚在加那利岛和爸爸碰面，跟爸爸妈妈都是老交情，可以说是看着季姆长大的。他问：

"季姆，是什么在撕扯你年轻的心？"

妈妈说：

"他今天不知是怎么了，失魂落魄的，问也问不出来是什么情况。"

"没怎么。我没事儿。"季姆只是这样回答。

他不会知道，此时，瓦莲京娜正在盯着一张打印出来的纸若有所思。她对在她家待到很晚的杰尼斯说：

"肯定有什么地方不对。我有种感觉，咱们现在必须行动，出发去城市的另一头儿……"

两人花了四十多分钟，终于到了。爸爸的熟人把他俩迎进屋。

"快看看咱们令人惊喜的来客。"瓦莲京娜直接把那张纸递给了季姆：

"斯拉夫卡给你的。"

杰尼斯腋下夹着那本第二卷的《国际旗语》，以便季姆查阅。

从这一刻起，季姆第四个时期的生活坍塌了，开始天旋地转，就像失掉了针摆的座钟，齿轮还在全速运转，而分针以自行车辐条的速率旋转……

"NC"两个字符就像把枪，直射进季姆的眼中。他赶紧开始解码。用了多久呢？大概两分钟吧，季姆也不清楚。但他记得分明的是：读到车号时，墙上的电子钟已经显示 21：07。

他直冲到大门，最后对妈妈喊了一句：

"斯拉夫卡要走了，我去火车站！"

三秒后他已经奔到了大街上……

他说"火车站"只是为了尽量简洁而已。其实他知道，要赶到那儿已经来不及了，唯一可能见到斯拉夫卡最后一面的机会就是去黑溪站截他。离开动还有二十三分钟。火车要钻隧道、经港湾、爬坡和往下行，大概需要跟这个差不多的时间。小艇到黑溪站大概要走四十分钟。问题是现在怎样到码头呢？

季姆冲到路边。

马路横七竖八地穿过新区，时不时会有小汽车穿梭其中。季姆毫不犹豫放掉了三辆，它们分别是两辆傲气的"莫斯科人"小轿车和一辆满客的出租车。这时一辆出租车经过，透过窗子可以看见里面坐着一个戴金色条纹袖章的司机。季姆马上挥动双臂。他相信，自己橙色的衣袖在车头灯的照射下会格外显眼。

季姆没有想错。车子又走了大概二十米就停了下来。

"嘿！小伙子！怎么了？"

没时间编故事，也没必要。

"司机师傅，我要去黑溪火车站！我有朋友马上要走了！"

"那怎么行，我不是去那儿的！"

"我知道，那我只到码头，小艇码头，成吗？"

"你家里人会找你的吧……"

"家里人知道，我用少先队员名誉担保！"

"直接去武器港就好。"穿着海军制服的少年对司机说，"没事，不拐大弯的！"

车子疾驰到了混凝土码头前方的拱门。

"祝你好运，小伙子！"

季姆冲过去买票。

可他白费这么多周章了。司机白这么卖力开车了。全都白费了……

售票厅小窗子紧闭，上面贴着一张纸，是稀松平常却又冷酷异常的一句：

大港客艇运营时间

23:00 关闭

季姆把这句读了好几遍。他还是失神地把手伸到口袋里，想找出买票的钱来。

"连买票的钱也一分没有……"

刚才跑的时候就感觉有东西在口袋里晃荡，现在一看，原来是钥匙。钥匙扣上挂的两枚，分别是家里的和"毛克利"号的钥匙。季姆沮丧地把它们捏在手心。

但下一秒，季姆就突然想到——钥匙，代表着希望。

虽然有些冒险，像当初在"土星"号上一样……但斯拉夫卡可要走了！

沿着林荫道，穿过欢乐人群和耀眼的路灯，季姆奔向了海军上将码头。

这次很幸运！木质盖板附近一艘豪华游艇在微波中晃动。有位衣着华丽的年轻军官正从码头往甲板上走。

"大尉同志！请等一下！大尉同志！我急需去北岸，可是泊地关闭了！我和妈妈走丢了！"现在已经不能说实话了。

军官回头了，眼里满是愉快的神色，露出一口白牙：

"你喊什么呢？"

"我急需去北岸，可船都没有了！"

"我们不去那儿，我们往巡洋舰方向开。"

"只要两分钟！求您了！"

"这样是不允许的。"

季姆大哭起来。他为自己的无能为力而痛苦，也实在想念斯拉夫卡。

"你干吗哭得跟个泪人儿似的？想把雀斑冲刷掉么？"

"家里人肯定急死了……"季姆撒谎，脑子里还是斯拉夫卡。

"你上哪儿去了？午饭时候就提醒过了，泊地要关的。"

"我去同学家玩了……"

"克诺普欣，上一边儿去！……哈，那就让你妈去你玩的地方揍你一顿吧。难道她也全身雀斑么？"

罢了，现在不是生气的时候！只要能快点到，怎样都行！

游艇开动起来，掀起阵阵浪花。坐落着方尖碑的北岸越来越近、越来越近，最后终于抵达。

石铺的圆形小路由栈桥通往设有人行道和公交车站的大路。其实可以走楼梯，但小路更近些……暑热的晚风结实地冲击着季姆，又把他的衬衫鼓起来，最后原本也在腰带下的下缘全都露了出来。季姆抓住路边灌木，手掌却被小刺恶作剧般刺破了。不管了，都去他的吧！只要能来得及！

站牌处的公交车上，方形窗透出束束灯光。

"等一下！"

门却"哐"地关上了，灯光也随之熄灭；就像在眨着眼取笑他："没钱就别想上来！"

下趟车，要半小时之后才能来。照这样火车早就走了。

路口处突然闪起一阵乱打的车头灯束。季姆刚一看见，马上跳到路中间，高高扬起双臂。

盖着帆布的货车愤怒地高鸣起来，就像全速奔跑的猛犸被突然叫停。司机穿着蓝色的宵服、带着挂星的贝雷帽，猛地把车门推开了：

"干什么，不要命了？！"

"司机同志！我急需去柏树林站！是顺路，到大门就成！"

"你傻吗？这是军车"

"司机同志！我朋友马上就要走了，我真的来不及了！"

"立刻从马路上离开！"

"我真的要再也见不到他了！"

"我会被你害得关禁闭的！"

"没人会发现我在驾驶室的，我弯着身！同志……"

"每天晚上都能碰上你这样的！咳！赶紧上车！"

车里是刺鼻的汽油味儿。

"他朋友要走啦……"水手唠唠叨叨地埋怨，"真是好命呢，朋友……"

所有最有力的能量——不是马能有的，而一定应当是野牛那种——全灌注在发动机中。货车在黑暗中疾驰，简直是火箭一样。不经意间前面闪烁起公交车的红色信号灯，只几秒钟，公交车就被远远落在了后面。郊区的黄色小窗终于出现，伴随着的还有迎面而来的火车的灯光。

"喏，你到地方了。赶紧下去吧！代我问个好！"

"谢谢！"

白色的栅栏，绿色的大门……"风的压榨机"入口的灯还亮着，而谢尼亚叔叔的窗子是黑着的。季姆在心里默默祈求："亲爱的谢尼亚叔叔，你可一定要睡着了啊，睡得越香越好。求您了！千万别被吵醒！真好，多亏您那么早就睡了！"

但季姆总归不会硬闯。他趟水绕过栅栏，连凉鞋都没有脱。

短而急的浪花拍着他的腿，短裤都溅湿了；随后被风干，盐化变硬的质地磨得皮肤特别难受。但现在已经顾不得了。衬衫下摆也湿了，季姆赶紧把两个衣角在肚子上系成了个结。

终于，"毛克利"号出现在了眼前。它面对着季姆微微摇晃，像在用发亮的桅杆开心地对他点头示意。

幸亏季姆和斯拉夫卡没把帆收到柜床里去，而是放在了尾舱——一个带严实小门的尾部隔舱里！速度要快！可吊索的黄色绳扣却怎么也抓不住，一个劲儿在风里摆来摆去。哎，蠢货！别闹了，不是开玩笑的时候！

终于，主帆的滑动板沿着桅杆的细轨艰难地剐蹭着升了起来，同时却发出了巨大的噪音。这声音太响了，恨不得把北岸所有人都吵醒似的！

要快！季姆操起舵柄，放下了滑动龙骨——木制的可以移动的龙骨；用肚子抵着前端甲板，奋力把锁解开；然后捡起主缭。

开进！

还好此时不是逆风，而是侧风，可以走横风航向；虽然会容易倾斜，但速度要比迎风快多了。

一出码头，浪马上打了过来，风也阵阵紧逼，"毛克利"号险些歪倒。季姆用双腿钩住皮带，身子用力往外挣。一手抓着舵柄，一手还要拉着缭绳。我亲爱的"毛克利"啊，请你务必坚持住！

季姆从没在这样的大风里独自行船和掌舵过。幸亏他没有把三角帆升起来——两个帆他自己完全架不住，一个帆又容易造成船身不稳，甚至倾到水里去。好险！一个不小心他又差点跌到浪里去。

季姆越来越感到害怕。一个人身处翻腾的黑浪，只站在一块单薄的胶合板上，还带着这么难以掌控的、乖戾的帆。雪上加霜的是，他突然想到——自己没穿救生衣。不过他能到哪儿去找救生衣呢？全都锁在柜床里了。

若"毛克利"号真的倾覆了，他是无力在这样的大风大浪里把它正过来的。

所以就只能在浪里这样漂着，等着海水把他和船冲到岸边去。可什么时候才能到呢？会被冲到哪里去？最重要的是，这样一耽误，斯拉夫卡就会在万水千山之外了！

"不，不可以！斯拉夫卡，我会加油的！我要加快再加快！哪怕用尽全力……斯拉夫卡……"

绝不能再畏畏缩缩了。难道今天因为怯懦而造成的不幸还不够多吗？也许，如果没有那场吵架，斯拉夫卡就不会离开；也许，他就会宁死不走，如果当时他知道季姆永远不会抛弃他的话！

是不是还有可能劝他回心转意？也许真的会发生奇迹呢？

港湾边缘晃动着油亮的黄色灯影。前方道岔上，黑溪站的轮廓逐渐显现了出来，蓝色的灯光忽明忽暗。其实已经很近了。那火车呢？也许，已经出了最近的隧道了吧？

但季姆一定来得及！岸和岸之间不过半英里，快的话就是六七分钟的行程。只要"毛克利"号不故意捉弄自己就成！

这时探照灯幽蓝的灯光在桅杆附近一阵乱晃，最后落在了船帆上。

"Ц—7号船！ Ц—7号船！请立刻返航！谁允许夜航的？Ц—7号船，泊地已经关闭！"船喇叭筒里突然尖声响起。

这是哪儿来的？巡逻船吗？海岸站台？或者是灯塔？

风比之前更紧地打压着船帆，在季姆看来，这简直是那束探照灯光干的好事。在这样的压力之下船又快倾到一边去了。但季姆既没有放开主缭，也没有放下船帆。因为他根本不可能在这个时刻减速！

他用上全身的劲往逆风方向发力。"毛克利"号也随之猛地一下正了过来。风把船帆下摆的水都甩了个干净。

"Ц—7号船！……"

季姆明白，自己在"风的压榨机"的生涯就此结束。一个孩子在没有任何驾驶证明、没戴任何救生工具就擅自夜间出海，这是绝对不被允许的。但即便是这样，对季姆来说也不重要了。远处已经出现了一连串火车灯影。

"Ц—7号船！……"

"毛克利"号驶到了一艘大型运木船的阴影下面。这应该是"巴赫奇萨拉伊"号。它的船尾高耸着，离岸非常近。

探照灯光又晃了几下之后就完全看不见了。

没过多久，突然"轰"的一声之后，"毛克利"号向上抬了一下就停住了。原来是季姆忘了把滑动龙骨捡起来，它结结实实地一头扎进了沙底；上缘把龙骨井的前墙打断了，海水霎时涌了进来。

季姆拔出滑动龙骨，放下帆，跳出了船舷；抓起链子，奋力把"毛克利"号往岸上拉。船底剐蹭着沙滩，发出簌簌的声响。但海浪还摇晃着、冲撞着船，要是就这么放下了，船准会瞬间被卷走。必须把它拉到岸上来。季姆用尽全身的力气拽链子。一定要尽可能快！火车马上到站了啊！

"毛克利"号的大半船身已经在沙滩上了。季姆像困境囚徒一般，最后又奋力拉了一次……然后直接仰头栽倒在满是硬草和小贝壳的地上。链扣从船舷横板上脱落了，而链子还攥在季姆手中。

季姆瞬间又跳了起来。链子还叮当响着，他就直接冲进了车站，又跑上了站台。火车此时正在减速停车。

七车厢在哪儿？

季姆沿着月台狂奔，链子磕响在石板上。

"斯拉夫卡，你在哪儿？！斯拉夫卡！"

不可抗力

斯拉夫卡直接从最高一级阶梯上跳了下来，正好落在季姆面前。两人都紧紧抓住了对方肩膀。

"斯拉夫卡……"季姆说得气喘吁吁，刚刚跑得实在太急了。

而斯拉夫卡什么都没有说。既然季姆已经来了，还有什么可说的。他也喘着粗气，眼睛就直直看进季姆心里。此时此刻，无论发生了什么，两人都是幸福的。很快，斯拉夫卡注意到季姆全身都湿透了。

"你从哪儿赶过来的？这是在船上溅湿的吗？"

季姆知道，绝不能说起"毛克利"号。若斯拉夫卡还是走了，路上一定会为自己担心、饱受折磨的。季姆只是说：

"但我还是赶上了！你为什么要走？斯拉夫卡，是因为我吗？"

"说什么呢！季姆，不是我的原因，是我妈妈……"

"因为炮弹的事吗？"

"不是的，季姆。是因为……因为那个，因为那个人。我和你说起过的。"

妈妈此时出现在过道上。

"斯拉夫卡，怎么回事？……哦天啊，季姆……你从哪儿来的？"

季姆向她招手致意。

"斯拉夫卡，"季姆热切地小声哀求，"别走。"

"季姆，"妈妈说，"你是怎么过来的？你怎么回家呢？"

"坐船。这都没什么！……斯拉夫卡……"

"孩子们，你们只有三分钟了。天啊，别离踏板太远！"

妈妈身后又出现了女列车员，她好像在训斥着什么。

斯拉夫卡怒气冲冲地回过头，对妈妈，也是对女列车员，更是对世上所有人，喊了一句：

"那就给我们哪怕三分钟的清净吧！"

"斯拉夫卡，别走……"季姆又哀求。

"季姆，我做不到……"

"坚决反对啊，或是逃跑……"

"那妈妈呢？她怎么办？她说过，不能没有我。"

"斯拉夫卡……她可以的，她是大人！"

"不，她说过的，不能……我愿意做一切！我甚至愿意下地狱！可是……我怎么能……最后，难道我能抛下她吗？"

"那，那就让她也别走！……我去和她说！"

斯拉夫卡紧闭嘴唇，摇了摇头，该怎么对季姆解释呢？

"季姆，真不是我的原因……这是……这也是一种命令。尽管你是那么不情愿，还是要去做……季姆，今天你不是也不情愿吗？当我……你是明白的啊……"

"当时我就是个傻瓜，"季姆斩钉截铁地说，"我早该明白，不是所有命令都要服从的！"

"也许吧。只是我真的不可以，季姆。我，没有权利那样做。"

"那如果她同意呢？是不是你就能留下了？"

"季姆，她永远不会允许……"

这些话并不合时宜。他俩现在应该给彼此最美好的话，现在却是在浪费最后的宝贵时间。"季姆，不要忘了我，好吗？其实现在你能来到我面前，已经是一个奇迹了！"

不知不觉间他俩已经离火车有三米多远了。

妈妈又担忧起来：

"斯拉夫卡、季姆……火车马上要开了。"

"等一下，现在还是红灯。"斯拉夫卡坚决地对妈妈说，然后又转向季姆问："你会给我写信吧？"

"斯拉夫卡，我不想说这个！你告诉我，如果你没有能力离开这里，你会可惜吗，会后悔吗？她走她的，而你不能走，你会吗？"

"怎么就不能走？"

"就比如，生病了！腿断了！掉沟里了！被魔鬼抓走了！管他什么！"

"你是说不可抗力？"

"没错！这样错就不在你了！"

让妈妈走，自己留下？斯拉夫卡没有想过。让他和妈妈离开彼此？简直不可想象。可是……这里有亲爱的城市，有大海，有季姆。往前呢？哎，那有什么可想的，有区别吗？

"季姆，这样说都已经没意义了吧……"

"不！有意义！斯拉夫卡，告诉我！那种情况下你会留下吗？"

其实斯拉夫卡自己也不知道。但季姆问得如此绝望！这答案对他是那么重要！并且时间在飞快流逝着……

"孩子，已经是绿灯了！"

"斯拉夫卡！……"

"没错，那样我会留下的。"斯拉夫卡终于回答，"是的，季姆！"

话音刚落，季姆突然拽着斯拉夫卡的手拼命拉了一把，直接把他拖到了水泥灯柱边上；力道太猛了，斯拉夫卡甚至撞到了灯柱背面……

"季姆，你干什么？！"

凭空腾起的铁链短暂地叮当作响后，两端的环扣迅速把斯拉夫卡和灯柱缠在了一起，链上的锁直打得斯拉夫卡肋骨生疼。季姆激动地喘着粗气，猛地把链一拉，紧接着就把锁"咔嗒"一声闭合上了。

斯拉夫卡本能地奋力挣脱，链子却系得特别紧，连深呼吸都做不到。

斯拉夫卡明白了，一下子全明白了！而且明白得要比季姆多。季姆以为，他只是缠住了斯拉夫卡；然而斯拉夫卡却深知，这等于也缠住了妈妈。因为没有斯拉夫卡她是不会走的！

斯拉夫卡还在挣扎，心里却窃喜这链子根本弄不开。妈妈就站在旁边。黄灯亮起的时刻，斯拉夫卡看见妈妈惊恐的眼睛。

"怎么回事？斯拉夫卡！季姆！这是怎么回事？！"

斯拉夫卡脸上疼得直皱眉，心里却是说不出的愉悦，他喊着：

"我完全动不了，这下我走不成了！是吗，妈妈？！你就是杀了我也走不了啊！"

季姆就站在一边，湿透的瘦小身躯上表情是那么失魂落魄。妈妈颤抖着抓起链子，同时看到了那把锁，立刻懂了，直挺着身子。

"季莫费耶夫！"妈妈的口吻是那样严厉冰冷，"把钥匙给我！"

斯拉夫卡却在心里喊："季姆，千万不要给她！"

季姆眯起眼，像在等着她一记耳光；手用力地挥向旁边黑漆漆的灌木丛中。斯拉夫卡瞧见灯下那亮晶晶的小环画成一道弧线……

你是海帆

车轮在平坦的柏油马路上摩擦得沙沙响。汽车很轻松地爬坡又全速下冲，像直接从坡上跌下来似的。这样行路可以给人一种类似失重的快感。暖风强劲地刮进窗子，把斯拉夫卡的头发彻底吹乱，还像是故意要把他弯弯的睫毛拉平一般。

城市的街景徐徐展开，迎面而来，缓缓地流动着。万家灯火也随之荡漾。还有港湾中无数摇晃着的灯影。亲爱的城市回来了。

平稳的车速和安心的舒适让斯拉夫卡昏昏欲睡。刚刚发生的一切恍若隔世，就像别人的故事。似乎还做梦了……是怎样的梦？

钥匙闪了一下就飞远了，妈妈只得又开始拽链子，还对他俩喊着什么，然后突然想起什么似的冲向车厢：

"费德罗·尼古拉耶维奇！船长同志！我的行李！上帝啊，快！我的行李！"

行李箱就从窗口递给妈妈了，然后是包包，然后又是一个大箱子，妈妈提不动，箱子咕咚一声掉在地上，盖子弹开了。季姆赶紧过去帮忙捡起散落一地的包包卷卷、物件和书。妈妈好像气恼地说了些让他滚开的话，但他没在意，还是接着帮忙。他俩身后，黑色的车厢行进得越来越快，带着那黄色的方形小窗，一同远去了。

斯拉夫卡还紧紧地贴在灯柱上。链子结结实实地勒着他的肋骨，可他却静静地笑了起来。

妈妈"啪"地关上箱子盖，和季姆一起把行李拉到被束缚的斯拉夫卡这边来。

妈妈又一次拉起链子，对季姆说：

"现在你给我马上找钥匙。"

季姆听话地要往灌木丛走，而斯拉夫卡，脸上依然带着笑，开口说不用了，直接去翻箱子就行。箱子口袋里面有锁头的另一把钥匙，这条船链的钥匙。这是他和季姆共同的船。

解开链子之后，斯拉夫卡和季姆一起把"毛克利"号拉到了岸上，放置到草丛处，又把船帆绕到了驶风杆上。这期间，妈妈一直在对一位戴着红色制帽的年迈的值班人员语无伦次地说着什么。然后季姆和斯拉夫卡在小而空的候车室坐了很久，妈妈在电话里不知与谁费力地交涉着，大概是想问火车票的事情。灯明晃晃地照着。尽管妈妈的声音在这空旷中被放大了，四下仍然充满宁静的感觉。

一脸阴郁的老值班员过来看了好几次。他用责备的眼神看着季姆和斯拉夫卡。

他俩挨着坐在一起。长椅不知为什么做得特别高，放下腿都够不到地面。季姆把船链就放在满是雀斑的膝盖上，链两头儿耷拉着；他晃腿时，链子的环节也碰得轻响。他时不时咬着下唇，低着头，眼神投向长椅子旁的烟头儿；也偶尔迅速抬起眼看看斯拉夫卡，带着某种奇异的笑容：有疑问，有愧疚，也有倔强。

斯拉夫卡也用同样迅速的眼神回应他。在链子叮叮的响声中，斯拉夫卡双手扶住了季姆的手肘……

也许，这一切都没发生过，是幻觉？车子不断前行着……也许，斯拉夫卡和妈妈刚下飞机，是第一次来到这个城市？

不，是真真切切地发生过！因为季姆，他就在眼前。他在右，妈妈在左，自己在中间……

妈妈石化一般地沉默着。这并不好，却也不可怕。现在一切都无所谓了，因为亲爱的城市失而复得。它用万家灯火、树林的黑影和五彩的灯塔欢迎自己。

街景在车窗外不断后退……

沉默了一路的季姆摇下车窗，小声开了口：

"叶莲娜·尤里耶夫娜，我向您道歉……"

"为什么？"妈妈干巴巴地问。

季姆没做声，坐得直挺挺的，眼睛望着司机后座。司机是个年轻的卷发小伙，那卷曲状倒让人想起柳芭·波塔片科。

"到底为了什么道歉？"妈妈又问了一遍。

"嗯……为……为我的所作所为。"

妈妈冷笑道：

"你知道吗，这样很虚伪。请求别人原谅，却完全没认识到自己的错误……你到底认识到了吗？"

季姆叹气，回答的声音还是那么小：

"不……但毕竟……"

"毕竟什么？"

"您毕竟生气了啊。"

妈妈再次冷笑：

"我看，这对你来说一点都不重要。现在你只关心一件事——以后怎么办。我说得没错吧？"

"没错……"季姆声音小到听不见，"但是，您是不是生气，我也非常……非常在乎。"

斯拉夫卡却在心里偷笑，在他看来这一切都已是鸡毛蒜皮，唯一重要的就是，他们真的回来了。那列火车已经飞驰在相当遥远的夜色下了——里面没有自己，也没有妈妈……

妈妈看一眼季姆，又看了看神色安然的斯拉夫卡，然后再度转向季姆，略带惊异地说：

"最让我不解的是，现在其实我并不生你的气……我承认，一开始，当火车就那么开走了，我真的是气疯了，如果可以，我真想把你狠狠地揍一顿。"

斯拉夫卡皱了下眉，他为妈妈的话感到不自在。但季姆却真诚地、惊讶地说：

"谁会阻拦你呢？我甘愿承受任何事。"

妈妈笑了一下：

"那现在呢？"

"现在什么？"

"现在也依然……愿意承受任何事吗？"

季姆认真地说：

"嗯。除了把斯拉夫卡送走。"

也就是，季姆还是没看明白！他还以为，妈妈有可能再度把斯拉夫卡带走！

季姆完全严肃地重复了一遍：

"您随便怎样对待我都行，除了把他送走……可以吗？求您了……"

妈妈沉默良久。季姆一直等待着。斯拉夫卡也在等，不过他心里没有害怕，只有好奇。

妈妈终于开口：

"季姆，你把我逼到了没有出路的境地。我没有权利去冒险。我想象不到，如果我执意带他走，下次你会做出怎样的事来。万一在隧道里埋雷或找个鱼雷艇袭击火车……或是把我塞到一个变电室，不给我饭吃……"

斯拉夫卡笑了。

"投降了？"他问妈妈。

妈妈却笑不出来：

"差不多吧……"

车子行驶到了亚科尔坡。

"叶莲娜·尤里耶夫娜，我还有个请求……"

"我很好奇。"

"我可以去你们家过夜吗？"

"你怎么，难道还担心我夜里夹着斯拉夫卡逃跑吗？"

"不是的。我和斯拉夫卡有些话需要谈谈……"

"你们还有的是时间。我保证。"

"可我们今天……"

"你家里人会着急的。"

"在您找车的时候，我已经给家里打过电话了。"

"好哇！我看出来了，原来你全都算计好了啊……"季姆因为愧疚而呼吸急促起来。

"那留下吧，"妈妈终于同意，"但是你们不要再聊那么久了，你看斯拉夫卡，累得快睡着了……"

"我不睡，"斯拉夫卡接话，"我们整晚都不想睡了，对不对，季姆？"

"那我不允许，还是让你亲爱的季姆回家吧。"

季姆慌忙补充：

"我已经回不去家了。妈妈和瓦莲京娜去酒店值班了，我房门钥匙刚刚又扔了……和那把钥匙一起……"

　　妈妈说，他们两个，季姆和斯拉夫卡一起，最近真是要把她逼疯了。

　　"走吧。收拾东西下车，恶魔们。"

　　季姆带着那条叮当响的链子下车了。

　　他们把行李卸了下来。斯拉夫卡来到熟悉的、因风干而油漆起皮的小门口。门里透出暖和的旧木板气息。小门上下晃动着稀疏的金合欢形状的影子——那是灯在轻摇。斯拉夫卡拉了拉细绳，屋内便响起了熟悉的门铃声。

　　薇拉奶奶打开门一看，万分惊讶，迷茫地愣在了门槛边。

　　"我们不走了……"妈妈说，"他们不想。"妈妈把"他们"两个字故意加重了。薇拉奶奶蠕动着嘴唇：

　　"我的斯拉夫卡……"

　　斯拉夫卡扑到奶奶怀里，感受着那混合着药味、烟火味和干草苦味的气息……

　　妈妈在斯拉夫卡的小隔间给沙发旁加了一个折叠床。这样一来房间里就几乎没有富余空间了，只剩了一条窄窄的过道。

　　"你们马上睡觉。"妈妈说完就把灯关上了。

　　黑暗袭来，窗外点点灯火微暗，轮胎沙沙地碾过地面，路过的车头灯光偶尔晃过。斯拉夫卡又感觉有点晕车……

　　"斯拉夫卡，听我说一句。"季姆从折叠床上把手伸了过来。

斯拉夫卡明白他的意思，黑暗中摸索着拉住了他的手——小小的，温热的，可靠的。两人安静地手心贴着手心。执子之手，夫复何求？

季姆思忖了一会儿，决定还是说明白，纠结之际把折叠床弄得"吱嘎吱嘎"响：

"斯拉夫卡，我真是个蠢货……我指白天的时候。那时我是因为恐惧才……都是我不好，所以才对你……"

斯拉夫卡直摇头：

"季姆，你是帆……还记得吗，我说过的？你是橙色的帆，是救生船……我以为一切都结束了，结果你竟然出现了……所以，还说什么恐惧不恐惧的傻话……"

一封信

第二天一大清早，斯拉夫卡和季姆就赶到了黑溪站。必须马上把龙骨井修好，然后把船弄回基地。但他们还是来晚了。伊戈尔·鲍里索维奇早已经把"毛克利"号处理完毕。他把桅杆卸下，把船帆也从驶风杆上拆了下来。岸上只剩个小摩托艇了。

伊戈尔·鲍里索维奇看到他俩又出现在眼前一点也不惊奇。他只是皱着眉，阴沉地说：

"从今以后，别踏进基地和船区半径一英里以内的范围。我再也不想见到你们。"

这算什么，他俩早料想到这个结果了。季姆郁闷地甩了甩手上的链子，斯拉夫卡心里也不好受，晃着网兜，里面是一罐红丹和一盒腻子粉，相当重。

两个人都没挪动一步。

伊戈尔·鲍里索维奇扫了他俩一眼。

"有问题么？"

"有，"季姆沮丧地说，"为什么连斯拉夫卡也要惩罚？这全是我一个人犯下的错。"

"要知道，谢米布拉托夫是指挥员。如果指挥员手下的水员闯了祸，追究起来他的责任是最大的。你们走吧。"

"明白了么？"斯拉夫卡有些气恼地对季姆说。他心里想的是，季姆问得真是太可笑了。如果季姆帆不在帆船队了，自己怎么可能还想留下呢！

斯拉夫卡把那罐红丹递了过去。

"那请您把涂料收下吧。"

"为什么？"

"这是我们带来修船的。"

伊戈尔·鲍里索维奇停下了手里的活。他直起身，注视起他们来。

"哎哟，修船……这是个好想法。那以后还是过来吧。先把龙骨井修好，然后再派你们去个什么地方。我看这样还比较公平……你们说是不是呢？"

"很公平。"季姆答道。

他俩一言不发地把船拖到水中，又竖起桅杆和帆；伊戈尔·鲍里索维奇把牵引索一端固定住。正当他躬下身要往里钻时，斯拉夫卡想起了什么，马上喊住他说：

"请等一下！"

斯拉夫卡迅速跑到车站，横穿轨道，在旁边的灌木丛一阵摸索。总共用了三分钟就回来了，然后递给季姆一个亮晶晶的环扣，上面系的正是那两把钥匙。

"噢天！不敢相信……"季姆万分惊喜，"你是怎么找到的？"

"当时我注意了它是怎么飞到草丛里的……记住了它的轨迹。你把它准确无误地扔到刺堆里了。难道是故意的？"

两人相视一笑。尽管情况有些糟糕，他俩还是感觉不错。糟糕的是，他们被赶出了帆船队；不错的是，他俩又能在一起了。这才是最重要的。这一点什么也代替不了。

清晨的世界也是美好的，明亮又炙热。蓝色的水面波光粼粼，黄色的小花在岸边垃圾堆和枯草中绽放，在暖风中起舞。而巨大的巡洋舰在云蒸霞蔚之下好似灰蓝色的擎天立柱……

"咱们还要傻站多久？"伊戈尔·鲍里索维奇说完这一句就

跳上了船，把马达开动了起来。操作失灵的"毛克利"号在拖船发力之下重新充满了活力。

三个人全程没说一句话。直到最后，伊戈尔·鲍里索维奇才问了一句：

"能说说你们到底发生了什么事吗……"

"我们当时倒是想啊，"季姆说，"可您直接就说了'你们走'啊，连问都没问一下……"

"哎，每个人都是自私的啊！你们有问过我什么吗？比如，我是怎么天没亮就爬起来被一通臭骂的？"

斯拉夫卡和季姆有些不知所措地对视了一眼。他俩真的没有想到，自己的领导也被拖累得受了骂。但这确实发生了。就因为他俩。真是无颜以对。伊戈尔·鲍里索维奇不再问，也不再言语了。

因为龙骨井受损，"毛克利"号没走多久就开始进水，但水进得不多。他们很快就会把船靠岸的……

修船的事一直忙活到中午。正当最后一枚木螺钉敲进龙骨井，娜斯嘉突然出现了。她喘着粗气，操着大嗓门打听：

"能不能告诉我，你们到底闯了什么祸啊？"

季姆用探询的眼神望着斯拉夫卡。斯拉夫卡无奈：

"拜托……"

最终他还是一边拿着螺丝刀干活，一边讲述了季姆的"深夜追踪"。

"人都要被带走了，还能怎么办？"季姆板着脸。

"那为什么最后没完成？"

"他赶上了啊！"斯拉夫卡说。

"然后呢？"

斯拉夫卡笑笑："我告诉你——是锁链。绑到柱子上绕三圈，不就锁住了么！"

"净瞎说！我认真问你的，你却……"

斯拉夫卡一听，马上站了起来，把衬衫掀到下巴处。

"难道这不是认真的？"

定睛一看，肚子上和肋骨上确实有红褐色的伤痕。

娜斯嘉惊讶地眨巴几下眼睛，转身离开了。

斯拉夫卡用力地把螺丝刀往板里一挥。

"完工……永别了，'毛克利'。和你在一起的日子真的很美好……"

季姆也说：

"别忘了我们，'毛克利'……也别生我们的气……"他俩抚摸着饱受剥蚀的横板，不舍地回到了屋内。

伊戈尔·鲍里索维奇此时正在办公桌上写着什么，一副傲慢的表情。娜斯嘉不在。

"全弄好了，"季姆说，"能不能给我们些阿利芙油，好把颜料弄掉？"

他的双手双脚和下巴上都已经布满红铅粉渍。斯拉夫卡也蹭得脏兮兮的了。

"看上去是要把阿利芙油用光的架势啊，"伊戈尔·鲍里索维奇看向季姆，"尤其是尔，就算全用光了也还是擦不干净吧。"

"您非常幽默。"斯拉夫卡说。

"其实倒没什么心情高幽默。我正在给港口领导写情况汇报，就是拜你们所赐的这件事。去仓库拿阿利芙油吧……然后就彻底消失好了！……你俩因触犯港口条例和船只使用规范，予以剥夺出海权一个月处罚。有问题吗？"

季姆看向斯拉夫卡，斯拉夫卡也同时看向他；最后斯拉夫卡脸上浮出了笑容——实在忍不住啦！季姆开心得雀斑都发亮了似的。

"甭笑得那么花枝乱颤啦，"伊戈尔·鲍里索维奇发牢骚，"恨不得把你们，连带着一直给你们说情的胖丫头一起赶走呢……"

胶合隔板后面突然传来娜斯嘉愤怒的"男中音"：

"我请求您说话注意用词，基地领导同志！"

季姆兴奋地问：

"那我们能接着像今天这样过来吗？就在岸边干活？"

"两周之内不要这样。在我还没想好之前，你们先不要掺和。"

季姆脚跟并拢，双手垂直：

"是！保证两周后到岗！"

斯拉夫卡看看他，也整理了下衣衫，小声说：

"是！……"

没想到仓库的阿利芙油已经见底了，只够季姆把手和下巴擦干净。

"算啦，那就回家弄吧，"季姆说，"但咱们现在必须先去把阿尔焦姆卡救回来。"

但斯拉夫卡竟然已经忘记了当时的路。草木丛生的胡同、小道、篱笆、荒地……斯拉夫卡彻底混乱了。

季姆取笑他：

"复杂的弧线都能记得一清二楚，路却不记得！难道你是教授吗？"

但斯拉夫卡笑不出来：

"到时候人家一定会问：'昨天为什么不管不顾就跑了？'……"

"因为着急呀，所以跑了。想让柳芭帮自己把书包带回来的。"

"也许，她真拿了也说不定？"

"那咱们现在就去一探究竟。"

终于他俩还是正确地走上了海军步兵那条路，看到了期待中的过道。

年轻的哨兵的帽檐严严实实地卡住眉毛，斯拉夫卡和季姆跟他解释了许久他也没听明白。最后他抓起话筒。

"长官！这儿来了两个……两个满身油漆的孩子，穿的衣服上有锚和袖章；一直问我什么书包什么兔子的……从来也没……噢，原来如此！是！"他转身说了一句"在外面稍等"就走了进去。

斯拉夫卡和季姆只好晃到街上去。结果哨兵马上就出来了。他严肃地告诉他们：

"书包你明天来拿。"

"为什么？"斯拉夫卡感到很惊讶。

"我只传达命令。好了。自由活动！"

"还说什么'自由活动'呢……"走的时候斯拉夫卡用嘲弄的语气说，"完全是个新兵蛋子嘛，竟然用将军的做派发号施令……明天还要折腾一趟这么远来取！哎，刚刚哪怕是问了几点来也好啊！"

"算啦，别理他。明天放学之后过来吧。"季姆安抚道。

"他们扣着阿尔焦姆卡不还！"斯拉夫卡哀叫。其实他心里明白，堂堂海军步兵是不会稀罕个布娃娃的，但他就是被沮丧搞得心里不痛快。

"斯拉夫卡……"

"怎么了？"

"斯拉夫卡，这些都是鸡毛蒜皮啊……"

斯拉夫卡被点醒了——跟昨天相比，这些的确什么都不是。

霎时他心里又充满了愉快：现在他就在这里，在季姆身边！永远永远！

可季姆却又忧虑起来：

"听我说，我又有些怕了……你妈妈不会突然改变主意吧？"

"怎么会！她亲手帮我摆的课本、晾的衣服啊，你不是都看见了嘛。"

季姆笑了一下，却还是迟疑：

"可是你看，链子现在被留在基地了……"

"季姆……如果昨天你手上没有链子呢？那你会怎么办？"

季姆一脸认真地说：

"我还是会成功把你留下的……抱起你就跑，跑得远远的，或是拼死缠住你们……"

昨天一样的夜幕又逼近了。为了驱赶那份不安，斯拉夫卡马上建议：

"去我家吧！把油漆渍好好擦擦，薇拉奶奶那儿有油。"

季姆抱怨说还没等到家呢就要先饿死了。

"那咱们买馅饼吧……"

"那钱从哪儿来呢？"斯拉夫卡问。

季姆可怜巴巴地把零星几个铜板翻得叮叮响：

"我的只够回去的舱票钱。你呢？"

斯拉夫卡把右边的口袋翻了个空。而左边的，早就被平时收集的小贝壳、小石子、小蟹壳磨破了。斯拉夫卡直接把手探到了底。张开的五指就这样从短裤的下缘伸了出来。斯拉夫卡故作高傲地给季姆展示。

"真是个大富豪呀，'季姆笑他，"简直是洛克菲勒呢。"

"洛克菲勒是谁？"斯拉夫卡不解地问，一边说一边抱住季姆，打算把他放倒在栅栏旁的草丛上。

但季姆敏捷地躲开了。于是他俩就笑着闹着互相追赶，满身油漆的腿扑到地上，还吓跑了一只灰色的小蜥蜴……此刻他俩只想驱散所有的担忧。

斯拉夫卡坐在季姆胸膛上，用膝盖压住他的手肘不让他动。

"看我怎么报复你，"斯拉夫卡装腔作势地说，"你刚刚可是取笑了我两次喔，一次说教授一次说大富豪。承认吧？"

"承认！"季姆表示追悔莫及。

"这是为那句'教授'——一下！"斯拉夫卡用食指敲了季姆鼻梁一下。

"一下！"季姆言听计从，眯上了一只眼睛。

"为那句'大富豪'——两下！"

季姆又把另外一只眼睛也眯上了：

"吃人魔！"

"为这句'吃人魔'——三下！"

"好啦，我投降！"从未真正向任何人低过头的季姆说。

斯拉夫卡把他扶起来了。季姆假装埋怨说：

"现在我被你害成残疾啦！"

"你要是走不了路了，我背你啊。"斯拉夫卡信誓旦旦。

走到码头边上时，季姆站住了。他把手伸进口袋一番摸索之后，若有所思地望着斯拉夫卡。

"也许真的是命中注定吧，"季姆痛心地说，"结果我还是把钥匙弄丢了。"

回到家，妈妈安静而温和，她没有责怪斯拉夫卡和季姆在外面玩了许久不回来，而是先给他们做了饭，然后帮着把油漆去干净。最后她说：

"现在离你们老远都能闻到像老煤油炉里出来的味儿。咱们去游个泳吧，把身上的泹好好冲冲！"

斯拉夫卡和季姆都兴奋地叫起来："太棒啦！"

三个人就在城市的浴场玩，妈妈也游得很开心。她穿着红色泳衣的样子，分明是个少女。她还追着斯拉夫卡和季姆游，往他俩身上扬水。她的双肩已经被太阳晒出两道分明的痕迹了。

每当玩得累了，三个人就手拉着手爬上混凝土台阶歇一会儿。

直到他们彻底玩累了，游不动了，妈妈才又恢复安安静静的模样坐在一旁，但不知为何一直看着斯拉夫卡。

斯拉夫卡有些忐忑地走过来问：

"妈妈，怎么了？"

"没什么，斯拉夫卡。我只是非常羡慕你。"

"为什么？"

"因为我从来不曾拥有这么好的朋友，像季姆一样的……哈哈，亏他想得出来，用链子……"

"你真的不生他气了？"

"我喜欢他。"妈妈很坚定地说。然后她站起来说："要不然咱们去看电影吧，怎么样？一部两集的电影，叫'四个火枪手'，虽然据说特别蠢，但是超级搞笑呢！"

所以说，这真的是美好的一天。风也很美好。这一晚，斯拉夫卡是甜甜地睡去的。

第二天的清晨也是美好的，万里无云。妈妈送斯拉夫卡去学校。到达之后，斯拉夫卡站在台阶上，毫不拘谨地亲了妈妈的脸颊一口。这不是很好吗？许多人在分别时都这样做。妈妈抚摸着他的头，柔声说：

"祝你今天顺利喔……"

斯拉夫卡快走到操场时，还跟妈妈挥了挥手……

上第三节课时，窗外突然阴云密布，下起了大雨。这是炎热季节典型的夏雨。雨点噼里啪啦地敲着窗户，在树叶间起舞。

课间休息时走廊里出现了一些被淋湿了的大人，里面有家长，有爷爷奶奶，都是来给孩子们送雨衣或雨伞的。斯拉夫卡瞧见了"小骑士"，他腋下也夹着类似聚乙烯的一卷防雨用品。看来他也是有人关心的呀。

"斯拉夫卡，下面有位婶婶找你，给你送雨衣来了！"

斯拉夫卡马上飞奔到一楼。他完全确信，下楼看到的人一定会是妈妈。但更衣室站着的却是薇拉奶奶。

"给，斯拉夫卡……"她递过来一件蓝色的透明雨衣，"不然就淋湿啦，着凉就不好啦……"

"哎，奶奶您怎么……为什么大老远过来啊，我都不小啦，不用担心我的，看您，走路又不方便……"

薇拉奶奶眼神游移，不敢直视斯拉夫卡，嘴唇微微颤动着。

"奶奶，您是累了吗？"斯拉夫卡心里有些不安。

"是……是这么一回事儿。这有一封信，斯拉夫卡。"

他一开始很惊讶，然后马上开始担心起来；于是赶紧抓过那白色的、没有署名的信封，一下子撕开，展平四方的信纸……

亲爱的宝贝，我的心肝，请你不要生气，也不要伤心。我之前没有透露，是因为不想再流更多的眼泪。你不能走，而我不能留，这件事让我作为一个大人也觉得力不从心……等到那边的事弄清楚，处理好，我一定会回来的。也许很快的。宝贝，不要忧伤，你已经是大人了。其实直到昨天我才明白，你已经长大了，有自己选择的权利……要乖乖听薇拉奶奶的话，多多帮她，她那么好。具体的事情我还会再给你写信说明的。

　　替我向季姆问好。

　　紧紧拥抱你，亲吻你。

　　　　　　　　　　　　　　　　　　　　　　　　妈妈

　　"这……太奇怪了……"斯拉夫卡心里说，"雨还是在下。杰尼斯还是在那里站着。孩子们在奔跑玩耍。一切都跟从前没什么两样……"

　　妈妈走了，按理说应该天都塌了。可现在却是一切如常。而斯拉夫卡自己……就那样一言不发地站着，似乎一点感觉也没有。但他马上想起来，他在某本书里读到过，一个人如果受了足够严重的伤，那么他在一开始是不会感觉到痛的。而后却……

　　其实痛算什么……斯拉夫卡其实已经做好准备承受一切了，除了这样一封信，但它确实来了。斯拉夫卡下意识地把它搁到了窗台上，又读了一遍，然后叠起来，放回信封。一开始把信封塞到了左口袋，后来想起左口袋已经漏了，又挪到右口袋里去。顺手抠了抠台上的油漆皮。这窗台平整、寒凉、宽大。也许，很久之前，多少孩子曾穿着黑色的海军士官生制服，狂热地学习着索具的结节和圆材各部件的名称……噢，脑子里都是一些流动的场景碎片……而杰尼斯还是在那里站着，奶奶也是……

"妈妈坐什么火车走的？"斯拉夫卡低声问。

"坐飞机，斯拉夫卡。一早走的，就是刚送完你上学的时候……"

飞机是无法追赶的。而且，就算是火车，追上了又能怎么样呢？

"好吧，薇拉奶奶，谢谢你。我回去了。你放心，我会挺住的，今天还有六节课，还要开会，我得在学校吃午饭了，你别担心。我走了……"

斯拉夫卡在走廊一步一步走着，雨衣尾巴拖在地上，蹭着粗糙的石板边缘，发出"沙沙"的响声。而他就像要逃开这噪声似的，脚步越来越快……

"哎，你给我忍住！'他对自己说，"没错，一定要忍住！有什么的！绝对不能……哪怕再忍半分钟！"

他穿过旁门，又跑过院子，最后终于到达了车库和栅栏间的小棚子。于是一瞬间，他就在雨里，头靠着潮湿的墙壁，眼泪决堤……

突然有人给他轻轻披上了雨衣。是谁呢？原来是杰尼斯……披上就走开了。然后斯拉夫卡听见杰尼斯怒气冲冲的喊声：

"往哪儿跑呢？不许来这儿！上一边儿去！"

斯拉夫卡回头看过去。"小骑士"和几个同班同学在过道处站成了横队。

斯拉夫卡咽了一下口水，很快又咽了一下，他要努力止住哭泣。

"杰尼斯……"他招呼"小骑士"。

杰尼斯转过身。他的同学们一下子又聚过来，队形都没打乱。

他们身上都裹着花花绿绿的雨衣，看上去就像套着被雨溅脏的玻璃纸袋。但这场景并不可笑，因为他们脸上的表情都是沉静而坚定的；好像随时准备着来守护斯拉夫卡。可能也正是一年级的孩子才最懂此刻斯拉夫卡苦涩的泪水吧。

他们的脸被雨水打湿了，带着一副气愤的模样。

"刚刚有几个打着伞的女生非要过来，我们把她们赶走了。"杰尼斯解释道。

"谢谢……"斯拉夫卡说完没忍住，又抽泣起来。

"你在我们面前不要不好意思，"杰尼斯一本正经，"都是自己人。"

"好，杰尼斯。"斯拉夫卡已经感觉好些了。"小骑士"还建议他：

"你把脸对着雨。雨能冲刷掉一切不开心的东西。"

斯拉夫卡听从了。雨滴打在脸颊上，打在额头上，打在下巴上。但很快雨就停了，仿佛老天爷觉得冲刷了斯拉夫卡之后，任务就完成了。

"已经打过铃了……"杰尼斯小心翼翼地说，"你现在去已经迟到了。"

"迟到就迟到吧。"斯拉夫卡轻描淡写地说。

他没有回校园。现在去是连着两节的体育课，想想都觉得闷。要一个半小时在运动室跳来跳去，太烦了。

斯拉夫卡现在不想见到任何人，包括季姆。也许以后他会对季姆说明一切，但此时此刻他只想一个人。

他去了海边。

雨一停，空气就又焖起来了。叶片上还滚落着雨珠，沥青马路上升腾起一层雾气。任天和海此刻还是阴沉沉的，海滩上空无一人。混凝土台阶处浪涌时而拍过来。

斯拉夫卡把外衣丢到潮湿的简易床上就跳入了水中。

他以为海水会很暖，结果瞬间包裹他的却是意料之外的寒冷。不过这样也好。斯拉夫卡继续游，直抵深处，翻腾在浪里，疯也似的拍着水花。

不一会儿又下起短暂却狂暴的雨。斯拉夫卡浮在水面上，试着张嘴接住从天而降的巨大雨滴。但浪把他推到一边，害得他呛了一口咸咸的海水。

折腾得精疲力尽后，斯拉夫卡游到铁梯处准备爬上岸，但霉运又一次来临。突然起了一股浪，在斯拉夫卡上梯子的时候，正好拍倒他，膝盖狠狠地撞到了梯子表面红色铁锈的突起部分。不管它了！

斯拉夫卡一瘸一拐地走到简易小床旁边。被海水冲刷的膝盖处，伤口开始不住地流血。流就流吧！

他拿起已经浸得湿透的外衣……湿就湿吧！

回学校还早，斯拉夫卡决定回家。薇拉奶奶不在，他在窗框附近某处摸索了几下，找到了钥匙。房间内依然是熟悉的干草味，陈设也丝毫未变。只是角落里衣架下的大行李箱不见了。斯拉夫卡把湿透的鞋子脱下来放在这儿。

在自己房间的桌子上，他看到妈妈真皮腕带的手表。方形的，表盘很大——妈妈一直偏爱男式表。表下面压着一张小纸片，上面写着简单的几个字：

斯拉夫卡，给你的。

悲伤再次袭来。斯拉夫卡顾不得衣裤还湿着，直接坐到了沙发上，背倚着，腿蜷到下巴上抵着。膝盖的血越流越多，斯拉夫卡哭着、抽泣着、颤抖着舔舐伤口。咸咸的，是海水，是眼泪，是血液……也许这就是苦难的滋味。

但是……这也是海的味道。无论在他感到幸福还是痛苦的时刻，海都是咸的。在一切都感觉那么美好的时光里，斯拉夫卡是和着笑声与愉悦咽下这咸味的。比如在与季姆追赶着游泳、在一起开着老朋友"毛克利"号的时候……

斯拉夫卡一想到季姆，仿佛他真的就出现在了眼前。

"不要这样，斯拉夫卡。"季姆对他说。

"你说得轻巧。又不是你妈妈离开了……"

"不是这样的，斯拉夫卡。你是想说，我做错了吗？如果当初不是我把你锁住，你现在已经跟妈妈离开了。"

没错……那样一来他早已经不在这儿了。他应该是躺在卧铺上，看着窗外光秃秃的枝丫。也可能，窗台上已经落下秋天的第一片雪花……海早已遥不可及。季姆也同样在千里之外。还有这座城市……

"季姆，你没有错。是我自己的选择，你只是做了你该做的。"

"那你就不要再哭泣了……"

"我做不到……换了是你，你也会痛哭流涕的。"

"嗯，应该吧……"

"所以你先离开吧。"

"好……斯拉夫卡，我先离开……然后呢？"

"再说吧。"斯拉夫卡闭上眼睛。

斯拉夫卡用熨斗把短裤、上衣和领带弄干，一一穿上，把腰带系上。运动鞋湿透了没法穿，他换上了旧凉鞋。该去学校了。要把数学课上完，去见季姆，然后去营救阿尔焦姆卡……

薇拉奶奶恰好回来了。看见斯拉夫卡，她很惊奇。斯拉夫卡解释说：

"我们课间休息，我把雨衣送回来，省得到时候多拿一样。"

"那万一再下雨怎么办呢？"

斯拉夫卡看看窗外。

"应该是不会再下了。"

因为乌云已经绣上了金边。

……到学校的时候，斯拉夫卡正好赶上课间。但他一出现在院子里就被叶甫盖尼·利沃维奇——年轻的体育老师——逮到了。

"先生，是哪位医生给你开了假条么，所以不来上课喽？"

斯拉夫卡默默地垂下了头。

"沉默不总是金喔。"叶甫盖尼·利沃维奇接着说。

"我妈妈离开我了。"斯拉夫卡哑着嗓子说出口，他已经没有耍小聪明的心力，"她走得太急了，我……"

叶甫盖尼·利沃维奇扶着他的肩膀，轻轻地用力，柔和地说：

"别太伤心了，坚强起来……"

说完就离开了。

如果身边净是善良的人，确实会活得更舒心些。

叶甫盖尼·利沃维奇走了之后，"小骑士"就出现了。他的眼里满是疑问和担忧。

"想不想骑马？"斯拉夫卡问。

杰尼斯马上乐得露齿一笑。他直接把挂着雨衣的书包往旁边一扔，敏捷地蹿到栅栏上，再从那儿爬到斯拉夫卡的背上。

"先来两圈！"斯拉夫卡说。

"太棒啦！"

马儿的步子不疾不徐。

"你为什么一直在这附近晃，怎么不回家呢？"斯拉夫卡问。

"在等我妈啊。她说了要来接我的。"

斯拉夫卡慢了下来。

"所以，你妈妈要过来？"

"对啊！前天她也来接我了。"

"可我的妈妈离开了……"斯拉夫卡说着，脚步更缓了。

杰尼斯小心地问：

"你刚刚就是因为这个哭？"

"对。"

"也就是说……她要离开很久？"

"也许，是永远……"

"怎么可能！"杰尼斯甚至带着怒气掐了斯拉夫卡的肩膀一下，"她一定会回来的！"

"你怎么知道？"

"我就是知道，"杰尼斯无比确信地说，"因为她是妈妈……是妈妈就一定会回来。"

"谢谢你，杰尼斯。"斯拉夫卡在心里感谢他，然后问：

"你看见季姆了吗？"

"看见过一次，当时他在找你，后来就不知道去哪儿了……噢，你看瓦莲京娜来了，咱们问问她吧。"

"瓦莲京娜！"斯拉夫卡喊，"你知不知道季姆在哪儿？"她闻声站住了。

"很遗憾，我知道。他刚刚被两个人带去校长室。那两个人，一个是女民警，另一个好像是海军的人。哎，以我的智商是猜想不出他又犯了什么事的……"

我的天！这算怎么回事？祸不单行！这么说，连伊戈尔·鲍里索维奇也保不了他？……现在大家都会这么说季姆了："他不仅擅自夜航，之前'土星'号的事也是他干的，就是那个塞尔。他可不是初犯啦……"

蓝白的"NC"旗再次在风中飘扬。不能再浪费一分一秒了！斯拉夫卡连杰尼斯都没放下，直接冲了出去——因为这也是需要时间的！

快！穿过了院子，穿过了走廊，穿过了前厅！校长办公室的门是开着的。而季姆真的就坐在那里！

"尤里·安德烈耶维奇，他是无辜的！真的！全都是因为我！……"

城市和船队……

尤里·安德烈耶维奇从位子上站了起来。虽然身材有些发福，动作倒很灵活。他直接走到斯拉夫卡面前。

"首先，对任何未经允许就闯进来的人，噢看看还背着一个，我们都会要求立刻离开的。先去玩吧，瓦西里琴科同学。"尤里·安德烈耶维奇把"小骑士"从斯拉夫卡身上扶下来，把他送到了门外，然后把门虚掩。随后接着对斯拉夫卡说："您真是个奇怪的人啊。只是认罪似的说一句：'都是我的错，他是无辜的，我就这一次犯糊涂，保证再也不犯……'找你们来不是听你们说这些的，而是要严肃认真地讨论问题……坐吧，谢米布拉托夫。就坐在那儿，你朋友的旁边吧。"

季姆坐在墙边的小沙发上，另一头坐着的那位，双手紧张地夹在膝盖间——正是柳芭·波塔片科。办公桌旁的两个扶手椅上坐着的是瓦莲京娜提到的那两位——穿着上尉制服的年轻女警和留着灰白平头的海军中校。

一看到柳芭，斯拉夫卡才猜到了大概，心里安定了许多——看来事情不是冲着季姆来的。更何况，季姆看起来一点也不慌张、不忧愁，他还小声对斯拉夫卡嘀咕了一句：

"看你一下子冲进来……像在参加赛马似的。"

"我还以为你又……"

季姆微微一笑：

"这次不是我，是所有人……"

海军中校转过身看着斯拉夫卡。他脸上的皱纹很深，眼睛却特别明亮澄澈，仿佛是绿玻璃做成的。

"你就是——斯拉瓦·谢米布拉托夫？"他沉着嗓子问道。

斯拉夫卡站了起来。

"很好。我们给你带来了书包。"

说罢，递给斯拉夫卡一卷黄色的包裹。

"打开看看能不能用。"

斯拉夫卡有些不解地接过包裹，拆开细绳，展开包装。里面是一只蓝色的运动包，上面还印着一只欢快勇猛的白色牛犊。

"这只不是我的，"斯拉夫卡马上否认，"我的书包是……"

军官点了点头：

"是，我知道。但是你送到海军部队的东西，最好还是不要从包里拿出来，这是无谓的冒险。万一爆炸了呢。"

"可是……"斯拉夫卡刚说一个词就停住了，没什么可再问的了。他只感觉一瞬间自己似乎又走了一遍那条白炽的小路。他只轻声嘀咕着："可是他明明告诉我说是天然气罐啊……"

"没错，"军官不自然地笑笑，"那是费德罗夫中尉。他觉得你有些惊吓过度，所以决定安抚一下你，就随口说这是个加热用的天然气罐。编的不是很妙……但他完全没想到，侬就这么跑掉了。"

斯拉夫卡弯下腰想捡起地上的细绳。

军官说：

"你坐，还有些事需要谈一下。"

但斯拉夫卡没有坐下，他走到窗边，膝盖抵在冰凉的散热器上，双手撑住窗台。也许在大人和自己说话时这样做是非常没有教养的行为，但此时斯拉夫卡真的不想看到中校的眼睛。

他朝院子里望去。

在那儿，栅栏上坐着杰尼斯的同班同学阿尔图尔·诺维科夫。阿尔图尔一边晃着腿一边吃香蕉，却拿香蕉皮去喂对面一只瘦弱的小灰猫。有趣的是，猎咪竟然没有拒绝，真的把香蕉皮吃了。显然，它应该是缺乏维生素了。

"幸亏萨文拍了照片，"斯拉夫卡心想，"关于阿尔焦姆卡终究还留下了可以念想的东西。"

"斯拉瓦·谢米布拉托夫，你尽可放心，请坐吧。"女民警开口了。

而海军中校说：

"没关系，遇到这种情况连很多成年人神经都承受不了。"

但这时柳芭突然说了第一句话：

"关神经什么事？谜米布拉托夫的书包里有阿尔焦姆卡呢，你说他能不心疼吗？"

"什么阿尔焦姆卡？"女民警吓了一跳。

尤里·安德烈耶维奇马上解释：

"阿尔焦姆卡很棒，是我们学校校报的明星呢，关于这个我随后再细说……算啦，斯拉夫卡，人没事就好，别伤心。"

斯拉夫卡还是没转身，回答说：

"谢谢你们的新书包……请不要告诉我奶奶这件事，她会过于担心的；另外，我会写信告诉妈妈的……"

"写信？"尤里·安德烈耶维奇追问，"难道你妈妈不在这里？"

"她离开了。现在家里只有我和奶奶两个……"

这时季姆站起来，走到斯拉夫卡跟前。但他只是站着，什么都没有说。斯拉夫卡看看他：

"季姆，我可以的。"

然后他俩都转过身，脸朝着办公桌了。女民警看着中校说：

"谢尔盖·德米特里耶维奇，那咱们言归正传吧。"

"好，薇拉·马特维耶夫娜。言归正传……斯拉瓦，首先有一个问题：为什么你要把东西拿到这么远的地方来？"

"是因为没有别的办法了。各种可能我们都想遍了。根本没处把它藏起来，那里的孩子们又会随时回来……他们很冒失……"

"明白了……不过这还是很冒险。难道真的就没别的办法了？"

季姆马上插了一句。一向懂得克制、很有教养的季姆说：

"当然还有别的办法。坐在办公室里不出去。多好，也永远不用冒险了。"

"季莫费耶夫·塞尔！……"尤里·安德烈耶维奇有些尴尬。

"既然是这样，为什么倒有一种谢米布拉托夫做错了事的感觉？"季姆粗鲁地问。

尤里·安德烈耶维奇把手一摊：

"你看你又……"

谢尔盖·德米特里耶维奇脸色有些难看：

"等一下，孩子们……斯拉瓦没有做错，他是好样儿的……"

"为什么只有我？！"斯拉夫卡突然激动起来，"明明是季姆比我先看到炮弹！是他硬从孩子们手中抢过来的！其实是他冒了更大的生命危险！"

"没错，没错，我明白，你们俩都是好样儿的。我这次来，就是专程表达感谢的……"

"那警察局来人又为的是什么事呢？"季姆紧张地问。

"警察局来人是为了保证秩序，季马同学。"薇拉·马特维耶夫娜答道。

"自从'土星'号的事之后，我对警察局的印象就变坏了，可我们确实没做错。但今天的谈话是为了……"

"今天的谈话是为了感谢你们的勇敢，"谢尔盖·德米特里耶维奇接住话茬儿，"而且你们又很聪明。我相信，你们做的是对的……但不是所有人都能像你们这样聪明。如果我们把这件事宣扬开来，恐怕就会有孩子为了逞英雄而做傻事。也许他们会去不该去的地方，就为了寻找炮弹，好表现自己的英勇。这是绝对不该发生的事。"

"又有谁会知道这事呢？"斯拉夫卡说道，"只要让波塔片科能闭嘴就没问题了。"

"关于这一点我已经和她谈过了，"薇拉·马特维耶夫娜说，"我可以替她作保。现在就看你们的了，孩子们。"

"永远别给她作保，"斯拉夫卡报复性地说，"而我和季姆是一定会保守秘密的。对吧，季姆？"

"没错。"季姆答道。

尤里·安德烈耶维奇从座位站了起来。

"谢谢，孩子们。不能够给你们安排什么表彰仪式，实在是抱歉，请不要介意。"

听到这句季姆笑了。

"你笑什么，季莫费？"校长不解。

斯拉夫卡却明白：

"尤里·安德烈耶维奇，他是想起了那次队列大会上你给杰尼斯·瓦西里琴科同学的表彰。"

校长没有生气。

"确实，那次没有考虑周全就举行了仪式。幸亏你们都明白事理……薇拉·马特维耶夫娜，谢尔盖·德米特里耶维奇，还有要跟孩子们说的吗？"

"我还有，"谢尔盖·德米特里耶维奇说，"最好能让男孩子们送我一程。"

他们走出了学校。乌云早已散尽，马路已经完全干了，只有一些低洼不平之处还有小水坑。阶梯旁停着一辆挂着军车牌的"拉夫"，坐在驾驶室的是个穿着笔挺白制服的海兵。

谢尔盖·德米特里耶维奇打开车门：

"上来吧，兜一会儿风，然后送你们到要去的地方。"

斯拉夫卡和季姆钻进了车。谢尔盖·德米特里耶维奇也坐在了同一排，在他俩旁边。车子开动了。斯拉夫卡和季姆把书包放在膝盖上，静静看着包上画的这只野牛。这时谢尔盖·德米特里耶维奇开口了：

"该说的已经差不多都说完了，但我心里还是不平静。希望以后像你们这样的孩子都别再拿生命开玩笑了。就算是个偶然吧。以后要避免这样的事发生。"

"是该尽量。"斯拉夫卡回答得很平静，没有任何讽刺的语气。

包上的野牛很招人喜欢。它在蓝色的漆布上一副蓄势待发、愉快进攻的架势。

谢尔盖·德米特里耶维奇拍拍斯拉夫卡的肩膀。

"说实话，你当时害怕吗？"

斯拉夫卡苦笑：

"如果我说不怕，您相信吗？"

谢尔盖·德米特里耶维奇笑了一下：

"应该不会信。但确实有天不怕地不怕的傻瓜。"

"看来我很聪明呢。'斯拉夫卡说。

"要是这么说来，我该是天才了。"季姆说。

谢尔盖·德米特里耶维奇摘下左手腕上的表，把它放在了白野牛上。这表又大又重，表盘上还有船帆的图案。

"这是我们舰队指挥员送的。孩子们，拿着吧，留个纪念。"

斯拉夫卡看着季姆。季姆微微皱了下眉。

"谢谢您，可我们不能收。"斯拉夫卡说。

"为什么你们俩像一个人似的，这么一致地拒绝？"

"因为这是别人送您的。"季姆答道。

"我们拿着它也没处去炫耀啊，"斯拉夫卡说，"要说表的话，我们俩都已经有了。季姆早就有一块了，而我……我是今天刚有的……妈妈在离开时留下的……"

谢尔盖·德米特里耶维奇没有继续坚持。他把表重新戴回手腕。

"好吧，"他像是在自言自语似的，"那说说你们希望什么吧。"

"希望我的妈妈能回来。"斯拉夫卡若有所思地说，又把眼睛投向小野牛。

"你的袖章是怎么回事？"谢尔盖·德米特里耶维奇问。

"是'风的压榨机'船队的标志，"季姆说明，"但我们现在已经不能在那儿开船了。感觉我俩就像服刑人员似的。"

"这是怎么回事？"

"斯拉夫卡，可以说吗？"

斯拉夫卡点头。说了又能怎样呢？

然后季姆就讲述起来，他可以三言两语就把事情说明白。充其量几句话。斯拉夫卡听着，脑子里想的却是别的：现在妈妈在哪儿呢？是还在飞机上，还是已经到了乌斯季－卡缅斯克？要是能发个电报来该有多好……

"竟然是用链子……"谢尔盖·德米特里耶维奇做思忖状，"真是勇敢无畏的孩子……"

"你是说我们吗？"季姆有些惊讶。

谢尔盖·德米特里耶维奇问：

"你们船队领导姓什么？"

"费多索夫……伊戈尔·鲍里索维奇。"

"知道了……会把你们派到哪儿去呢？"

"也许是海滩吧。"斯拉夫卡不确定。

"不冷吗？"

"没关系的。"季姆说。

"拉夫"全速开到了"武器"港，就在乘客码头附近停了下来。他们下了车。季姆细心地说：

"我早说过，应该搞清楚那些废铁都是从哪儿运到废料堆的，说不定那里还能发现什么新东西呢……"

"会迟开了两天时间，"谢尔盖·德米特里耶维奇说，"还是非常感谢。就此分别吧。但我希望你俩记住三件事……"

"再也不要做出这样的事。"季姆猜到，"是吧？"

"没错。这是第一件……"

"守口如瓶，这是第二件。"斯拉夫卡也猜到了。

"你们什么都知道啊……那么你们知道第三件事吗？"

斯拉夫卡耸耸肩。他并没期待能听到什么新鲜的。谢尔盖·德米特里耶维奇紧紧抱了抱他俩，把他们拢过来。

"我亲爱的孩子们……尽管这是不能说的事情，但你们还是要记住：咱们的城市，咱们的船队，感激你们。"

走到海滩上，季姆问斯拉夫卡：

"她今天走了？"

"嗯。"

"你不知道？"

"不知道。她只留下一封信。"

"斯拉夫卡，我想是我错了。"

"别说傻话了。"斯拉夫卡晃着腿。

"你在哪儿碰伤的？"季姆问。

"就在这儿，游泳时。今天体育课我没上，给自己放假了。"

"斯拉夫卡，如果你不开心，就不要强颜欢笑。这不好过，我知道。"

"我不开心，季姆。咱们游泳吧！"

两人开始脱衣服。

斯拉夫卡说：

"虽然今天妈妈走了，生活却并没崩塌。甚至我觉得这不是真的……"

两人站到了台阶上。

"你要注意，今天的水很凉。"斯拉夫卡提醒。

"好。那就忍一忍。跳吗？"

"好……等一下！季姆！如果我给她发电报说我病了，她就会回来的，对吗？"

季姆没有回答。他似乎不准备回答，因为他都没有看斯拉夫卡一眼。但斯拉夫卡还是读出了他没说出的话——"可这是撒谎……"

"季姆，我只是开个玩笑。"斯拉夫卡说完就跃入了水中。

他并没往哪儿游，只是一直向下，去那满是水草的地方。寒冷只在一瞬间强烈，而很快就失去了威力。水深处一切声音都披上了宁静的色彩。有船马达的工作声，有帆船场的机车声，还有那些管道……都是这座城市、这个船队经久不息的生命之魂……

斯拉夫卡还想起，夜里，也是蟋蟀唱歌的时候。

而季姆又一次跃入水中……

加农广场

时间过去了一周。这期间妈妈刚开始是发电报来，后来是写信来。她在电报里说，自己已经顺利到达；还要斯拉夫卡注意天凉，外出要多穿衣服，要听奶奶的话。

> 薇拉·阿纳托利耶夫娜对你很好，要多多帮她做事。很快我就能给你寄钱。等我能回去看你了，咱们就一起把房子修修。

这些话给了斯拉夫卡希望，他觉得妈妈一定会回来看他的；可到底什么时候，谁也不知道。奶奶的房子看起来很结实，这么说来，怕是要过很久了。

妈妈的信来后第二天，又来了一封完全意料之外的信。

> 臭小子，你好啊！费尽力气可算弄到你的地址了。一开始我只知道旧地址，就回了乌斯季－卡缅斯克，昨天见到了你妈妈。她全都跟我说了。连链子的事都说了。你很棒，季姆也很棒。你在那边要好好的，不用改变自己。你是幸运的……
>
> 我也很幸运。我被"克拉斯诺卡姆斯克"轮船队录取实习了。如果一切顺利，十一月份我就能去你们港了。说好了啊！
>
> 我说得对吧——你一定会成为好舵手的。真棒！
>
> 你的长耳朵朋友阿尔焦姆卡怎么样了？替我向它问好。会不会它已经有个妾纽达啦？

看了这封信，斯拉夫卡悲喜交集。喜的是他终于找到了安纽达，也想起了那段幸福时光。悲的是在安纽达不在的日子里，他经历了多少痛苦……但毕竟好事还是发生了。毕竟，现在斯拉夫卡拥有大海，拥有这座城市，拥有季姆。

南方的秋天也是温暖的。在斯拉夫卡看来，还完全是夏天。水温确实变低了，但他和季姆还是常去游泳。还有两次带着杰尼斯。他倒是不怕水冷，但是并不会游，而且每次教他的时候都尖叫，耳朵实在受不了。

"安静点！"斯拉夫卡最后也忍不住喊，"我抓着你。你安心学，像个有教养的七岁半孩子行吗？"

杰尼斯不敢出声了，还满眼害怕地看着斯拉夫卡，直到斯拉夫卡跟他解释，这只是在逗他而已……

又是一个星期一。上了四节课后杰尼斯来二层找他。

"有个阿姨找你和季姆。很庞大。"

这个庞大的阿姨是娜斯嘉。她问两人：

"休息够了吗？"

"伊戈尔·鲍里索维奇不是说两周的么……"

"但他让我来找你们。"

斯拉夫卡和季姆恨不得扑到基地。

伊戈尔·鲍里索维奇还是老样子，一脸对生活不满意的样子。他正给三个从办公室叫出买的新手打分。看见两人就直接说：

"去收拾船准备出海吧。但要注意，你们之前惊天地泣鬼神的壮举可别让新手们知道，以防他们效仿。我这儿出两位冒险家已经够够儿的了……有问题吗？"

"不！没问题！同志！领导！基地！"两人的回答完全错开了，洪亮的声音倒比他俩先到达码头。

"等一下，"伊戈尔·鲍里索维奇又补充说，"你们要记住，我，在还没开始正常推进船队的工作时，就先受到了上级的斥责，全都因为你俩。所以，下次万一你们再闯出祸来，再多的靠山也帮不了你们了。"

"可是……到底都是什么靠山？"斯拉夫卡强忍住好奇，尽量小心地问。其实他也猜到，这件事如果只靠娜斯嘉说情，分量是不可能够的。

伊戈尔·鲍里索维奇笑了起来：

"难道你们不知道？"

"不知道！"两人异口同声。

"有意思……有一个是从舰队司令部打来的电话，还有一个是个卷发小姑娘，对我一通大喊大叫，就像水手长对新兵那样……还给我带来了个类似标本的东西。哎哟，差点把它给忘了。"

说罢他从写字台小柜里拿出一个奇怪的物件。是杂色的布片缝成的，还翘着两只长耳朵，但绝对不是兔子，不知是微笑的小毛驴还是家兔与猴子的混合体；蓬松的肚子上束着小皮带，扣环还亮晶晶的；而腰带里竟然露出一封粘在里面的信。

斯拉夫卡和季姆展开信纸读了起来：

谢米布拉托夫，送你这个是希望它能代替阿尔焦姆卡，毕竟阿尔焦姆卡不在了。但如果你不喜欢，也大可以扔掉它。这没什么！只是，你肯定想不到，其实我已经注意你很久了。

"肯定是柳芭。"斯拉夫卡嘟囔。

季姆迟疑地看着那个"猴子－家兔混合物"，问他：

"这东西怎么办？要不然你拿着？"

于是他俩真的开始把大耳朵怪物带在身边，但它充当的绝对不是阿尔焦姆卡的角色，因为阿尔焦姆卡根本无可替代。带着只是因为，总不至于把它扔了。还给它起了名字叫"沙斯季克"，因为一开始本来是打算叫乌沙斯季克的，后来觉着不方便就省略了。而且"沙斯季克"更加贴切，它的发音听上去很像淘气又不安稳的游荡少年。这只微笑着的花斑兽陪着他俩一起重新出航，在浪里巡游。但它没有被收在书包里，而是存放在船的尾尖舱中。

他俩去基地越来越勤了，现在斯拉夫卡和季姆不仅开船，还帮忙训练新手。季姆袖子的锚章下又多了帆缆舱的星标。

黄昏返航时，他们总要拐个弯去加农广场一趟。有时这里也会有孩子来玩耍，比如放风筝；若是暮色下，有孩子在石堆间铮铮地追打铁环跑，甚至能看见迸出的火花。这些孩子都是季姆打小的玩伴，所以他们把斯拉夫卡也当老朋友看待。

有时广场又是寂寥空旷的。纪念碑的预想选址处只有鸽子在石间漫步，草叶在风中轻轻地摇晃。每次两人都要在断墙边欣赏一会儿城市。

整个城市在落日余晖中美不胜收。白色的房屋和机船都披了一层橙色的薄纱。海面澄澈而亲和。远处的海岸、黑色轮廓的望台，仿佛都闪着金光。

斯拉夫卡已经能带着彻底的安宁和愉悦来审视这座城市了。它终于永远属于自己了；而且这并不是因为自己的"炮弹历险事件"，就算没有这件事（要是真的从没发生该有多好！），也不会有任何改变——因为他已经打心眼里恋上这里了。

曾几何时，斯拉夫卡以为（他曾经是多么可笑！），自己将在这里度过毫无波折的生活，不会经历任何苦痛。波折和苦痛都经历过了，而城市却更加弥足珍贵。可以说，现在斯拉夫卡的心已被彻底"链"住、上锁，钥匙丢到了深海中……

那一天微风轻拂，所以小舟翩然，两人很快就完成了航程。当天也没有给新手安排训练课。于是斯拉夫卡和季姆走得比平时要早一些。他俩在街上又游荡了一会儿，因为不太想直接回家；到加农广场时，已是夜幕初降。

广场上迎来的是无风的暖意，蟋蟀在不知疲倦地鸣叫。一开始他俩以为这里空无一人，但随后就看见一个穿蓝色上衣的男孩，坐在杂草丛中的老旧铁栅式长椅上，就离断墙不远。他膝盖处夹着一个不知是画册还是练习本夹的东西，用笔在细心地勾画着。

"看，阿韦尔金在那儿。"斯拉夫卡说着，有些发窘地看着季姆。

季姆停下脚步，仿佛被瞬间绊住一样。他刮刮下巴的雀斑，问：

"要不，咱俩过去？"

"你之前不是不愿意……"

"哎，有什么不愿意的……其实没什么缘由。"

"那走吧？"

"嗯。"季姆应着，然后又加上一句，似乎在澄清什么，"总不能这样在一边傻站着，等他发现我们吧。而且我也不想离开……毕竟这是属于咱们的广场。"

斯拉夫卡故作惊讶地大喊一声，以便让热尼亚觉得他和季姆并不是故意要吓他一跳：

"热尼亚！……"

热尼亚抬起了头，喊声惊得他一哆嗦；看清之后他合上了画本，但没站起来，也没有打算走的样子。他只是不自然地笑笑，收起了铅笔，抱住肩，就那样静静地坐着。

季姆和斯拉夫卡缓步走过去。斯拉夫卡问：

"你在这儿做什么呢，热尼亚？"

这问题有些蠢。若按套路来，热尼亚似乎该回答说在割草或者在捕鱼。但热尼亚收起了笑容，咽了下口水，脸色似乎也变苍白了。

"是这样……你不是跟我说过纪念碑的事嘛……说希望我画出来。于是我就……我就试了试。"

他们都没说话。热尼亚弓着身子在长椅上，不停用笔尾在合着的本子上画圈。斯拉夫卡有一种感觉，似乎热尼亚画的是"NC"……

这时季姆从边上绕过去，走近热尼亚，说：

"热尼亚……能给我们看看吗？"

热尼亚的脸红了，他把身子弓到胸膛快要贴到画本上的角度，但马上又直起了身，小声说：

"还没完全画好……只是个草稿……"

"那怎么了！"斯拉夫卡马上说，然后坐到了热尼亚身边；季姆则绕到椅子背面，站在他俩身后。

热尼亚缓缓打开本盖。

灰黄的画纸上画着一片广阔的区域，视阈里包括远方的房屋、石堆、断墙、野草和鸽子。但这些都不是主要的。最突出的是那三个孩子。他们一块儿站在低矮的石墙旁，手拉着手、肩并着肩。

这些孩子画得灵动极了，这正是斯拉夫卡初次来到加农广场时心中想到的样子。尤其是那第三个孩子，领带歪到一边，膝盖上的绷带也移位了，头发也被风吹得微微翘起——脸上表情却没有丝毫阴沉，而是平静又从容。他们三个看上去分别是旧时棱堡来的炮手、海军步兵团十二岁的见习水手和附近学校的顽童这三个形象。他们脸上没有任何戾气，但也没有笑容。

热尼亚小声说：

"我一开始想把他们画得高兴些，觉得，别人笑话就笑话吧……但最终没成功……"

"而且也没必要，"季姆说，"有什么可高兴的……这样正好，你说是吧，斯拉夫卡？"

斯拉夫卡点头。

热尼亚真是个艺术家。他的技艺确实没话说。寥寥几笔画的纪念碑竟看得出来是金属制的，孩子们也像真的一样。斯拉夫卡问：

"你画了多久啊？"

"挺久的……"热尼亚马上承认，嗓音没有起伏，也没抬起头，就这么说了出来，"斯拉夫卡，季姆，可以带我做水手吗？"

话音落后是一片沉默。斯拉夫卡一动没动，季姆也僵住了一般。但必须要给他个答复。可以说："你应该去艺术学校学习才对……"或者说："你要知道，我们的船只能供两人使用……"

但在这样的时刻，更不可虚与委蛇、转移话题。至少，斯拉夫卡不想这样做。而季姆，看来也是一样的态度。更何况，热尼亚毕竟不是要求进帆船队，而只是想与他俩在一起。

斯拉夫卡慢慢转向季姆。季姆垂着眼睛。

热尼亚含混地说：

"我那时真的以为'土星'号的事你不是认真的……我不是因为害怕。"

"那个，就算你害怕，"季姆有些沉郁，"也没什么。想想吧，每个人都有怯懦的时候……何况这是个挺愚蠢的主意，现在我才明白。"

斯拉夫卡再次看向季姆，这次带着惊讶。

"其实我早想过了，"季姆对斯拉夫卡说，"我本就不该那么做。应该让全城都知道这件事。也许这样'土星'号就能得救了。"

热尼亚小声却执拗地说：

"不管怎么说，我都不会害怕的。"

"我知道。"季姆说。

热尼亚欣喜地抬起头。本子从膝盖间滑掉，画着画的纸张都散落到了石头上。三个人马上去捡，结果因为都想抓住，几只手纠缠在了一起。他们看着彼此，笑出声来。

"差点扯碎啦……"斯拉夫卡说，"咱们小心些……"

这时季姆问热尼亚：

"你游泳水平怎么样？"

"说不好……还成。怎么了，季姆？"

"还问'怎么了'呢……那开船水平怎么样啊？"

"噢季姆……我开船很棒！"

"那如果你下次掉水里了，我们可不救喽。"斯拉夫卡打趣说。

玩笑开得一般般，但这有什么关系？热尼亚一瞬间感到了幸福。但他羞于表达此刻自己内心的感受，只是咬了咬嘴唇，默默把画纸捡回来，季姆和斯拉夫卡也跟着他捡。

在打开的画本里有一些别的画。那最上面的一幅……

竟然是"沙斯季克"大大的肖像！

暮色已经越来越浓，但还是看得到热尼亚脸上再度升腾起的红晕。他还没来得及解释什么，就已经察觉出季姆和斯拉夫卡有多惊讶了。

"这是我给波塔片科画的，"他说得很含混，"她求我画个兔子，让她可以照着缝出来和阿尔焦姆卡一样的。但我不想那样，我觉得，为什么要一模一样呢？于是我就加了些自己的构思……"

"热尼亚！也就是说，柳芭全告诉你了？"

"她可是保证过绝对不跟别人讲的。"季姆补充。

"她是更早之前说的，是星期天晚上。她早就全知道了……朋友们，我告诫过她务必要守口如瓶，结果我自己却……"

"嗯，没错，星期一晚上的时候，热尼亚还是一副完全不知情的样子。"斯拉夫卡心想。

"那就好，没事的。"季姆说。

确实很好。因为再也不用瞒着热尼亚什么了。

他们把画纸都收到了画本中，一起坐下了。沉默了一阵之后，热尼亚问：

"那这个……她缝出来的东西，叫什么？"

"沙斯季克。"斯拉夫卡答道。

"那它和你俩一起出航吗？"

"一起。明天你就能看到了。"季姆告诉他。

"我还没见到过真的呢，"热尼亚说，"她缝完之后都没给我看一下。"

"可怪了，这个柳芭……"斯拉夫卡说，"我对她说'谢谢你送我的小怪物'，她却气呼呼地答了一句'不……用……谢'！然后再也不理我了，还云找萨文吵架。"

"每个人都有自己的脾气吧。"季姆很理智地说。

天色更暗了。突然从海舰传来婉转起伏又略带伤感的号声。这表示，最上游处的太阳也已经落山了，整个港湾从这一刻起亮起灯。随后是鼓声，四三拍的。斯拉夫卡从口袋里翻出妈妈送的表，戴在了左手上。尽管夜色深沉，他还是看清了表盘和指针。还差十五分钟就七点了。表盘旁，手上那个小黑点——铅笔尖断掉的痕迹还在。这是季姆留下的、与他一样的痣。斯拉夫卡弯起手指，像是在温暖一只落在手心里的美丽的蝴蝶……

从不远处万家灯火的巷子里跑来四个男孩。他们在夜色下看到长椅这儿有人，就走近来一看究竟。

"是季姆！小伙伴们，是季姆又来了！还有斯拉夫卡！"

"而这个是热尼亚。"季姆说。

"我们打火花玩吗？"

"有工具吗？"

"这儿呢。"一个小男孩递给他一块有缺口的铁料。

"像是块弹片。"热尼亚说。

斯拉夫卡拿在手里掂量了一下:

"挺有分量。好用吗?"

"特别好用!咱们试试?"

"你们去那边,"季姆说,"我们仨在这边。"

于是孩子们就在离他们大概二十米的地方站成了稀稀拉拉的一排。

斯拉夫卡弯下腰,打了一下弹片,就像打水漂一样,好"把饼烙熟"。斯拉夫卡很会把握反弹的火候。真是化腐朽为神奇,曾经能置人于死地的铁块现在已全然无害,嗡嗡响着在地上飞驰起来,在石头上迸出亮闪闪的火花。

1979 年

图书在版编目（CIP）数据

加农广场三兄弟 /（俄罗斯）弗拉基斯拉夫·彼德洛维奇·克拉皮温著；
石娇译. — 北京：中国国际广播出版社，2016.10
（中俄文学互译出版项目·俄罗斯文库. 少年文学丛书）
ISBN 978-7-5078-3871-8

Ⅰ.①加… Ⅱ.①弗…②石… Ⅲ.①儿童小说—短篇小说—小说集—俄罗斯—现代
Ⅳ.①I512.84

中国版本图书馆CIP数据核字（2016）第187186号

Трое с площади Карронад
Copyright ©Владислав Крапивин
Simplified Chinese Translation Copyright © 2016 by China International Radio Press
All rights reserved.

《中俄文学互译出版项目·俄罗斯文库》由中国国家新闻出版广电总局和俄罗斯
出版与大众传媒署批准，中国文字著作权协会和俄罗斯翻译学院负责组织实施。

加农广场三兄弟

出 品 人	宇 清
策 划	王钦仁
统 筹	张娟平 祝 晔 李 卉
著 者	［俄］弗拉基斯拉夫·克拉皮温
译 者	石 娇
责任编辑	杜春梅
版式设计	国广设计室
责任校对	徐秀英

出版发行	中国国际广播出版社 ［010-83139469　010-83139489（传真）］
社 址	北京市西城区天宁寺前街2号北院A座一层
	邮编：100055
网 址	www.chirp.com.cn
经 销	新华书店
印 刷	环球东方（北京）印务有限公司

开 本	880×1230　1/32
字 数	218千字
印 张	11.25
版 次	2016 年 10 月 北京第一版
印 次	2016 年 10 月 第一次印刷
定 价	56.00元

CRI
中国国际广播出版社

欢迎关注本社新浪官方微博
官方网站 www.chirp.cn